페어리스톤

글 | 김빛누리

차례

1. 색줄멸이라는 물고기는　　　　　　　　　　11
2. 나도 노래 부르는 게 콤플렉스야.　　　　　20
3. 내가 너랑 유진이 사귀게 도와준다고.　　 40
4. 요즘 아라랑 친하게 지내는 것 같더라.　　55
5. 우리 경주로 여행갈까?　　　　　　　　　89
6. 네가 생각하는 거, 그거 하지 말자.　　　110
7. 마음이 구질구질하지는 않지.　　　　　 133
　　구질구질 한건 미련과 후회지
8. 손가락. 잘못한 건 그것뿐이다. 문제없다. 마음은.　161
9. 걸어볼까요? 운명에.　　　　　　　　　175
10. 이번 주말에 경주 갈래?　　　　　　　181
11. 한국에 잘 돌아왔다　　　　　　　　　190

Epilogue　　　　　　　　　　　　　　234

1. 색줄멸이라는 물고기는

 가출한 고등학생들에게 사람들의 시선만큼 무서운 것은 없다. 특히나 카페 마감을 앞두고 있는 알바생이 주는 눈치는 더욱 그렇다. 알바생이 커피를 만들며 슬쩍, 분리수거대를 정리하며 힐끔, 바닥을 닦으며 넌지시 바라보았다.
 미안하지만 어떻게 생각하든 모르는 척하고 버틸 예정이다. 알바생의 시선을 뒤통수로 외면하고 목에 걸려있던 페어리스톤 목걸이를 벗어 바라보았다. 페어리스톤은 흐르는 물이 오랫동안 돌을 풍화시켜 만들어졌다고 한다. 내 것은 여자 손가락만 한 돌이었는데 가운데가 뻥 뚫려 있어서 반지 같았다. 그리고 가죽끈이 가운데 구멍을 통해 묶여 있었다.
 구멍 부분에 오른쪽 눈을 맞추어 보았다. 하얗고 동그란 빛이 쏟아져 내려와 별들이 눈앞에 펼쳐졌다. 홀로 우주를 유영하며 잡을 수 없는 별들을 향해 손을 뻗는 느낌이었다.
 "어린애 같은 장난 칠 거면 조금이라도 도와주지?"

페어리스톤을 눈에서 떼지 않고 고개를 돌렸다. 커피와 차가 올려진 트레이를 들고 있는 유진이가 클로즈업되어 보였다.
유진이가 트레이를 놓자, '딱' 하고 딱밤 소리가 났다.
"내가 아는 친절한 남자애들이었다면 돈도 내고 음료도 받아와서 나한테 짠하고 갖다주었을텐데."
"그래. 그래. 네가 아는 음흉한 남자애들이라면 그렇게 했겠지. 그렇지만 가출했을 때 옆에 있을 수 있고 가장 신뢰할 수 있으며 안전한 보호자는 누구일까?"
"여행이라고. 여행! 그리고 어린애 같은 장난 치느라, 손가락 하나 까딱하지 않는 사람은 아닐 거야."
"그럼. 그런 사람은 보호자가 될 수 없지. 그런데 보통 사람 눈에는 내가 장난치는 것처럼 보이겠지만, 사실 지금 굉장한 실험을 하고 있는 거야."
"실험?"
"그래. 실험." 유진이 쪽으로 몸을 가까이한 후 목소리를 낮추고 말을 이었다. "페어리 스톤은 말이야. 구멍 반대편에서 요정이 우리 인간들의 세계를 관찰하고 있대. 그래서 보는 거야. 요정들을 볼 수 있나 하고."
"아, 그래? 그래서 뭐가 보여?"
유진이가 이를 악물고 말하는 것이 느껴졌다.
"어! 이럴 수가. 진짜 요정이 보인다."
"나를 바보로 아는 거지?"
"에이, 이제 보니 유진이잖아."
"하……."
유진이는 잠시 말문이 잠시 막히는 듯했으나, 입꼬리가 실룩거리며 귀 쪽으로 올라가는 것을 막을 수는 없었다.
"유진이는 드워프인 듯."
"니가 그러면 그렇지."

유진이가 페어리스톤을 뺏기 위해 손을 뻗었다.
"어허. 그러다 우리 요정들 눈이라도 찌르면 어떡해?"
재빨리 페어리스톤을 뒤로 빼며 말했다.
유진이는 더 이상 참을 수 없었는지 벌떡 일어나 귀를 잡아당겼다. 그런 후 미안하다고, 잘못했다고, 죽을죄를 지었다고 말할 때까지 놔주지 않았다.

컵에 담겨 있던 얼음은 반쯤 녹아 있었고, 컵 표면에 수증기가 응결되어 흘러내린 물로 트레이에는 웅덩이가 만들어져 있었다.
"버스 시간까지 얼마나 남았어?"
유진이가 의자에 기대어 다리를 쭉 뻗으며 말했다.
"물어본 지 얼마나 됐다고. 1시간 정도는 남았을 걸."
"아. 지루해. 그냥 스마트폰 한 번 켜볼까?"
"아우. 난 못해. 아마 문자며 전화며 부재중으로 엄청 찍혀 있을걸. 거기다 켰는데 마침 전화까지 오면… 감당 못 해."
고개를 절레절레 흔들며 말했다.
"그렇겠지."
유진이가 빨래에 숨을 불어 넣자 거품이 부글부글 끓어올랐다.
지루해하는 유진이를 위해 무언가라도 해보자는 생각이 들었다.
"내가 문제 하나 내 볼게. 맞혀 봐."
"오, 좋아. 따다따단 딴!"
유진이가 퀴즈프로그램의 배경 음을 따라 했다.
"드워프의 모델이 되는 북유럽 민족 이름은 무엇일까요?"
"아직도 드워프 이야기야? 어지간하다."
"모르지? 모르지? 모르니까 말 돌리는 거지? 유진이는 초등학생도 아는 문제도 모른대요."
유진이는 귀가 빨개지면서 "아니 알고 있거든." 이라고 대답하고는, 내 얼굴을 이리저리 뜯어보며 "음, 게르… 아니, 앵글로

1. 색줄멸이라는 물고기는

"…도 아니야?" 라고 찔려보았다.
"3초 룰이야."
3초 룰. 머리를 굴리지 않고 진심을 말하기 위해 3초 안에 바로 답하는 것으로, 우리끼리 정한 약속이다.
"하나, 둘, 셋."
손바닥을 탁자에 대고 가운뎃손가락을 끝까지 당겼다 떼며 말했다. "딱", "딱" 하는 소리가 탁자를 울렸다.
"바이킹!"
유진이의 대답에 "어" 하고 입이 쩍 벌어졌다.
"맞지. 맞지. 역시 난 잘 찍는다니까."
유진이 양손을 위로 들어 올리며 벌떡 일어났다. 그리고 손바닥으로 탁자를 한번 쓸고는 손가락을 탁자 끝에 밀었다 당겼다 했다.
"자, 이제 딱 대."
"퀴즈 시작할 때 이런 이야기는 없었잖아."
"야, 아까 손가락으로 탁자 친 거 뭐야? 딱밤 때리려고 준비한 거 아냐?"
"오해야. 손가락이 결려서 잠깐 스트레칭한 거야."
"웃기지 마."
"유진아, 정답이 왜 바이킹인 줄 알아? 바이킹은 뿔 달린 투구를 쓰고, 무기로 거대한 도끼를 휘둘렀대. 거기다…."
"됐고. 누가 궁금하대? 맞지 않으려고 수 쓰는 거 알아. 이리 대. 딱 대."
"잠깐. 자, 생각해 봐. 내가 낸 문제를 맞혔으니까 넌 벌칙을 피한 거고, 이제 네가 낸 문제를 못 맞히면 그때 벌칙을 줄 수 있는 거지."
"좋아. 알았어. 이번에는 내가 문제 낸다."
그녀는 검지를 관자놀이에 갖다 대고 잠시 고민했다.

"세상에서 가장 생존력이 뛰어난 생물은 뭘까?"
"나 이거 알아. 바퀴벌레. 바퀴벌레 맞지?"
"그렇지? 넌 그렇게 생각할 줄 알았어. 역시 내 예상을 한치도 벗어나지 않는구만."
"바퀴벌레 아니야? 뭔데?"
"잡초. 어떤 식물학자들은 잡초라고 말한대."
유진이의 대답에 내가 고개를 갸우뚱거리자 유진이가 덧붙였다.
"예를 들어 잡초가 밟혀도 왜 잘 자라는지 알아? 질경이라는 잡초의 씨앗에는 젤리 같은 물질이 있는데, 비가 내려 물에 젖으면 잘 달라붙게 된대. 그런 성질을 이용해서 사람의 신발이나 자동차 타이어에 붙어서 이동한 다음 씨앗을 뿌리지. 그러니 오히려 밟히는 건 잡초가 더 많이 잘 자랄 수 있는 환경을 만들어주는거야."
유진이는 여기까지 말하고 손가락을 뒤로 젖히며 일어섰다.
"잠깐. 야, 문제가 틀렸네. 만약 어떤 곤충학자가 대답했으면 바퀴벌레였을 거야."
"아니야."
우리가 이렇게 티격태격하고 있을 때였다. 창문 밖에서 연인이 마주보며 달려와 서로를 꽉 안았다.
"오, 저거 봐. 영화 찍는 줄."
창문을 가리켰다.
"야야. 넌 저러지 마라. 사람들 다 보는 곳에서 뭐 하는 거야. 남사스럽게."
유진이가 내가 가리킨 곳을 보더니 재빨리 고개를 돌렸다.
"왜 좋은데. 다른 사람들의 시선을 신경 쓰지 못할 만큼 간절한 마음이 느껴지지 않니?"
"맞아. 그럴 수도 있지. 그런데 사랑이란 게 사람들 앞에서 표현해야만 알 수 있는 걸까? 너 저런다고 정말 간절한 마음이 느

꺼져? 꼭 저런 애들이 얼마 안 가서 헤어진다고."
"유진아, 고개 숙여."
유진이의 말을 끊었다. 유진이는 나를 따라 재빨리 고개를 숙였다.
"커플하고 눈 마주친 듯… 아, 여기로 온다."
"하여간 너무 뚫어지게 쳐다보더라."
"목소리까지 들리진 않았겠지?"
"설마. 슈퍼맨도 아니고. 그리고 좀 들었어도, 가장 신뢰할 수 있고 안전한 보호자가 있으니 걱정 없겠지?"
"아, 내가 점심 때 옆구리에 돌려차기만 안 맞았어도 걱정 없는데……. 유진아 혹시 모르니 신발 끈 꽉 묶어 놔."
"하여간… 카페에 들어왔다. 모르는 척 해."
유진이가 흘겨보며 말했다.
그들은 카운터로 향했다. 우리는 한숨을 돌렸지만, 조기퇴근은 물 건너간 카페 알바는 한숨을 내쉬었다. 커플이 주문한 후 주위를 둘러보다가 우리 쪽으로 다가올 때는 다시 가슴이 두근거렸다.
"잡초가 가장 끈질긴 생물이라고 식물학자가 말했다고 했지? 원래부터 꽃 좋아하는 줄 알았지만, 언제부터 음악가가 아닌 식물학자가 된 거야?"
약간 긴장해서인지, 목소리가 평소보다 약간 높았다.
"내가 원래 호기심이 좀 많잖아."
유진이 얼굴이 살짝 어두워졌다.
대화가 이어지지 않아서 나는 화제를 재빨리 돌렸다.
"요정들이 왜 인간 세계를 엿보는지 생각해봤는데 말이야."
"생각해봤는데?"
"요정들의 세계는 TV도 없고 인터넷도 없는 거야. 그리고 요정들끼리는 날갯짓을 할 때마다 날리는 요정 가루가 몇 개인지까지 너무 잘 알 정도라서 특별할 게 없는 거지. 그래서 인간 세상에 페어리스톤을 떨어뜨리는 거야. 우리가 채널 돌리듯이. 삐비빅. 삐비빅. 돌리다가 재밌는 인간이 나타났다 하면, 그 인간의 소망을 들어주는 거지. 그리고 그 사람이 어떻게 하는지 지켜보는 거야."
"그래서 네가 이룬 소망은 뭔데?"
"…과거로 돌아오는 거."
"에효. 말을 말자."
나도 황당한 건 알고 있다. 유진이에게 실없이 장난만 치는 사람으로 보이는 것이 싫다. 하지만 그렇다고 해서 해야 할 것을 안 할 수는 없었다.
"진짜야. 넌 과거로 안 오고 싶어?"
"난 미래로 가보고 싶어. 미래로 가서 내 남편 얼굴은 어떻게 생겼는지, 음악은 계속하고 있는지 알고 싶어."
그래. 이때다 싶었다.
유진이와 눈을 마주치고 마음을 다잡은 후 목소리에 힘을 주었다.
"유진아. 미래에서 온 내가 중요하게 할 말이 있어."
"아, 그전에 먼저 남편은 잘생겼어? 뭐 하는 사람이야?"
예상치 못했던 유진이의 질문에 '헉' 하고 말문이 막혔다.
"사실 나 25살에서 온 거거든. 그때는 네가 아직 결혼을 안 해서 잘 몰라."
"니가 그럼 그렇지."
"남편보다 더 중요한 게 있어 그게 뭐냐면…."
커플이 우리의 뒷자리에 앉았다. 두 사람은 이내 차분한 목소리로 조용히 대화를 나누기 시작했다. 하지만 두 사람의 사이에는 버튼을 누르면 금방이라도 터질 것 같은 감정이 가득 차 있는 느낌이었다.

1. 색줄멸이라는 물고기는

시계를 바라보았다. 늦은 시간이라 우리는 자리에서 일어나서 카페를 나섰다.
밤거리는 할로겐등만이 드문드문 어둠을 밝히고 있었다.
쓸쓸해지는 기분이었다.
"유진아."
계단을 올라가던 유진이가 뒤돌아보았다.
"아까 그 커플 말이야."
"이유는 모르겠는데 헤어졌다가 다시 만난 거래. 남자는 내일 서울을 떠나려고 했었대. 서울에 있기가 힘들어서 해외 파견에 지원했다나."
"그런데?"
"오늘 가방 다 싸놓고 자려고 누웠는데, 여자한테 전화가 왔대."
"다행이다. 운이 좋았네. 아니, 운명이란 게 있나 보다."
"그러게. 하루만 늦었어도 아마 물거품 됐겠지."
"다큐에서 봤는데 색줄멸이라는 물고기는 매년 같은 날, 같은 시간에 번식을 위해 LA에 있는 뉴포트 비치로 온대. 물고기는 자신이 언제 어디로 가야 하는지 본능으로 알고 있는 거지. 사람도 그랬으면 좋겠다."
"그런 게 운명이겠지. 네 신발에 붙은 껌처럼 말이야."
유진이 신발에는 껌과 함께 전단지가 붙어 있었다.
"에이 진짜. 누가 여기에 껌을 뱉었어."
유진이는 계단 모서리에 신발 바닥을 긁기 시작했다. 유진이를 지나쳐 한 계단 위로 올라가고 있었는데, 유진이가 기우뚱하고 뒤로 기울어졌다. 재빨리 손을 뻗어 그녀의 손을 꽉 잡았다.
"조심 좀 해."
유진이와 눈을 맞추었다.
"다행이다. 신뢰할 수 있고 믿음직한 보호자가 있어서."

"유진아, 아까 내가 못 한 말 있잖아……."
하려던 말을 다시 하기 위해 운을 뗐는데, 그 순간 조명이 우리만 비춰주고 온 세상이 나의 다음 말만을 기다리는듯 조용해지는 느낌이 들었다. 유진이의 하얀 피부가 빛을 반사하고 주위의 빛 먼지들이 그녀를 감싸고 있었다.
"내가 너 얼마나 소중하게 생각하는 줄 알지? 거기다 지금 믿고 의지할 수 있는 사람이 너밖에 없는 거. 그리고 마음이 아직 준비도 안 되었고, 지금 그럴 상황이 아닌……."
"유진아, 그런 거 아니야. 난 그냥……."
"어! 차 놓치겠다. 어서 가자."
유진이가 손을 살며시 놓고는 뛰어갔다. 천천히 따라가자 유진이가 뒤돌아보며 "빨리 와!"라고 손짓을 했다.
그래. 말할 기회는 앞으로도 많으니까.
유진이에게 웃으며 뛰어갔다.

2. 나도 노래 부르는 게 콤플렉스야

 이틀 전, 거리에서 베이커리 간판이 새롭게 들어서는 카페의 간판으로 바뀌는 것을 보고 생각했다.
 누군가는 오늘 추억의 장소를 잃어버렸구나.
 물론 나는 아니지만.
 그러나 동일한 장소일지라도, 또는 같은 기억일지라도, 그 속에 담긴 추억의 깊이와 크기가 사람마다 다르다는 것은 누구나 알고 있는 사실이다. 그래서 최선을 다해 인생을 살라고 말하는 건지도 모르겠다. 후회가 망령으로 떠돌며 삶을 갉아 먹지 않도록.
 그런 면에 보자면 나는 이미 삶이 좀먹혀있다. 머리가 돌이지 구제불능은 아니기 때문에 노력을 많이 했다. 음치와 박치를 벗어나기 위해 우쿨렐레를 배우고, 성적을 높이기 위해 공부를 했다.
 그뿐인가?

지금도 운동을 하고 돌아오는 길이다. 아침에는 10km를 달리고, 오후에는 도장에 들러 무에타이와 주짓수를 각각… 그러니까, 지칠 때까지 한다. 암바를 당해서, 팔을 들어 올릴 때마다 오른쪽 팔꿈치가 저릿저릿해도 말이다.
 어쩌면 마음 어딘가에 구멍이 뚫린 것인지도 모르겠다. 구멍을 메꾸기 위해 몸을 혹사하고 정신을 소모해도, 망령이 개구멍 드나들듯 그곳을 비집고 드나들기 때문인지, 언젠가 받은 D학점처럼 끝까지 발목을 붙잡고 놓지 않고 있다.
 이쯤 되면 내가 무엇 때문에 이 짓거리를 하고 있는지 잊을 법도 하지만, 몰아붙이면 붙일수록 원인은 분명해지고 점점 더 잊을 수가 없게 된다. 어쩌면 아침에 세수하고 거울을 볼 때마다 눈 밑의 상처가 보여서인지도 모른다.
 그것 때문이라고 생각하고 싶다. 그래야만 나중에 흉터를 지웠을 때 망령도 사라질 테니까.
 터벅터벅 걷다가 진동이 느껴져 스마트폰을 꺼내 들었다. SNS 알람이 떴고, 접속했다. 쭉 훑어보다가 한 녀석에게 눈길이 멈췄다.
 이 녀석이다. 가장 나를 악랄하게 괴롭히던 녀석.
 머리를 손바닥으로 위로 쓸어올렸다.
 녀석의 사진을 쭉 훑다 보면 피가 쏟아지는 느낌이 들었다.
 행복한 결혼사진, 화려한 꽃다발, 시원한 바다가 보이는 펜션, 맛있는 빵과 커피, 예쁜 아이 옷과 신발.
 시합에 나간 것처럼 주먹이 꽉 쥐어지고, 심장이 금방이라도 가슴 밖으로 뛰쳐나갈 것처럼 요동쳤다. 숨을 크게 내쉬고 들여마시면서 마음을 진정시키기 위해 노력했다.
 가끔 그런 생각이 떠오를 때가 있다. 이 자식 집에 찾아갈까? 그래서 팔을 꺾어놓으면 내 마음이 풀릴까? 아니면 그 자식 부인 얼굴에, 아니 태어난 아기 얼굴에 나와 같은 흉터를 새겨주면 통쾌해질까?

 이런 생각이 떠오르면 한편으로는 짜릿하기도 하지만, 남은 인생을 걸고 그따위 녀석에게 복수할 가치가 없다는 것을 알고 있었고, 거기다 무엇보다도 망령의 장난이라는 것을 잘 알고 있었다. 하지만 끊임없이 녀석을 의식하며, 떨쳐낼 수 없는 기억의 공간에 갇혀서 시간 낭비를 하는 것이 나 자신을 괴롭게 했다.

 혹시라도 모르겠다. 언젠가 내가 정신줄을 놔버려 망령에 빙의된다면……. 그런데 그건 그것대로 끔찍하다.

 에이, 술이나 진탕 먹어야겠다고 생각했을 때였다.

 엄마에게서 전화가 왔다.

 "어디야?"

 "지금 운동 끝내고, 친구 만나러 가."

 "집에 손님 오셨어. 바로 집에 와."

 "아 왜? 누군데?"

 "오면 알아. 빨리 와."

 호프집으로 가던 발을 돌려 집으로 향했다.

 현관에는 처음 보는 고급스러운 여자 구두가 있었다. 거실로 들어서자, 엄마가 맞아주셨다. 그리고 엄마 뒤에 단아하게 생긴 아주머니가 있었다.

 "오랜만이네. 정말 많이 컸다."

 아주머니를 보자 가슴이 두근거렸다.

 "안녕하세요. 아주머니. 오랜만이네요. 잘 지내셨어요?"

 고개를 숙이며 인사했다. 아주머니는 다가와 나를 꼭 껴안으셨다. 아주머니의 갑작스러운 행동에 놀랐는데, 아주머니에게서는 좋은 향기가 느껴졌다. 운동하고 씻지 않은 땀 냄새가 신경 쓰였다.

 손을 어디에 둬야 할지 몰라서 마네킹처럼 뻣뻣하게 있다가 아주머니 등에 살며시 갖다 대었다. 그렇게 인사가 끝났을 때는 아주머니의 눈에서 눈물이 맺혀 있었다.
"왜 이러지? 주책이네. 주책이야."
 아주머니는 눈물을 닦으신 후 나의 손을 꼭 잡고 거실에 앉았다. 엄마도 옆에 앉았다.
 "이제 완전히 어른이네. 키도 많이 크고 잘 컸어. 이제는 못 알아보겠어."
 아주머니의 입술이 부르르 떨리고 있었는데, 아직도 감정이 정리되지 않은 듯했다. 안 좋은 예감이 들었다.
 "아니에요. 아주머니. 유진이도 잘 지내죠?"
 유진이 이야기에 아주머니는 참았던 감정이 무너진 내린 듯 눈물을 쏟아내셨다. 그리고는 떨리는 목소리로 "유진이가 많이 아파."라고 겨우겨우 말씀하셨다.
 그러다 "나 이러면 안 되는데. 왜 이러지?"라고 읊조리며 마음을 다잡으려고 하셨지만 잘되지 않으셨다. 엄마가 옆에서 주신 티슈로 눈물을 닦고 주먹으로 가슴에 대고 문지르기를 한참 하셨다.
 아주머니의 눈은 퉁퉁 붓고 마스카라는 지워져 엉망이었다.
 어느 정도 진정이 되자, 아주머니는 가방에서 조그마한 보석함을 꺼내어 나에게 주셨다. 보석함을 열자 페어리스톤이 있었다.

 아주머니가 집으로 돌아가신 후 방으로 들어왔다. 미국행 티켓을 책상 위에 던진 후 페어리스톤을 목에 걸고 침대에 기대 누웠다.
 이거 유진이가 직접 주기로 했었는데······.
 페어리스톤을 만지작거리고 있는데, 엄마가 방문을 열고 들어왔다.
 "뭐해? 빨리 짐 안 싸고?"

"아, 내가 알아서 해."

엄마에게 짜증을 냈지만, 사실 생각이 정리되지 않은 데다, 가슴이 답답하여 소리친 것에 불과했다.

"어학연수 보내 달라고 노래를 불렀잖아. 이번 기회에 다녀오면 되겠네."

"이거랑 그거랑 같아. 거기다 알바도 있단 말이야."

"알바야 미루면 되고. 그리고 너 옛날 생각 해봐. 그렇게 놀기만 하는 너하고 같이 공부해주면서 끌어준 것도 유진이지. 코찔찔거리면서…."

"뭐래. 엄마는 왜 뭐든지 반대로 기억해. 내가 유진이를 보살펴 준거라니까."

"니가 키웠던 유진이가 키웠든 그게 중요한 게 아니고. 난 너를 그렇게 키우지는 않았다. 세상에 사람보다 귀중한 게 어딨니."

"그만해, 그만. 마음 심란해 죽겠는데."

자리를 박차고 일어났다.

"어디 가? 짐 안 싸고?"

"친구 만나러 가."

소리를 빼액 지르고는, 집을 나와 호프집으로 갔다. 사람들로 가득한 호프집은 웃고 떠드는 소리로 시끄러웠다. 남욱이와 진하는 한쪽 구석에 앉아 있었다. 그들의 반대편으로 가 털썩 주저앉았다. 둘은 이미 술을 좀 많이 마신 듯 얼굴이 벌겋게 달아올라 있었다. 호출벨을 눌러 생맥주를 한 잔 시켰다.

"야. 왜 이렇게 늦게 와?"

남욱이가 먹고 있던 오징어로 나를 가리키며 말했다.

"내가 말했잖아. 손님 오셨다고."

"아. 맞네. 그래. 일은 잘 끝났어?"

"그냥 뭐. 방금 돌아가셨어."

점원이 맥주를 가져오자 곧바로 꿀꺽꿀꺽 소리가 요란하게 마셨다.

"뭔 술을 그렇게 급하게 마셔? 안 좋은 일이야?"

"좋은 일은 아니었어."

"무슨 일인데? 뜸 들이지 말고 말해봐."

"오빠. 딱 보면 모르겠나. 이런 일이면 딱 여자 일이지."

진하가 배시시 웃으며 끼어들었다.

"애한테 무슨 여자야. 맨날 무에타인지, 타이언지만 하는데 뭘. 그래, 무슨 일이야?"

남욱이의 말에 대답 없이 맥주를 벌컥벌컥 마셨다.

"그게 말이야……."

힘들게 입을 뗐다.

"나 초등학교 때, 아니 고등학교 때라고 해야 하나. 친한 친구가 있었거든. 갑자기 미국으로 유학 가면서 연락이 끊기게 되었는데, 그 친구가 큰 수술을 앞두고 있대. 그런데 수술을 앞두고 나를 보고 싶다고 해서, 어머님이 오셨어. 같이 가주면 안 되겠냐고."

그 말을 듣자 갑자기 진하도 관심을 보이기 시작했다.

"오빠, 뭐랄까. 로맨틱하다고 할까? 센티멘털하다고 할까? 좀 그렇네요. 둘이 어떻게 만났는데요?"

"초등학교 때 친구였다가, 유진이가 중학교를 예중으로 가면서 멀어졌지. 그러다 고등학교 1학년 때 우리 학교로 전학 오면서 다시 만나게 되었어. 같은 반이 되었거든."

**

유진이가 전학 왔을 때, 처음부터 친해진 것은 아니었다. 오랜만이라 그런지 긴가민가하기도 하고, 서먹서먹하기도 했다. 거기다 유진이는 어찌나 바쁜지, 우리 집 근처에 사는 데도 서로 마주친 적이 없었다.
엄마에게 전해 듣기로는(엄마도 아주머니한테 전해 들었지만), 무슨 학원을 많이 다니는지 음악 레슨에, 종합학원에……. 덕분에 유진이와 비교하는 엄마의 잔소리가 꿈에서도 들릴 정도로 늘었다.
남자애들과 친하게 지내기 위해서는 쉬는 시간에는 우유 팩과 빗자루로 야구를 하고, 점심때는 축구도 하고, 학교가 끝나고는 PC방에 가서 게임을 하거나 만화책을 보면서 가끔씩 헛소리나 하며 킥킥대면 되었다.
이에 반해 여자애들과는 흥미가 달라서인지 이야기가 하기가 힘들어서인지, 모두가 보는 앞에서 유진이한테 친한척하기가 좀 그랬다. 그렇게 꾸물거리는 사이, 음악 시간에 조를 짜서 합동 연주를 하게 되었는데 유진이와 같은 조가 되었다.
우리 조는 방과 후에 모이기로 했었는데, 나와 진수는 축구를 하다 땀을 뻘뻘 흘리며 헐레벌떡 교실로 들어왔다. 우리가 들어서니 유진이와 서정이는 얼굴을 찡그렸다. 숨을 헐떡이며 자리에 앉자, 유진이는 일어서서 칠판으로 향했다. 서정이도 일어나 유진이 옆에 섰다. 유진이는 칠판에 모두의 이름을 썼다.
"모두 모였으니 우리 이야기해보자. 우선 곡부터 정하기 전에, 어떤 악기들을 연주할 수 있는지 말해보자. 서정아 넌 어떤 게 자신 있어?"
"난 초등학교 때부터 피아노를 배워서, 피아노나 키보드를 칠 수 있어."
서정이가 자신 있게 말했다. 유진이가 고개를 끄덕였다.
"나는 초등학교 때 바이올린을 배운 적이 있어. 오랜만이긴 하지만 연습하면 충분히 잘할 수 있을 거야."
진수의 대답에 의심의 눈초리 반, 배신감에 젖은 눈빛 반을 섞어 째려보았다. 진수는 별거 아니라는 듯 눈꼴시린 눈빛으로 응수했다. 하지만 나는 곧 꼬리를 내릴 수밖에 없었다. 나에게 모두의 시선이 모였기 때문이었다.
"나는 음치에 박치라 연주할 수 있는 게 없어."
다른 사람들의 시선을 마주하지 못하고 책상을 보며 말했다. 천천히 마르던 셔츠가 다시 젖는 느낌이었다.
"그렇군. 그럼 음악은 뭐로 하지?"
유진이는 이렇게 말하여 이것저것 음악에 대해서 늘어놓기 시작했다. 알 수 없는 말들이 오가는 데다가 시키면 시키는 대로 할 생각이었기 때문에 가만히 그들의 이야기를 들었다. 그러다 문득 유진이가 무슨 악기를 하는지 궁금해졌다.
"유진아, 넌 무슨 악기를 할 거야?"
"고민 중이야. 곡에 따라 바꿀 거라."
유진이가 미소를 지었다.
"유진이는 원래 예고에 있었는데, 사정이 있어서 전학 온 것뿐이야. 너랑은 다르거든."
서정이가 쏘아붙였다.
'나도 잘 알고 있거든. 너보다 더 잘 알고 있거든.'이라고 답하려다가, '네가 어떻게 알아?'라고 물어볼까 봐 그냥 "아 그래?"라고 멋쩍게 대답했다.
그들은 나를 빼고 회의를 진행하기 시작했다. 회의가 끝났을 때 나에게 주어진 악기는 캐스터네츠였다.

**

"그래서 음악 실습시간에 사고 친 거구나. 캐스터네츠 치는 대신 무릎으로 사람 친 거 아니야?"
"오빠. 재미없어. 그리고 분위기 좀 끊지 말고. 그래서? 무슨 일이 있었는데요?"

"아무 일 없었어. 그리고 끝이지 뭐. 캐스터네츠는 시키는 대로 쳤어. 박자를 몰라서 마음대로 쳤는데 워낙 존재감이 없어서 그냥 넘어갔지. 심지어 점수도 잘 받았어. 유진이 덕이었지 뭐. 그렇게 조별 과제를 몇 개 같이 하다 보니, 점차 다시 가까워지기 시작했지."

"뭐야? 별거 없잖아."

남욱이가 김빠지는 소리를 내었다.

"만나게 된 이야기를 말해 달라며."

"야, 너 국어 못했지? 핵심을 말해야지. 핵심을. 그정도 가지고 미국으로 초대할 정도면, 나는 세계……."

남욱이가 신나게 떠들다, 진하와 눈을 마주치자 말을 잇지 못했다,

"세계? 다음은 뭘까? 계속 이야기해 봐. 궁금하네. 설마? 세계 일주?"

진하가 턱을 괴고, 콧김을 내뿜으며 입가를 끌어올려 억지로 미소를 지었다.

"나는 세계 맞서서 멍이 들어도, 진하를 위해 세계여행을 시켜줄 거라 이해한다 이거지."

"흥. 이번에는 봐준다."

진하는 남욱이를 바라보며 오른손 검지와 중지를 양쪽 눈에 갖다대어 경고하고는, 나에게 미소를 지으며 "맞아. 오빠. 어떻게 가까워졌어요?"라고 물었다.

크게 숨을 크게 한 번 들이쉬고는 말을 이어 하기 시작했다.

**

여름방학을 앞둔 시점이었다. 교무실 당번이라 늦게까지 청소

를 한 후에 교실로 향했다. 한시라도 빨리 PC방에 갈 생각으로 신나게 뛰어갔다. 그런데 아무 생각 없이 문을 열고 교실에 들어선 순간, 쭈뼛하고 머리가 곤두서는 느낌을 받았다.

불이 꺼진 어두운 교실에서 유진이가 울고 있었던 것이었다. 유진이는 나를 보자, 황급히 가방을 들고서 자리에서 일어나 반대편 문으로 나가 버렸다. 보지 말아야 할 것을 보았다는 생각에 무척 마음이 무거워졌다. 그녀가 뛰쳐나가느라 어질러진 책상의 줄을 맞췄다.

교실 바닥에 떨어진 교과서가 있었는데, 이상한 느낌이 들어서 책의 귀퉁이를 엄지손가락으로 누르고 휘리릭 넘기며 대충 훑어보았다. 그러다가 흰색과 검은색의 활자 사이로 피가 새어 나오는 듯한 페이지에서 멈췄다. 책 가운데에 붉은색 글씨로 "걸레야 죽어"라고 쓰여 있었다. 나에게 하는 말이 아닌데도 불구하고, 두 단어에서 적의와 악의가 그대로 느껴져 책을 서둘러 덮었다. 왜 그랬는지는 모르겠지만, 필기하지 않고 제대로 펴보지도 않아 새 책과 같은 내 책으로 바꾸었다. 그리고 남은 책상을 정리하고는 교실을 나왔다.

다음날, 교실은 아무 일도 없다는 듯 일상적이었다. 옆에서 웃고 떠드는 친구들, 쉬는 시간에 오가는 만화책과 시시한 수업들. 그 속에서 오직 그녀만이 화단 안의 돌처럼 덩그러니 있었다. 나는 그때 처음 인간들의 무심함과 차가움을 느낄 수 있었다. 친구들은 교실 안을 돌아다니고 서로 떠드는 와중에도 그녀가 안 보이는 것처럼 행동했다. 그녀는 공부하는 시간 외에는 그 자리에 엎드려 있거나 어디론가 나가 버렸다.

나중에야 안 사실이지만 유진이가 왕따를 당하게 된 원인은 학교 선배가 유진이에게 좋아한다고 고백을 했는데, 유진이가 거절한 것 때문이었다. 그런데 문제는 그 선배를 좋아했던 여자애가 질투하여 왕따가 시작되었다는 것이다. 솔직히 이해가 되지 않았다. 아니, 깔끔히 거절해줘서 자기한테 기회가 생긴 것이니 춤을 추고 노래를 부르면서 절을 해야 하지 않나?

하여튼 나는 유진이를 그저 지켜볼 수밖에 없었는데, 그녀를 외면한 것이라기보다는 어떻게 대처해야 할지 몰라 어쩔 줄 모르고 가만히 있었다.

수업을 마치고 집으로 돌아가는 골목길에서 유진이가 나를 불러 세웠다. 그녀는 아무 말 없이 나에게 교과서를 건넸다.

"어, 그게 왜 거기 있지? 책이 바뀌었나… 잠깐만."

가방을 뒤적이는 시늉을 했다. 가방 안을 살펴보니 교과서가 그대로 들어가 있었다. 젠장, 이럴 줄 알았으면 어제 가방을 좀 싸 놓을걸.

"가방에 없는데, 학교에 놓고 왔나 봐. 우선 이거 써."

내가 얼버무리자 유진이는 내 가방을 낚아채었다. 그리고 가방 안에서 자신의 책을 찾아 들어 올렸다. 가방 안에는 교과서라고는 얼마 없어서 찾는 데 오래 걸리지 않았다.

"아, 그게 왜 거기 들어있지? 아까 못 봤는데."

되도 않는 소리를 삐질삐질 땀을 흘리며 대답했다.

그녀는 빠르게 책을 훑어보았다. 빨간색 글씨가 있는 부분에서 멈춰 섰는데, 고개를 숙이고 있어서 눈을 바라보지 못했지만, 그녀의 몸이 부들부들 떨리고 귀가 빨갛게 달아올라 있었다. 보고만 있는데도 힘이 빠지고 가슴이 턱하고 막혔다.

그녀는 나에게 교과서를 내밀었다.

"이 교과서를 쓰는 게 낫지 않을까?"

교과서를 받지 않고 말했다.

"너 지금 나 동정하는 거니? 난 동정 같은 이런 조그마한 친절이 더 싫어. 너도 아마 그러겠지. 나는 다른 사람들과 다르다고 생각하면서 처음에는 친절한 척하지만 너한테 불똥이 튀거나 조그마한 불이익이라도 생기면 언제 그랬냐는 듯 태도를 바꿀걸!

그녀가 지금까지의 울분을 쏟아내듯 소리쳤다. 하지만 화가 나기보단 살짝만 건드려도 터질 것 같은 그녀의 눈에 맺혀 있는 슬픔이 나를 아프게 했다.

"사람들은 누구나 손해 보는 걸 싫어하지. 하지만 어떤 사람들은 손해를 보더라도 자신이 중요하게 생각하는 걸 먼저 지키려고 해. 단지 너에게 운이 없었을 뿐이야. 네게 맞는 사람을 찾을 수 있을 거야. 어쩌면 내가 그 중 첫 번째일 수도 있고. 거기다 난 피해 보는 게 없어. 그리고 난 널 동정하는 게 아니라 걱정하는 거야. 거기다 교과서를 봐서 알겠지만, 너무 깨끗해서 시험공부 할 때 내 책은 도움이 안 되기도 하고."

그녀는 아무런 대답이 없었다. 나는 책을 유진이의 손에서 뽑아 들고 가방도 슬쩍 빼 왔다. 그녀는 내가 자신의 가방을 빼드는데도 가만히 고개를 숙이고만 있을 뿐이었다. 그 모습이 걱정되어서 아무 말이나 하기 시작했다.

"남을 괴롭히고 남을 속이는 사람들 있잖아. 그 사람들이 그때는 강해 보이고 잘사는 것처럼 보일 수는 있대. 그런데 결국에는 그 사람들은 외롭게 되거나 비참하게 된대. 왜 그런 줄 알아?"

"왜?"

그녀가 고개를 들어 눈을 맞추었다.

"그렇게 사람들에게 상처를 주면, 결국 좋은 사람들은 다 떠나가고 외톨이가 되거나, 아니면 주위에 자기 같은 사람들밖에 안 남는대. 그러면 결국 의지할 곳 없이 쓸쓸히 살게 될 거야. 그러니 너는 너의 마음만을 생각하는 게 좋을 것 같아."

**

"야, 너는 너도 지키지도 못할 말을 했냐?"

남욱이가 껴들었다.

"그래. 내가 내 일 아니라고 아무 말이나 내뱉었다. 나도 그 말 하면서 잘하고 있는지 걱정했다. 자기 일이 아니라고 막말한다고."

정곡을 찔려 부끄러운 마음에 발끈했다.

"아, 진짜. 이야기 진행이 안 되잖아. 그래서요 오빠. 계속해봐요."

**

"그때, 스마트폰 벨 소리가 울렸어."

침묵이 흐르고 있던 터라 클래식 공연장에서 클럽 음악을 틀어놓은 것처럼 시끄러웠다. 스마트폰을 꺼내서 발신자를 확인하니 진수였다. 게임이나 하자는 이야기일 테지. 거절을 눌렀다. 그런데 10초도 지나지 않아 다시 전화가 울렸다. 이 자식 눈치 없기는.

"미안."

스마트폰을 무음으로 바꾸어버렸다.

"아니야. 나야말로 바쁜데 시간을 뺏어서 미안해. 그리고 마음은 고맙지만, 이건 내가 짊어지는 게 맞는 것 같아. 내가 가져갈게." 그녀는 이렇게 말하며 책을 바꾸어 갔다. 그리고 나를 지나쳐 그녀의 집으로 향했다.

그녀의 뒷모습을 보다가 무슨 생각에서인지 그녀를 불렀다.

"유진아. 오랜만에 게임 해볼래? 스트레스가 많이 쌓인 것 같아서…, 아니 그게 아니라 스트레스 풀기에는 게임만 한 게 없거든."

그녀는 잠시 고민하다가 고개를 끄덕였다.

유진이와 친구들이 있는 곳으로 갔다. 녀석들은 PC방 앞에서 기다리고 있었다.

"야, 왜 이렇게 늦게 와. 전화도 안 받고. 뭐야? 유진이는 여기 웬일이래?"

"지나가다 만났어. 게임하러 간다니까 한번 해보고 싶대서."

"여자들은 거칠고 험난한 남자들의 세계를 못 견딜 텐데……."

"웃기지 마. 근육이라고는 한 톨도 없으면서."

"뭐라고? 나 요즘 집에서 운동해. 여기 만져봐."

진수는 이렇게 말하며 자신의 가슴을 가리켰다. 시키는 대로 꾸욱 눌렀는데, 힘을 준 것이 전혀 의미 없이 손가락이 쑤욱 들어갔다.

"도대체 뭐가 다른 거야?"

"야야, 거기 말고."

"아 됐고. 오랜만에 오락실이나 가자. 거긴 게임이 좀 다양하잖아."

이렇게 말하여 오락실로 앞장섰다. 유진이는 잠자코 따라왔고 진수와 진우는 계속 운동했다고 하는 근육을 만지며 앞으로 어떻게 운동할 것인가에 대해 열심히 이야기했다.

오락실은 멀지 않았다. 하지만 지하에 있어서 처음 접하는 사람이 보기에는 음습하고 어두운 세계로 통하는 뒷골목 같았다. 유진이도 꺼림칙해했지만, 나는 괜찮다고 하며 주저하는 그녀를 떠밀었다.

오락실은 조그마했지만, 최신 격투 게임은 물론이고 코인노래방, 건 슈팅 게임, 사탕과 인형을 뽑는 게임까지 구석구석에 있을 건 다 있었다.

진수는 들어서자마자 돈을 바꾼 후에, "오랜만에 형님이 오늘 절명 콤보 보여준다." 라고 말하며 격투 게임 자리로 갔고, 진우는 "내가 너한테 한판이라도 지면, 오늘 내가 물구나무서서 집에 간다."라고 말하며 따라갔다.
"유진아, 무슨 게임 해봤니? 아니면 좋아하는 게임이나 해보고 싶은 거 있어?"
두리번거리며 게임기들을 살펴보는 유진이에게 말했다.
"오락실이 처음이라 뭘 해야 할지 모르겠어."
"그래? 그럼 나랑 이것저것 해보면 되지, 뭐."
그녀를 먼저 총싸움하는 게임으로 데려갔다.
"간단해. 화면 안에 나오는 놈은 모두 나쁜 놈들이야. 앞에 보이는 것들은 무조건 쏘면 돼."
그녀에게 총을 주며 말했다. 그녀는 고개를 끄덕였다.
사람들이 좀비들에게 공격받으면서 다급한 비명과 함께 게임이 시작되었다. 좀비들이 떼로 몰려나오기 시작하자 유진이가 무자비하게 총을 쏘기 시작했다. 좀비들의 음침한 소리와 총소리, 총알 바꾸는 소리가 주변을 가득 채웠다. 좀비들의 모습은 인간 형부터 팔짝팔짝 뛰어오는 두꺼비까지 다양했다. 하지만 끔찍한 모습인 건 똑같았는데, 유진이가 비명인지 신음인지 웃는 건지 모르는 이상한 소리를 내며 악착같이 총을 쓰는 모습이 재미있었다. 우리는 정말 세상을 지키겠다는 마음가짐으로 몇 번 돈을 넣고 이어 하면서까지 열심히 총을 쏘았지만, 결국 더 많은 돈을 요구하는 게임에 져서 포기하고 말았다.
다음 게임을 해보기 위해 오락실을 돌아다니기 시작했다. 그러다 유진이의 시선이 한곳에 멈추었다.
코인노래방이었다.
떨떠름했지만, 따라는 들어갔다. 그녀는 부르고 싶은 노래가 있었는지, 노래방책에서 금세 한 곡을 찾아 노래를 부르기 시작되었다.
주황색 조명이 내려와서 나비처럼 그녀의 뺨에 내려앉았다. 유진이의 목소리에 가만히 귀를 기울였다. 그녀의 노래 실력은 의

외로, 그러니까 반주와 가사를 맞추어 노래하는 것만으로도 경이로움을 표현하는 내가 평가하는 것이 의미가 있을까 싶지만, 그녀의 전공이 노래가 아니라는 것만은 알 수 있었다. 왜냐하면 노래 실력은 뭐랄까, 정직하고 성실해서 박자와 음이 딱딱 맞아떨어졌지만, 이상하게도 잘 부른다는 생각이 들지는 않았기 때문이다.

잠깐 코인노래방 창문에 시선을 돌렸을 때였다. 유진이가 텐션을 높여 고음을 쭉 뻗었다. 깜짝 놀라 고개를 돌렸다. 유진이와 눈이 마주쳤다. 유진이가 배시시 웃으며 혀를 빼꼼 내밀었다.

귀여웠다.

이 말 이외에는 어떠한 감정적인 언어도 머리가 떠올리지 못했다. 마음을 따라 천천히 생각을 움직이고 있었다.

그녀가 나에게 노래방책을 건넸다. 찬물로 샤워한 것처럼 정신이 번쩍 들었다. 고개를 도리도리 흔들며 싫다는 의사 표시를 분명히 했다. 그녀는 계속 노래방책을 내밀었다. 결국 노래방책을 원래 있던 곳에 꽂아놓았다.

"나만 노래 부르게 어디 있어?"

"어디 있긴, 여기 있지. 너도 알잖아. 나 음치에 박치인 거."

"알고 있어. 너 실기 시험 때 캐스터네츠 치는 거 보니까 정말로 엉망이더라. 어렸을 때보다 조금이라도 늘어있을 줄 알았는데……. 마지막에는 어처구니가 없어서 웃음밖에 안 나오더라고. 너 때문에 음악 실기 망했으니까 이 정도는 해줘."

"흥, 그래도 안 되는 건 안 돼. 난 노래 부르는 게 싫고 콤플렉스라고."

"나도 노래 부르는 게 콤플렉스야."

그 말에 의아한 표정으로 유진이를 바라보았다. 그러나 이내 고개를 설레설레 저으며, "내가 속을 줄 알아. 아무리 음치 박치라도 귀는 열려있다. 네 실력으로 콤플렉스면 나는 구속이야." 라고 말했다.

"네가 보기엔 그럴 수도 있겠다. 그런데 말이야. 사람들은 음악을 전공한다 그러면, 다들 노래를 잘하는 줄 알아. 사실 내 노래 실력은 평범한데. 어떤 사람들은 노래를 듣고 수군거리더라고. 음악 전공하고 예중 나와도 별것 없네 하고."

유진이는 아픈 기억이 떠오른 듯, 고개를 뒤로 젖히고 손으로 머리를 쓸어 넘겼다.

"나와 너는 큰 차이가 없어. 단지 사람에게 그것을 보일 수 있는가 없는가의 차이야. 나는 너한테 솔직한 나를 보여주고 싶고, 나도 너의 솔직함을 보고 싶어."

그녀의 말에 묘하게 설득당해서 용기를 내어 마이크를 잡았다. 까짓것 하지 뭐. 생각은 이렇게 했지만, 한숨을 크게 쉬고는 노래방책을 잡았다.

그리고 자신 있게 한 곡을 선택했다.

음치도 유전인지 집안 대대로 음치라, 거기에 대하여 엄마한테 투정을 부린 적이 있다. 초등학교 음악 실기시험을 보느라 노래를 불렀는데 반 아이들이 모두 비웃어서 마음의 상처를 입었던 날이었다.

엄마는 어쩔 수 없는 거라며, 엄마가 노래방 갔을 때 이야기까지 이어지면서 나중에 친구들과 노래방을 갔을 때를 위한 비법까지 알려주셨다. 비법은 좋아하고 잘할 수 있는 노래 하나만을 연습해두는 것이었다. 음치이기 때문에 창피를 안 당할 정도면 되고, 그 다음에는 어차피 노래를 못 부르는 걸 알기에 더 이상 시키지 않을 테니 걱정 안 해도 된다고 말씀하셨다. 그래서 그때부터 한 곡만 팠었는데, 그걸 지금 써먹을 때가 온 것이었다.

곡의 번호를 확인하고는 틀릴세라 꾹꾹 눌렀다.

전주가 울리고 '5-4-3-2-1' 하는 카운트다운과 함께 노래가 시작되었다. 주먹을 말아쥐었다 풀었다. 손바닥에서는 땀이 났다. 긴장했던 것과는 달리 시작은 괜찮았다. 처음부터 고음인 경우는 없었고, 거기다 시작 부분까지 맞춰주니 음치 박치인 나라도 보통 사람처럼 들렸다. 아니… 들어줄 만한……. 사실 그것도 모르겠다. 내 기준에서는 산뜻한 출발임은 틀림없었다.

문제는 두 번째 소절부터였다. 역시나 박자를 놓쳐서 약간 늦게 노래를 불렀고, 클라이맥스로 갈수록 음과 내 목소리의 괴리는 점점 커졌다. 보다 못한 유진이가 다음 소절이 넘어갈 때 손뼉을 쳐주었지만, 별반 다르지 않았다.

하지만 나는 최선을 다해서 불렀다. 최선을 다해서 부르지 않으면 더 웃음거리가 될 것 같아서였다. 그녀는 노래가 진행될수록 '으으' 하면서 웃는 건지 우는 건지 모를 요상한 표정을 짓고 있었는데, 이번에는 확실히 웃고 싶은 걸 참는다는 것을 알 수 있었다.

결국 노래가 끝났다. 코인노래방의 답답한 공간 때문인지 얼굴로 열기가 올라왔다. 유진이와 눈을 마주칠 수 없어서 노래방 책을 응시했다. 그러다가 결국 "아, 덥다"라고 말하며 노래방에서 먼저 나왔다. 문 뒤에서 왠지 유진이의 웃음소리가 들리는 것 같아, 진수랑 진우 옆으로 도망치듯 갔다. 둘은 어찌나 피 튀기는지 내가 뒤에 와 있는 것도 모르고 있었다. 쓸데없이 진우 옆에서 훈수를 두었다. 얼마 뒤 유진이가 나왔다. 아직 노래의 여운이 가시지 않아 그녀를 슬쩍 보았는데 한결 표정이 가벼워진 것을 확인할 수 있었다.

**

말을 마치고 녀석들에게 시선을 돌렸다. 녀석들은 메뉴판을 보고 있었다. 손을 뻗어 남욱이 귀를 잡아당겼다.

"아아, 아파. 무슨 짓이야. 사람들 보는 앞에서?"
"너희들이야말로 애써 말 시켜놓고는."
"우리 다 듣고 있었다고. 그래서 결론은 너의 노래 실력에 반했다는 거잖아."
"헛소리하고 있네."
 그때였다. 스마트폰이 울렸다. 엄마였다. 녀석의 귀를 놓고는 전화를 받았다.
"아직 호프집. 언제 가긴 곧 가지. 알았어. 알았어. 빨리 갈게."
 전화를 끊고는 둘을 바라보았다.
"결국 요점은 이거야. 나 미국 가게 되었으니까 일주일 동안만 대신 편의점 알바 좀 부탁할게."
"알겠어. 그런 거야. 뭐. 오늘은 네가 쏘는 거지?"
 남욱이가 흔쾌히 승낙하며 말했다.
"그래."
"오빠, 치킨 하나만 더 먹자. 양념에 치즈 올라간 걸로."
"진하야, 살쪘어. 그만 먹어."
"아니, 어떻게 살쪘다고 할 수 있어. 지금 유진 언니 만나러 간다고 우리 무시하는 거야?"
"쟤가 원래 저래. 여자 앞에서는 친구도 뭐도 없다구."
"야, 농담 받아줄 기분 아니야. 위에 들어간 것도 다시 되새김질하면서 조금씩 아껴 먹어."
 계산서를 들고 카운터로 갔다. 계산하려다 녀석들을 힐끗 보고는 "치킨 하나 주세요. 그 양념에 치즈 올라간 거로요."라고 말하고 말았다. 그리고는 녀석 옆을 지나가며 인사를 했다. 그러자 남욱이가 따라 나왔다.
"좋은 사람 좋은 인연으로 만나는 거잖아. 너무 걱정하지 마."

남욱이가 담배에 불을 붙이며 말했다. 남욱이에게 손을 흔들어 인사를 하고는 집으로 향했다. 집으로 가는 길에 유진이와 갔었던 오락실이 있던 곳을 지나갔다. 그곳은 이제 없어졌고, 노래 연습장으로 바뀌어있었다.

 노래 연습장의 화려하고 현란한 간판을 잠시 동안 바라보았다.

3. 내가 너랑 유진이 사귀게 도와준다고

공항으로 출발하기 위해 집을 나왔다. 비가 내리고 있었다. 새벽이라 빗방울이 잘 보이지 않았고 빗방울들이 이리저리 날리며 부딪치는 소리만이 들렸다. 쌀쌀한 공기가 옷 사이로 스며들었다. 엄마에게 나오지 말라고 말했지만, "정류장까지만"이라며 꾸역꾸역 따라 나왔다.

"엄마 저 조심해서 다녀올게요."

정류장이 보이자, 엄마를 껴안으며 말했다. 포옹이 끝나자 엄마는 주머니에서 봉투를 꺼내 주셨다. 봉투에 두툼한 걸 보니 돈이 좀 있는 것 같았다.

"엄마 뭐 이런 걸 다. 나 돈 있어."

배시시 웃으며 사양하며 말했다.

"알아. 이건 유진이 선물 사라고 돈 주는 거야. 잊지 말고 꼭 사 가."

"엄마. 유진이 건강할 테니까 너무 걱정하지 마. 다음에라도 사 가면 되는데 뭘."

이렇게 대답했지만, 엄마가 준 봉투가 갑자기 무거워지는 것 같았다.

"다시 한번 잊어버린 거 없는지 확인해 봐."

"지갑 챙겼고, 여권도 챙겼고, 그리고 할머니도 챙겼고."

나는 목걸이를 꺼내 보이며 말했다.

"비행기는 늦어도 안 기다려 준다. 늦기 전에 어여 가봐."

엄마는 나를 떠밀듯이 밀었고, 정류장을 향해 걷기 시작했다. 그러다 문득 뒤를 돌아보았다. 좁은 골목에서 엄마가 아직도 서 있었다. 엄마를 혼자 남겨두고 군대에 입대할 때의 기억이 떠올랐다. 그때의 쓸쓸함과 엄마에 대한 걱정이 다시금 느껴지기도 했지만, 2년이라는 입대 기간에 비하면 불과 며칠 다녀오는 것이라서 한편으로는 안심이 되기도 했다.

공항에 도착해서 약속장소로 가자 아주머니는 이미 도착해 계셨다. 아주머니는 나의 손을 꼭 잡고는 "고맙다."라고 말씀해 주셨다. 나는 "아니에요. 당연한 걸요."라고 말했지만, 엄마부터 아주머니까지 무겁고 심각한 분위기라서 덩달아 어떤 책임감 같은 것이 느껴졌다. 거기다 공항에 도착해서야 재회한다는 것이 실감 나기 시작했다. 도대체 무슨 말부터 해야 할까. 어떤 표정을 지어야 할까. 선물은 무엇을 사야 할까. 벌써부터 마음이 떨리고 머리가 복잡해졌다.

아주머니는 잠시 기다리는 동안 커피 한잔 하자며 카페로 향하셨다. 아주머니를 따라가고 있는데, 카페 근처에서 검은색 캐리어를 든 외국인 할머니가 흰색 종이를 들고 여기저기 서성이는 모습이 보였다. 할머니는 머리에 빨간색 두건 같은 것을 두르고 검은색 재킷과 처음 보는 문양의 빨간색 치마를 입고 있었다. 옷차림이 허름한데다, 오랜 비행으로 인해 구김이 가 있어서 꼬질꼬질해 보였다. 거기다 비에 젖어 옷이 축축했고, 신발까지 젖어 있어서 걸을 때마다 철벅철벅거렸다.
 새벽이라 사람들이 별로 없는 데다가, 사람들은 할머니를 피하고 있었다.
 나대는 것을 좋아하지는 않았지만, 외국에 처음 나가게 되어 그랬는지 할머니의 모습이 눈에 밟혔다. 할머니와 같은 입장이라면 나도 똑같은 도움을 받고 싶은데다가, 먼 타국에서 말도 통하지 않고 문화도 다른 곳에서, 그것도 나이 든 할머니가 그러고 있는 모습을 보자 조금이라도 도와드려야겠다는 생각이 들었다.
 할머니께 다가갔다. 그러자 할머니는 나를 쓱 보더니, 내 손을 덥석 잡고는 물에 젖은 흰 종이를 내미셔서 받아 보았다.
 "헐. 영어가 아니네."
 혹시 영어 필기체를 잘못 본 것인가 하고 눈에 힘을 주고 다시 읽어봐도 무슨 내용인지 전혀 알 수 없었다. 거기다 갑자기 할머니가 물 만난 물고기처럼 다급하고 빠른 목소리로 무언가를 막 쏟아내기 시작했는데, 전혀 알아들을 수가 없었다. 이게 모난 돌이 정 맞는다는 건가. 가만히 있으면 중간이라도 간다는 말이 맞는 건가.
 잠시 넋을 놓고 있는데 아주머니가 옆에 와서 무슨 일이니 하고 물으셨다. 아주머니를 구세주 만난 듯이 쳐다보면서 흰 종이를 보여드렸다. 아주머니는 이것을 보시고 "영어는 아니고. 이태리어 같은데?"라고 말씀하셨다.
 "아주머니, 이태리어도 할 줄 아세요?"
 "아니, 유진이 친구 중에 이태리 친구가 있었는데 집에 몇 번 놀러 와서 본 적이 있어. 그래서 간단한 것들 Ciao, Grazie 이 정도만 할 줄 알아."
 "아 그렇구나."
 고개를 끄덕였는데, 할머니는 아주머니의 이태리어를 들으시고는 더욱더 열정적으로 무언가를 많이 말씀하셨다.

"할머니를 인포메이션 센터에라도 데려다드려야겠어요."

"그러자."

우리는 할머니를 인포메이션 센터로 모셨다. 할머니는 내 손을 꼭 붙잡고 따라오셨다. 새벽이라 그런지 인포메이션 센터에는 여직원 한 명만 있었다. 직원에게 자초지종을 설명했다. 그러면서 이 종이에 적힌 게 이태리어 같다고 덧붙였다.

"이태리어요? 저는 일본어랑 중국어밖에는 못해서요. 잠시만요. 당직자들 중에서 찾아볼게요."

그리고서는 전화기를 들고서 이리저리 전화했다. 하지만 이리저리 전화해봐도 이태리어를 할 줄 아는 사람이 없는 것 같았다.

"어쩌죠. 이태리어 할줄 하시는 분이 출근하시려면 좀 기다려야 하실 것 같아요."

"한 얼마 정도요?"

"9시쯤에는 출근하실 거에요."

시계를 바라보았다. 6시 30분이라, 한 2시간은 기다려야겠는데?

"그럼 혹시 이 쪽지에 있는 뜻이라도 알 수 있을까요?"

"잠시만요."

그녀는 이렇게 말하더니, 스마트폰으로 사진을 찍어서 누군가에게 보냈다.

"2터미널 E 5번 앞에서 6시 30분이라고 하네요."

얼마 뒤 직원이 말했다.

"아, 그래요. 감사합니다."

"넓은 공항을 헤매시다가 1터미널까지 넘어오셨나보다. 고생이 많으셨네."

"그러게요."

"혹시 할머니를 모셔다드릴 수 있을까요?"
"저희도 그러고 싶지만, 지금은 힘들 것 같아요. 저희도 근무지를 벗어나기가 어렵고, 거기다 시간이 시간인지라 직원들이 모자란 상태라서요."
 할머니는 아직도 나의 손을 꼭 잡고 있었다. 거칠었지만 축축하고 따뜻한 손이었다.
 "아주머니, 할머니를 데려다드려도 될까요?"
 "그래. 그러자."
 아주머니가 웃으면서 흔쾌히 말해주셨다.
 직원은 미안하다고 말하며 2터미널로 가는 지름길을 설명해주었다. 우리는 직원이 안내해 준 대로 3층으로 올라가서 2터미널로 향했다. 설명을 잘 해주어서인지 게이트까지 가는데는 문제없었다. 게이트 근처에서 젊은 여자가 초조한 듯 이리저리 왔다 갔다 하고 있었는데, 할머니는 그 여자를 보자 소리쳤다. 할머니는 붙잡은 내 손을 풀고, 그녀에게 달려갔고 그녀도 달려와 서로를 꼭 껴안았다. 감동적인 포옹을 끝내고 할머니는 우리를 가리키며 손녀처럼 보이는 그녀에게 뭐라고 말하기 시작했다. 여자는 이야기를 듣더니, 우릴 보며 고개를 꾸벅거리며 인사했다.
 "감사합니다. 할머니가 약속 시각에 도착하시지 않으셔서 걱정 많이 했어요. 약속 장소에 할머니가 안 계셔서 어디로 찾으러 갈 수도 없고. 좀 더 기다리다 안 오시면 방송이라도 해야 하나 하고 걱정했는데… 감사합니다."
 "아니에요. 당연히 할 일을 했을 뿐인데요. 그런데 한국말을 정말 잘하시네요?"
 "네. 한국지사에서 벌써 3년째 근무 중이에요. 할머니가 저를 많이 보고 싶어 하시고 한 번도 외국에 나와보신 적이 없어서 관광도 시켜드릴 겸 초대해드린 건데……."

외국에 나와보신 적이 없어서 관광도 시켜드릴 겸 초대해드린 건데……."

할머니는 손녀의 말을 끊고 우리에게 뭐라고 말씀하셨다.

"할머니가 무언가라도 대접하고 싶다고 하세요. 드릴 말씀도 있고."

"저희도 그러고 싶지만, 비행기 출발시간이 얼마 안 남아서요."

나는 사양을 하며 인사를 드리고 자리를 피하려고 했다. 그러자 할머니는 내 손을 잡았고, 손녀에게 쉬지 않고 말하기 시작했다. 손녀는 몇 번 대답을 하더니 고개를 절레절레 흔들었지만, 어쩔 수 없다는 듯이 할머니의 말을 전달하기 시작했다.

"할머니가 지금 당신에게는 거대한 변화의 바람, 폭풍이 불어오고 있다고 하네요. 그래서 지금이 굉장히 중요한 때라고. 알아요. 요즘 세상에 이런 말 하면 안 믿으시겠죠. 마녀나 집시 같은 것들요."

할머니를 쳐다보았다. 할머니의 주름이 더 깊게 파여 있었고, 나의 손을 더 꽉 쥐었다.

"스코틀랜드에는 글루아가호라는 요정이 있대요. 글루아가호는 비 맞은 할머니로 변장해서 도움을 요청한다고 해요. 그리고 도움을 받으면 행운을 준다고 하네요. 그러니 행운이 찾아올 거라고."

"아니에요. 그런걸 바라고 한 거 아니에요."

내가 손사래를 쳤지만, 할머니는 개의치 않고 말을 이으셨다.

"그런데 그러려면 페어리스톤을 꼭 지니고 있어야 한 대요."

"이거요?"

난 목에 걸려있는 페어리스톤을 내보이며 말했다.

"네. 페어리스톤은 해그스톤이라고도 한데요. 왜 이게 한국에 있는지는 모르지만, 이 가운데 있는 구멍으로 요정 세계와 인간

세계를 지켜보다가 도움이 필요할 때 행운을 준다고 하네요. 그러니 당신한테 꼭 필요할 거라고."

처음 아는 사실에 약간 놀랐다. 할머니가 6·25 때 외국인 병사를 도와주고 받았다기에 그냥 농담을 한 건 줄 알았는데.

할머니는 나보고 고개를 숙이라는 듯 손짓을 하셨다.

손녀를 바라보았는데, "행운을 잡아두는 의식 것을 해주시겠다고 고개를 숙이라고 하시네요." 라고 말했다. 손녀는 할머니의 말을 전하기는 했지만, 얼굴에서 부끄러움을 감출 수 없었다. 할머니만 아니면 도망치고 싶은 마음이었을 거다.

할머니의 부탁을 거절하기에도 그렇고, 지금과 같은 시기에 행운이라도 준다니 받아들이는 게 좋을 것 같기도 해서 고개를 숙였다.

그러자 할머니는 머리에 무언가를 뿌렸다. 갑작스러운 행동에 움츠렸는데, 할머니는 아랑곳하지 않고 주문 같은 것을 외우기 시작했다. 손녀가 "너무 걱정 마세요. 운이 도망가지 못하도록 그리고 요정들에게 학생을 잘 부탁하도록 하는 의식이에요." 라고 말해주었다.

할머니는 의식이 끝나자, 나를 안아주셨다. 그리고 등을 토닥토닥 두드려 주기도 하셨다. 왠지 돌아가신 할머니를 만난 것 같았다. 포옹이 끝나자 손녀는 할머니를 데리고 서둘러서 공항을 빠져나갔다.

"아주머니 죄송해요. 생각보다 오래 걸렸네요."

"아니야. 잘 되었지. 아마 좋은 일이 있을 거 같은 기분이 드네."

다행히 아주머니가 웃으며 말씀해주셨다. 우리는 서둘러 1터미널을 거쳐 출국 심사하는 곳으로 갔다. 늦지는 않았지만 그래도 여유가 있지는 않았다. 빠르게 걸어서인지, 갑자기 의식해서인지 움직일 때마다 목걸이가 묵직하게 느껴졌다. 몇 번 목걸이를 만져보았는데, 왠지 모르게 마음이 안정되는 느낌을 받았다.

출국심사를 통과하자, 아주머니는 바로 비행기 타는 곳으로 가자고 하셨다. 유진이 선물이 마음에 걸렸지만, 나중에라도 살 시간이 있을 거라는 생각이 들어 아주머니 말을 따르기로 했다.

우리가 게이트에 도착하자 탑승구가 열렸고 사람들이 줄을 서기 시작했다. 어떻게 이렇게 타이밍 좋게 맞아떨어졌는지. 운이 좋다고 해야 하나. 벌써부터 페어리스톤에 의지하는 느낌이 들었다.

"우리 집 처음에 왔을 때 기억하니?"

아주머니가 줄을 서서 기다리는 동안 물으셨다.

"그럼요. 그때 맛있는 거 많이 해주셨잖아요."

"그때 사실은 많이 놀랐단다. 유진이가 남자애들을 데려왔으니까. 아마 전주 놀이동산에 다녀왔을 때였을 거야."

"아아, 맞아요."

잊고 있었던 기억이 어렴풋이 날듯 말듯했다.

"사실 유진이가 놀이동산에 가기 전날 울면서 말했단다. 소풍 안 가면 안 되냐고. 그래서 하고 싶은 대로 하라고 했어. 왕따 때문에 전학을 왔는데, 여기서도 왕따를 당하니. 그런데 다음날 꾸역꾸역 소풍을 가더라고. 아직은 모르겠지만 아니 몰라야겠지만, 그 기분은 모를 거야. 하루 종일 곁에서 살펴보고 싶은 마음, 보이지 않으며 입이 바싹바싹 마르고 심장이 쿵쾅거리는 마음을 말이야."

여기까지 말하고 아주머니는 가슴에 손을 올리고 한숨을 내쉬셨다.

"그런데 소풍 갔다 오더니 한결 밝아진 모습인 걸 보고 얼마나 기뻤는지 몰랐단다. 그래서 소풍이 어땠는지 물어봤지. 친구들이랑 놀았다고 대답하더라고. 그래서 좀 더 친구들과 잘 지냈으면 하는 마음에서 친구들을 초대했는데, 그게 죄다 남자들뿐

이어서 얼마나 놀랐는지…….”

 우리는 자리를 찾아 앉았다. 나는 의자 앞에 있는 모니터를 바라보았다. 안내방송이 나와 지시에 따라 안전띠를 맸다. 비행기가 덜컹거리면서 놀이동산 때의 기억이 떠올랐다.

**

 소풍은 유진이와 오락실에 다녀온 지 일주일이 지난 후에 갔다. 놀이동산에 소풍을 갔다고 해서 특별하게 노는 방법이 달라질 건 없었다. 놀이기구 타는 것을 싫어했는데, 높은 곳에서 떨어질 때 발바닥이 간질간질한 그 오묘한 기분에 도저히 적응할 수 없어서였다.
 선생님이 출석 체크를 끝난 뒤에 주신 자유시간에 친구들과 볼링장이나 가려고 했다. 그런데 유진이가 두리번두리번거리며 이러지도 저러지도 못하고 있는 것이 보였다. 그래서 유진이를 불렀다.
 "유진아, 볼링 치러 갈래?"
 "볼링? 놀이동산까지 와서 무슨 볼링이야?"
 그녀는 우리에게 다가와 말했다.
 "우리는 놀이기구 안 좋아한단 말이야. 볼링 안 할 거면 다른 데 가."
 "정말이야?"
 유진이는 나 말고 진수와 진우를 보면서 말했다.
 "사실 나는 놀이기구 타는데 못 타는 애네들이 불쌍해서."
 진수야…….
 "나도 마찬가지야."
 진우도 손사래를 치며 말했다.
 둘의 배신에 몸이 부들부들 떨렸다.

"야, 됐고 따라와."

내가 도망가기 위해 돌아서자, 유진이가 목 뒤 카라를 붙잡았다. 도움을 청하기 위해 진수를 잡았다. 진수와 진우는 오히려 내 팔을 양쪽에서 체포하듯 잡았고, 나는 무력하게 끌려갈 수밖에 없었다. 그들은 신나서 왁자지껄하며, 나를 배려한답시고 난이도가 낮은 바이킹을 먼저 타기로 했다. 그리고 도망치지 못하게 하려고 나를 둘러싸고 줄을 섰다.

많이 떨렸지만, 여기까지 와서 추하게 도망칠 수 없다는 생각에 '1분만 참자. 1분만 참자.'라고 되뇌며 마음을 다잡았다. 그들은 얼굴이 노래지고 있는 내가 신경 쓰였는지 바이킹 정중앙에 앉을 거라고 말했는데 전혀 위로가 되지 않았다. 앞에 사람들이 줄어들 때마다 말이 많아졌는데, 만화책 이야기부터 게임, 그리고 TV 이야기까지 있는 대로 끄집어내었다.

그러다 결국 올 것이 오고 말았다. 녀석들은 착하게도 아까의 결의를 잊지 않고 바이킹 가운데로 가서는, 진수, 나, 유진이, 진우 순서로 앉았다. 덜컹거리며 내려온 안전바를 꽉 움켜잡았다. 기구가 천천히 뒤로 올라가기 시작했다.

발의 중심에서부터 스멀스멀 간질간질한 것이 올라오기 시작했다. 바이킹이 최고점에 이르러 떨어져 내리기 시작하자 온몸이 찌릿찌릿했다. 고개를 숙이고 옆을 살짝 흘겨보았다. 유진이와 진수, 진우까지 모두들 만세를 부르고 있었다. 대단한 녀석들······.

바이킹은 몇 번이나 높아졌다 낮아졌다를 반복했다. 하지만 최고점에 이른 후에 점차 바이킹의 높이가 낮아지면서 적응이 되어 갔다. 안전바를 꽉 잡고 있던 손에서 서서히 힘이 풀려 갈 때였다. 갑자기 유진이와 진수가 팔목을 잡았다. 그리고는 약속한 듯 만세를 불렀다. 버티려고 했으나 손이 땀에 젖어 미끄러워서 "으아!" 하고 비명을 지르며 같이 손을 쭉 뻗고 말았다.

정신이 나가버릴 정도의 충격에 꿈틀꿈틀거리며 바이킹에서 내려왔지만, 녀석들은 뭐가 그리 신나는지 깔깔거렸다.

죽는다. 이러다간 분명 심장에 충격을 받아서 일찍 죽는다.

애들에게 난이도를 낮춰서 범퍼카나 후룸라이드를 타자고 했지만, 그들은 광전사처럼 오로지 전진뿐이었다.

그들의 다음 공략대상은 더 끔찍한 놀이기구였는데, 그것은 일인용 좌석에 앉으면 원을 그리며 빙글빙글 도는 것과 동시에 좌우로 크게 시계추처럼 도는 소름 끼치는 놀이기구였다. 비명이 난무하는 모습을 보는 순간 아무 말도 나오지 않았다.

적은 내부에 있다더니…….

나와는 달리 애들은 즐거운 듯 줄을 서 있었고, 아무도 이것을 타는 데 대해 걱정하지 않는 것 같았다. 나만 정상이고 나머지는 변태들이었어. 그렇게 줄이 짧아지면서 우리가 놀이기구를 탈 차례쯤이 되었다.

갑자기 번뜩하고 좋은 생각이 떠올랐다. 앞에 차례에서 사람들이 들어갈 때마다, 들어가는 사람의 수를 얼핏 세어보았다. 그리고 우리 앞에서 안전요원이 줄을 끊으려고 하자, 나는 나와 세 명을 억지로 밀어 넣어 마지막으로 들어갔다.

사람들은 천천히 순서대로 앉기 시작했다. 유진이와 진수, 진우가 자리에 앉자 자리를 둘러보다 "자리가 없네. 난 다른데 앉을게" 하고는 자리를 찾는 척하면서 놀이기구를 빙 돌아 나와버렸다. 놀이기구가 움직이자, 녀석들을 속였다는 생각에 놀이기구가 흔들릴 정도로 방방 뛰었다. 그리고는 흐뭇하게 녀석들이 비명을 지르는 모습을 밖에서 지켜보았다.

놀이기구가 천천히 내려왔다. 나오는 사람들과 밖에서 합류하기 위해서 출구에서 기다렸다.

사람들이 출구에서 나오자 거꾸로 사람들 속으로 들어가 입구에서 기다리는 척을 했다.

"야, 너 누가 치사하게 도망치래."
유진이가 나를 보자마자 말했다.
어깨를 축 늘어트리고 머리를 짚었다.
"나? 무슨 소리야? 죽다 살아났구만."
목소리를 모기만 하게 해서 대답했다.
"뻥치시네. 내가 너 나가는 거 다 봤거든. 너희들도 봤지?"
유진이가 진수와 진우를 보며 말했다.
"난 솔직히 잘 못 봤어. 그때 발만 보고 있어서."
"나도."
"거봐. 너희들 때문에 타고 싶은 거 억지로 탔는데, 이렇게 의심까지 받으면 정말 억울해."
진심으로 억울했다. 그냥 볼링이나 쳤으면 될 일이 이렇게까지 번지고야 말았으니. 눈을 마주치지 못하고 시무룩한 목소리에, 유진이의 얼굴이 곤란한 표정으로 바뀌었다.
"내가 잘못 봤나… 미안해."
표정이 너무 재미있고 유진이를 속였다는 생각에 그만 풋 하고 웃음을 터뜨리고 말았다.
"야, 너 날 속였어?"
유진이는 씩씩대며 붉어진 얼굴로 내 귀를 잡아당겼다.
"아. 미안, 미안."
"야, 됐고. 이제부터 얄짤없어."
"그러지 말고 화 풀어."
"됐거든."
유진이는 이렇게 말하며 나를 끌고 갔다. 그녀는 어느 놀이기구 앞에서 멈춰 섰다. 그것은 상공 70m까지 천천히 올라갔다가 최대속력으로 떨어지는… 이것을 만든 제작자는 정신감정을 받아봐야 한다고 생각되는 끔찍한 놀이기구였다.
장내 방송의 '쭉쭉 올라가 하늘 끝까지, 쭉쭉 올라가 우주 끝까지'라는 노랫소리와 함께 기구는 천천히 위로 올라갔다. 시선이 끝없이 올라가는 놀이기구를 따라갔는데 목에서 뚝 소리가 날 정도로 꺾일 수 있는 위치를 넘어 한참을 올라갔다. 몇 초 뒤 돌고래 소리와 함께 쿵 하고 떨어졌다.

고개를 절레절레 흔들었다.

"그냥 여기서 죽고 말지. 이건 못 타."

난 주저앉으며 말했다.

"괜찮아. 이거 안전해."

진수와 진우가 킥킥대며 양팔을 붙잡고 번쩍 들어 올렸다. 이 녀석들 정말 운동하는구나. 감탄할 때가 아니지. 이러다간 정말 타겠는데······.

"애들아, 목마르지 않니?"

진수와 진우의 손에서 힘이 풀리는 것이 느껴졌다.

"우리 계속 놀이기구 타고 줄 서느라 아무것도 못 먹었잖아. 내가 음료수 사 올게."

"음료수만?"

진수가 대답했다.

"그럼 츄러스도 같이 먹을래?"

진수와 진우가 잡고 있던 팔의 힘이 완전히 풀렸다.

"그래, 그래. 내가 저거 타는 게 무슨 의미가 있어. 맛있는 거 먹는 게 너희들에게 이득이지."

묶여 있던 팔을 풀어내며 말했다.

"이번에는 봐주는데, 다음 건 꼭 타야 한다."

둘이 이렇게 되어버리자 유진이도 어쩔 수 없었다. 고개를 끄덕이고는 나는 듯이 매점으로 갔다. 음료수랑 츄러스를 주문하고 기다리는데, 누군가 뒤에서 "애, 애." 하고 불렀다.

뒤를 돌아보니 유진이를 왕따시켰던 여자애와 그 무리가 있었다. 자주 어울리던데, 그러면 유진이가 널 좋아할 거 같니?"

생글생글 웃으며 말했다. 하지만 그게 더 기분이 좋지 않았다.
"너, 나 좋아하니?"
"뭐라고?"
내 말이 뜻밖인지 아니면 자존심에 상처를 입었는지 웃음기가 싹 사라졌다.
"나를 좋아하니까 내가 유진이랑 잘 되는지 궁금한 거 아냐?"
"이게 말이면 다 하는 줄 아나. 너 죽어볼래?"
"도대체 왜 그러는 거야? 왜 유진이를 왕따시키는 건데? 유진이가 뭘 잘못했길래?"
"내가 너한테 그런 것까지 말해야 돼?"
"그럼 날 왜 부른 거야? 놀이동산까지 와서 심심해?"
"너한테 충고하러 온 거야. 유진이랑 놀지 않는 게 너한테 좋을 것 같아서."
"그래. 고맙네. 나도 충고해줄게. 쓸데없는 데 힘 빼지 마."
"도대체 왜 이러는 걸까? 멍청할 정도로 착한 걸까? 아니면 영웅심리일까?"
"영웅심리도 착한 것도 아니야. 당연한 거야. 좋은 사람 옆에 같이 있고 싶어 하는 건 누구나 마찬가지거든."
그녀는 말이 통하지 않아서인지, 나를 노려보다가 갑자기 무슨 생각에서인지 활짝 웃었다.
"그래. 나한테 좋은 생각이 떠올랐어. 내가 너랑 유진이, 잘 되게 도와줄게."
"뭐라고?"
"잘 못 들었어? 내가 너랑 유진이 사귀게 도와준다고."
그녀가 헤실헤실 웃으며 말했다.
"너 또라이구나."
"우리 이제 같은 편이야."

그녀는 이렇게 말하고는 가버렸다. 잠깐의 대화였지만 이제까지의 피로가 한꺼번에 몰려오듯 급속도로 피곤해졌다. 잠시 멍하게 있다가 멀리 놀이기구에서 들려오는 비명 소리에 정신을 차릴 수가 있었다.

4. 요즘 아라랑 친하게 지내는 것 같더라

 그녀의 이름은 아라였다. 나는 그녀를 무시하려 했지만, 그 이후부터 우리 교실에 가끔 들어와서 "생각해 봤어?", "왜? 남자답지 못하게. 유진이가 다른 남자랑 사귀어도 괜찮아?", "이 계획도 마음에 안 들어? 꽤 까다롭네."라고 입에 나오는 대로 말했다.
 "난 관심 없다니까. 도대체 왜 이러는 거야?"라고 대답해도, 그녀는 "아무 뜻 없어. 난 착하고 강한 남자가 좋아. 아빠 같은. 그런데 네가 그런 남자 같아서 도와주고 싶은 거야."라고 말할 뿐이었다.
 아라는 성적도 우수하고 품행도 좋아서 선생님과 주위 사람들에게 신뢰를 받고 있었다. 하지만 나는 그녀를 믿을 수 없었다. 그녀가 왕따의 주동자인 것은 틀림없는 사실이었다.
 유진이는 점차 상황이 좋아지고 있었다. 탄탄한 방벽도 구멍이 하나가 뚫리면 무너지듯, 유진이에 대한 왕따도 점차 줄어들었다. 하지만 아라가 나에게 친한 척을 하면서, 유진이와 나 사이에는 거리가 생기기 시작했다.

 자신을 왕따시킨 주모자와 속닥거리고 있는 모습을 보이는데 누가 속이 뒤집히지 않을까.

 그렇다고 유진이한테 "사실은 말이야, 쟤가 너랑 잘되게 해준대." 라고 말할 수도 없었다. 그래, 말한다고 해도 유진이가 내 말을 믿을까? 아니, 믿는 것은 둘째치고 저의를 의심하지 않을까?

 이러지도 저러지도 못하고 고민하는 시간이 길어지면서, 유진이와 오해가 쌓여 데면데면해질 때쯤 문화제가 열렸다.

 유진이는 모범생이라 딱히 문화제 참여하지 않으면서도 선생님을 이것저것 도와주고 있었다.

 모범생이라는 것이 한편으로는 참 불편하다. 모범생들은 성실하고, 그렇기에 선생님에게 신뢰를 받는다. 신뢰는 곧 귀찮은 일로 이어지고, 다시 그것은 책임으로 이어져 결국 다시 일이 모이는 이상한 악순환 구조를 이룬다. 그렇다고 해서 대단한 일을 맡긴 것도 아니었다. 예를 들면, 장비를 나눈다거나 물품목록을 정리한다거나 하는 일 따위였다.

 그에 반해, 나는 집에 가서 쉬어야지 하는 생각뿐이었다.

 교실과 복도는 설렘으로 분주하고 웃음소리와 들뜬 목소리가 들렸다. 교문을 나서려고 할 때였다.

 "축제인데 벌써 가니?"

 아라였다. 하도 티격태격 반복하다 보니 어느새 경계심이 누그러져서 그녀의 말이 장난처럼 느껴졌다.

 "난 아무것도 안 하거든."

 "남들은 축제 때 고백한다고 난리던데. 넌 안 해?"

 "야, 질리지도 않냐? 안 해. 안 한다는데 왜 그래?"

 "말했잖아. 난 착하고……."

"똑같은 이야기 그만하자. 지친다. 지쳐."
"아, 이럴 때가 아니지. 너한테 좋은 기회가 생길 것 같아서 말해주려고 왔어. 아까 선생님이 유진이 보고 이젤 가져오라고 하시던데?"
이런 식이다. 자기가 하고 싶은 말만 한다.
"이젤이 어디 있는지 알아? 저기 떨어져 있는 창고 있잖아. 거기에 있거든."
별관 뒤편에 단층짜리 창고가 덩그러니 있는데, 체육 시간에 심부름으로 나도 몇 번 가본 적이 있었다. 거기는 잡동사니들을 모아 놓은 곳이었다. 구르기 할 때 쓰는 매트나 이젤, 뜀틀 등이 아무렇게나 쌓여 있었다. 창문도 없어서 문을 열면 빛이 들어오며 먼지들이 부유하는 것이 보이고 오래된 시멘트 냄새와 서늘함이 느껴지는 곳이었다.
"그런데 거기 혼자 들어갔는데, 갑자기 문이 닫힌다거나 하면 이런 축제 상황에서 어떻게 될까?"
"내가 그걸 선생님한테 말하면 어떨까 걱정되지 않니?"
"글쎄, 네가 지금 달려가면 그럴 일이 없지 않을까? 그리고 좋잖아. 위기에 빠진 여주인공을 구하는."
"선생님이 유진이를 심부름 보냈는데 오지 않으면 이상하게 생각하지 않겠어? 내가 걱정 안 해도 될 것 같은데."
"그건 걱정하지 마. 내가 해결해 놨으니까."
그녀가 웃으면서 말하는데 소름이 돋았다.
"유진이가 간 지 꽤 된 것 같은데. 한시라도 빨리 가는 게 좋지 않을까. 네가 빨리 가서 막으면 되잖아."
그녀에게서 이게 진실인지 아닌지 파악해보는 것은 의미가 없다고 생각되었다. 그녀의 말에 대응하는 것이 최대한 합리적이라는 생각을 했다.
그래. 내가 한 번 고생하면 된다.

녀석을 지나쳤다.
"잘해봐. 파이팅!"
천진스럽게 외치는 그녀를 향해 뒤돌아보지 않았다.
이제는 대답은커녕 무시하기로 마음먹었다.

사람들을 지나쳐 별관 뒤편으로 갔다. 멀리서 들리는 스피커 소리가 건물을 넘지 못하고, 한풀 꺾여 생동감이 없는 음악 소리가 들렸다. 창고로 가는 길은 흙길이었고 주위에는 듬성듬성 잡초가 피어있었다. 한 걸음 한 걸음 디딜 때마다 흙바닥을 밀어내는 소리가 났다.
창고 앞에 도착하자 가장 먼저 보인 것은 철문이었다. 그리고 문고리에 자물쇠가 채워져 있었다. 손잡이를 잡고 당기니 조그만 틈이 생겼다.
문틈으로 눈을 대고 조심스럽게 안쪽을 바라보았다.
아무것도 보이지 않았다.
"유진아, 안에 있니?"
나의 목소리를 창고가 삼킬 뿐이었다.
"없구나."
안도의 한숨을 쉬었다.
그래. 아무리 미쳤다고 해도 진짜 그런 짓을 할까 하는 생각이 들었다.
"야, 뭐해?"
그때 갑자기 뒤에서 나타난 유진이의 목소리에 심장이 뚝 떨어졌다.
"와, 깜짝이야. 사람 다니는 티 좀 내고 다녀. 심장 떨어지는 줄 알았잖아."
뒤를 돌아보며 말했다.
"뭘 하고 있었기에 사람이 오는지도 몰라? 그리고 너 왜 여기 있어?"
"음… 누가 너 혼자 창고에 온다고 해서 지나가다가 도와주려고. 그런데 너 혼자 왔어?"
"서정이랑 오다가 갑자기 선생님이 다시 서정이 부른다고 해서 우선 나 혼자 왔어."
아라 말이 맞았네. 애를 어떡하지. 진짜.
"잘됐네. 내가 도와줄게. 빨리 이젤 챙겨서 돌아가자. 여기 너무 썰렁해."
유진이는 고개를 끄덕이고는 자물쇠에 키를 꽂고 문을 열었다.
"여기 기다리고 있어. 내가 가서 이젤 가져올게."
"같이 들어가자."
"아니야, 여기서 기다리고 있어. 갑자기 문이 닫히면 어떡해."
"에이, 설마."
"아니야, 넌 쉬고 있어."
유진이를 억지로 입구에 세워놓고는 창고 안으로 들어갔다.
꿉꿉한 냄새와 함께 서늘한 느낌이 들었다.
한쪽 편에는 농구공이나 배구공이 쌓여 있었고, 다른 쪽에는 매트들이 얹혀 있었다. 앞에는 뜀틀이 있었고 그 옆으로는 이젤이 몇 개 굴러다니고 있었다. 뜀틀 옆으로 가서 이젤을 잡아당겼다.
이젤이 걸렸는지 뜀틀이 살짝 움직이며 덜커덩 소리가 났다.
뜀틀을 밀어내며 다시 한번 이젤을 들어 올렸다.
하지만 빠지지 않고 덜컥거릴 뿐이었다.
"잘 안돼?"
"이젤이 뜀틀이 걸려서 안 빠져."
"내가 도와줄게."
유진이가 스마트폰 카메라 플래시를 켜고 성큼성큼 다가왔다.

4. 요즘 아라랑 친하게 지내는 것 같더라

스마트폰의 움직임에 따라, 주위의 잡동사니들이 나타났다 사라졌다 했다. 유진이가 걸린 곳을 비추었지만, 안쪽까지 보이지는 않았다. 이젤의 모서리가 갈고리처럼 뜀틀 사이의 어느 부분에 걸려있는 것 같았다. 내가 뜀틀을 위로 들어 올리고 유진이가 이젤을 잡고 흔들었다. 이젤이 조금씩 빠져나오기 시작했는데 뭐에 걸리는지 턱턱거렸다.

"유진아, 내가 이젤 뺄 테니까 잠깐만 뜀틀을 들고 있어봐."

유진이가 고개를 끄덕이고 뜀틀을 받았다. 이젤을 잡고 흔들어 공간을 만든 후 뜀틀 쪽으로 밀어 넣었다가 위로 들어 올렸다. 그러자 이젤이 쑤욱 하고 빠져나왔다.

"와, 이걸 어떻게 혼자 빼냐?"라고 말하며 이마의 땀을 닦았다.

"그러게. 너 없었으면 큰일날 뻔했다."

유진이가 웃으며 이젤을 받았을 때였다.

빛이 줄어들더니, 문이 턱하고 닫혔다. 나와 유진이는 문 앞으로 달려가 문을 밀어보았다. 하지만 문은 조그마한 틈만 벌어질 뿐 열리지 않았다. 있는 힘껏 밀어보았지만 덜컹거릴 뿐이었다.

"누구야? 이런 심한 장난을 치는 게."

소리치며 문을 두들겼다. 하지만 아무런 대답도 들리지 않았다.

"침착해. 스마트폰 있잖아. 전화하면 열어 달라면 되잖아."

나는 고개를 끄덕였다. 유진이가 선생님께 전화를 걸었다. 주위가 어찌나 고요한지, 통화 신호음 사이로 색색거리는 숨소리조차도 크게 들렸다.

하지만 통화가 연결되지 않았다. 세 번을 연속해서 걸었지만 마찬가지였다.

"축제로 바쁘신가 보네. 혹시 모르니 서정이에게도 메시지 남겨놔야겠다."

우리는 털썩 주저앉았다. 스마트폰 플래시를 켜놓을 수도 있었지만 배터리가 아까워서 껐다. 그래서 실내의 빛은 문틈 사이로 비치는 한줄기빛이 전부였다.

침묵이 흘렀다. 마치 시합장 나가기 전 대기실처럼 긴장감이 도는 것 같았다.

위이잉거리며 문틈으로 바람이 들어오는 소리가 들렸다. 뒤에서 기구들이 바람에 휘둘리며 삐걱댔다.

"좀 썰렁하네."

무서운 척하지 않으면서 지금 상황을 표현할 수 있는 말이었다.

"그러게"

유진이가 대답한 후, 다시 침묵이 흘렀다.

"우리 좀 이따가 수학여행 가잖아. 프로그램 중에 담력 훈련 있대. 그거 미리 연습한다고 치자."

분위기를 바꿔보려고 목소리를 한층 올려서 말했다.

"담력 시험 싫은데. 난 그런 거 질색이야."

"왜? 귀신이 무서워?"

"아니, 안 무서워."

유진이가 말했지만, 공기의 떨림에 그녀가 두려워한다는 것을 알 수 있었다.

"이히히히" 하고 흐느끼는 소리를 내었다.

"노래를 못하니 흉내도 못 내는구나."

"윽. 그럼 네가 한번 내봐."

"하려면 제대로 내야지. 춘향가에 보면 귀곡성을 따라하는 게 있어. 거기를 들어보면 한을 담아서, 소리를 떨었다 풀었다를 잘해줘야 한다구."

유진이는 이렇게 말한 후, 목소리를 가다듬었다. 그리고는

4. 요즘 아라랑 친하게 지내는 것 같더라

"이 히~ 이히~" 하고 소리를 간드러지듯 내었다.

그러자 뒤에서 '탁' 하고 뜀틀이 부딪치는 소리가 났다.

유진이가 멈췄다.

위이잉위이잉 소리가 다시 들렸다.

"아까 이젤 꺼내면서 든 뜀틀이 이제야 맞춰졌나 봐."

"맞네. 맞아."

우리는 이렇게 말했지만, 감히 뒤돌아보지 못했다. 하지만 유진이의 떨림이 더 심해졌다는 것은 알 수 있었다.

난 목에 있던 페어리스톤을 꺼내었다.

"이거 우리 할머니가 돌아가시기 전에 남겨주신 거야. 할머니가 6·25 전쟁 때 어떤 외국인 병사를 도와주고 받으신 건데. 어려울 때 지켜줄 거라고 말씀하셨어. 잠깐동안 빌려줄게. 걸고 있어."

"그렇게 소중한 걸 나 줘도 돼?"

"여기서 나갈 때까진데 뭐. 나가는 즉시 돌려받을 거야."

"고마워. 여기서 나가면 바로 줄게."

유진이는 페어리스톤을 쥐자, 안정이 되는 것 같았다. 나는 이 조용하고 어색한 침묵이 싫어서, 다른 화제가 뭐가 있을까 싶어, 이리저리 머리를 굴리고 있을 때였다.

"요즘 아라랑 친하게 지내는 것 같더라."

예상치 못한 펀치가 명치를 찌른 것 같았다.

순간 사고가 날아가고, 바보처럼 그저 '어' 하고 신음도 아니고 호흡을 삼키는 이상한 소리를 내었다.

"아니야. 그런 거······."

간신히 정신을 차리고 겨우겨우 대답했다.

"그러면?"

그녀의 짧은 물음에 다시 코너로 몰렸다. 나는 빛이 들어오지 않는 데 감사했다. 만약 밝았다면 유진이의 눈을 똑바로 바라볼 수 없었을 것이다.
 곤란하다. 말하기가 껄끄럽다. 아라와 그러한 이야기를 나눈다는 것 자체가 유진이의 마음이 상할까 두렵다. 한편으로는 부끄럽기도 하다. 하지만 말하지 않을 수 없다. 무감각하고 모자라지만 여기서 어물쩡 넘어가면 유진이랑은 끝이라는 생각이 들었다.
 아마 나를 더 이상 신뢰할 수 없겠지.
 유진이와 끝나느냐, 아니면 사실대로 말할 것인가. 어느 쪽이 더 나은지는 세 살 어린이도 알 정도이지만 입이 떨어지지 않는다.
 "말할 게 없다면 내 마음대로 생각해도 되는 거지?"
 "그게 아니라… 사실… 네가 오해하지 않았으면 좋겠는데… 내가 계속 하지 말라고 했거든……. 나랑 너랑 잘되게 해주겠다고 하면서 수작을 걸더라고."
 "뭐라고? 그래서 넌 뭐라고 그랬는데… "
 유진이가 어이가 없다는 한숨을 토해냈다.
 "난 계속 거절했지. 그러니까 계속 말을 걸어온 거야. 그래서 친해 보였던 거고. 난 걔에 대해서 아무것도 몰라."
 "넌 진짜 바보다. 그런 일이 있으면 나한테 먼저 상의해야 하는 거 아냐? 혼자 고민하고 있으니 이렇게 휘둘리지."
 그녀는 답답한 듯 버럭 하고 소리 질렀다.
 어둠 속에서 무언가가 올라왔다. 눈을 질끈 감았다. 머리카락 사이로 부드러운 손길이 느껴졌다. 그녀가 쓰다듬고 있었다.
 "고생했네. 그리고 미안해. 내가 먼저 말했어야 했는데."
 "아니야. 내가 둔해서 그렇지 뭐."
 "아, 피곤하다. 요즘 축제 준비한다고 선생님 심부름을 너무 많이 했나 봐. 너무 피곤해. 좀 쉬어야겠다."
 그녀는 이렇게 말하고는 내 다리에 머리를 기대고 누웠다.

서늘한 창고가 이상하게도 뜨겁게 느껴졌다.
심장이 두근거리는 소리와 그녀가 새근거리는 숨소리만이 들렸다.

비행기는 커다란 굉음을 내며 하늘로 떠올랐다. 비행기가 이륙할 때 입을 벌리고 있으면 좋다는 이야기를 남욱이한테 들었던 기억이 나서 하품하는 척하며 입을 크게 벌렸다. 이륙이 끝나자 벨트를 풀었다. 가운데 좌석에 앉았는데 출구 쪽에는 아주머니가, 창가 쪽에는 외국인 아저씨가 앉아 있었다. 외국인 아저씨는 몸집이 큰 편이 아니었지만, 팔걸이에서 서로 팔꿈치가 서로 부딪치곤 했다. 아저씨는 아이패드를 켜고 무언가를 하고 있었는데, 창문을 보다가 아저씨의 아이패드를 본의 아니게 훔쳐보는 것 같아 정면의 모니터로 시선을 옮겼다.
모니터를 이리저리 살펴보다가 영화를 한 편 틀었다. 최근에 개봉한 영화였지만, 별로 눈에 들어오지는 않았다. 조금씩 조금씩 유진이에게 가까워지고는 있지만 반대로 집중력은 점점 떨어지고 있었다. 영화를 끄고는 다시 모니터의 메뉴를 이것저것 살펴보다가 음악을 선택한 후 눈을 감았다.
페어리스톤을 쓰다듬었다. 매끈매끈한 돌의 표면이 마음을 진정시켜주는 것 같았다. 옆을 슬쩍 보았다. 아주머니가 옆에서 주무시고 계셨다. 문득 할머니 말이 떠올라, 페어리스톤의 구멍 사이를 눈으로 들여다보았다.
당연한 이야기지만 모니터가 보였다. 갑자기 얼굴이 화끈거려 주위를 두리번거렸다. 모두들 모니터를 보거나 눈을 붙이고 있었다. 나도 좌석을 뒤로 젖히고 눈을 감았다.

손등과 입 주위에 축축한 느낌이 들었다. 손등으로 입술을 훔친 다음 눈을 떴다. 밝은 빛이 눈에 들어왔다. 눈을 천천히 깜빡이니 겹쳐 보이던 사물이 선명해졌다. 정면의 검은색 칠판에는 자습 시간이라고 크게 적혀있었고, 주변에는 공부하고 있는 학생들이 보였다.
 뭐지?
 고개를 숙이며 관자놀이를 짚었다. 침에 젖은 교과서가 있었다. 교과서를 훑어보았다. 고등학교 교과서였다. 자리에서 일어나 교실 밖으로 걸어 나왔다. 고등학교에 때 유진이와 다녔던 학원이었다. 굉장히 신기하면서도 낯선 기분으로 복도를 걸었다. 정신도 차리고 침도 닦아내야겠다는 생각에 화장실로 들어갔다.
 거울을 바라보았다. 페어리스톤을 목에 걸고 교복을 입고 있는 고등학생이 있었다. 수도꼭지를 돌려 차가운 물의 감촉을 느꼈다. 살이 아릴 정도였다. 하지만 꿈에서 깨진 않았다.
 흠. 이 정도로는 정신이 안 돌아오나 본데.
 소매를 걷고 연거푸 얼굴에 찬물을 끼얹기 시작했다. 피부가 따갑고 얼얼해질 때까지 계속했다. 세면대 주위에는 물이 흥건히 튀어 있었고, 팔뚝까지 내려온 소매는 잔뜩 젖어 있었다. 다시 거울을 바라보았다. 변한 것이 없었다.
 세면대를 붙잡고 잠시 생각을 정리하고 있는데 화장실로 선생님이 들어왔다. 그리고는 세면대와 나를 번갈아 보시고는 "야. 그래. 졸지 좀 마라. 애잔하다. 애잔해. 수업 시간에 안 조는 것은 정신력이야. 정신력." 이라고 말하며 뒤통수를 탁하고 치셨다.
 자리를 빨리 피해야겠다는 생각에 '하긴 이게 꿈이라도 여기서 갑자기 내 모습이 바뀌는 것도 웃기지' 하면서 대충 납득해 버렸다. 화장실에서 나와 젖은 소매를 주먹으로 번갈아 가며 꽉 쥐어서 물을 짜내고 있는데 누군가가 뒤에서 나를 불렀다.
"또 졸았어?"
"뭐. 늘 그렇죠."
지나가는 선생님인 줄 알고 성의 없이 대답했다가 "악!" 하고 소리쳤다.
유진이가 있었기 때문이었다.
"귀 아파. 왜 소리를 쳐?"
유진이가 말하며 팔뚝을 세게 쳤다. 아오. 기집애. 힘만 세져서는.
"놀라서."
"너 어제 또 밤 새서 게임만 했지? 제발 좀 정신 차려라."
"아니거든. 넌 알지도 못하면서…."
라고 화내려다 유진이와 눈이 마주쳤다. 명치끝에서부터 툭하고 찌르는 그립고 따뜻한 것이 목구멍으로 넘어오는 느낌이 들었다. 어찌할 바를 몰라서 고개를 숙였다.
그러자 유진이가 "괜찮아? 내가 너무 심했어?" 하고 한 발짝 더 다가왔다.
"그게 아냐." 하고 웅얼거렸다.
그때였다.
"야, 너희들 그만 노닥거리고 들어가서 자습해."
화장실에서 나온 선생님이 우리에게 말했다.
"잠 좀 깨게 세수 좀 더 하고 들어갈게."
라고 말하며 화장실로 다시 들어갔다. 이번에도 얼굴에 물을 들이붓기 시작했다. 차가운 물에 얼굴이 퉁퉁 붓는 느낌이 들 때쯤에서야 벌겋게 충혈된 눈과 창백해져 버린 얼굴이 보였다.
이건 꿈일 뿐이야. 이건 꿈일 뿐이야.
마음속으로 이렇게 외치고는 화장실에서 나와 다시 교실로 들어갔다. 교실을 쭉 훑어보니 유진이는 앞에서 이어폰을 꽂고 공부를 하고 있었다. 교과서를 훑어보는 척하다가 너무 지루해져서 종이에 낙서를 하기 시작했다. 처음에는 선을 마구 그려 넣다가 나중에는 공부하는 유진이의 모습을 그려보는 것도 좋을 것 같다는 생각이 들어 눈에 보이는 유진이를 그리기 시작했다.
 쉬는 시간을 알리는 종이 쳤다.
 주위는 부산했지만, 나는 가만히 자리에 앉아 고개를 숙이고 있었다. 유진이와 혹시라도 눈이 마주치면 감정을 못 추스를 것 같아 두려웠기 때문이었다. 하지만 한편으로는 유진이를 조금이라도 눈에 넣고 싶어 그쪽으로 곁눈질을 했다. 그런데 그녀는 자리에 없었다.
 뭐야? 얘는 또 어디로 간 거야?
 뒤에서 누군가가 어깨를 툭 쳤다.
 "학원까지 와서 졸지 마. 이러면 너희 어머니께 함께 학원 다니자고 부탁한 내가 미안해지잖아. 이거 먹고 잠 좀 깨."
 그녀는 이렇게 말하며 책상에 따뜻한 자판기 우유를 놓고는 자기 자리로 돌아갔다. 그녀가 놓고 간 김이 모락모락 나는 종이컵을 두 손으로 감쌌다. 달달하고 따스한 우유가 목에 스며들었다. 벌떡벌떡 뛰던 심장이 차분해지는 느낌이 들었다. 조금씩 조금씩 향이 깊은 와인을 음미하듯 우유를 마셨다.
 남은 1시간은 쪽지 시험을 보았다. 어차피 꿈이기 때문에 가벼운 느낌으로 시험문제를 보았는데 그래도 수능시험에서 보았던 기억이 남아서인지 쉽게 쉽게 풀었다. 쪽지 시험을 마치고 가방을 정리한 후 복도로 나와서 집으로 데려다주는 학원 차를 기다렸다. 얼마 후 유진이도 나왔다.
 "아니 무슨 쪽지 시험을 이렇게 오래 봐?"
 최대한 장난스럽게 놀리듯이 말했다.
 "너처럼 찍으면 빨리 끝나겠지."
 "아니거든. 이번 시험이 너무 쉬웠거든. 펜을 갖다 대니까 정답이 쓰윽하고 나오더라구."

"또 찍는 방법 새롭게 개발했구나. 이번엔 뭔데? 설마 보기에 펜을 갖다 대서 가장 길게 나오는 걸 답으로 찍고 그러는 거 아냐?"

"아니야, 날 좀 믿어봐."

"그럼 내가 문제 낼 테니까 맞혀봐. 틀릴 때마다 딱밤이다."

"얼마든지." 고개를 자신 있게 끄덕였다.

"문법 문제 3번 if for to 문제 답 몇 번이야?"

그녀는 이렇게 묻고 카운트다운을 하려고 했다. 하지만 그녀가 손을 올리기도 전에 대답했다.

"그거 foolish 말하는 거지. it for to에서 형용사가 사람의 성격과 관련된 경우에는 of로 써야 하잖아. 맞지?"

"오~ 공부 좀 했는데?"

그녀가 어깨로 내 어깨를 툭 쳤다.

"그러면 공항 관련 단어와 잘 연결되지 않은 것은?"

"그거 baggage claim 아냐. 수화물 찾는 곳인데 탑승 전 대기하는 곳으로 설명되어 있잖아."

"오~ 정말 공부 좀 했나 본데." 그녀는 정말 놀라워했다. '방금까지 공항에 있었다구.' 하고 우쭐했다가, 간단한 것에도 그녀가 이렇게 놀라워하는 것을 보니, 이렇게까지 공부를 안 하는 한심한 이미지였구나 하고 씁쓸한 생각이 들었다.

"내일 콘서트 가는데 정말 기대된다."

유진이가 눈을 반짝반짝 빛내고 손을 모으며 말했다.

"무슨 콘서트?"

"며칠 전부터 말했잖아. 벌써 잊어버렸니?"

그녀의 핀잔에 '콘서트, 콘서트······.' 하다가 갑자기 번쩍 떠오르는 게 있었다. 유진이는 티켓을 잃어버려서 콘서트를 못 보는데, 그 주에 미국 가잖아. 그리고 또······.

그때 복도에서 탁하고 샤프가 날아오더니 내 발에 맞고 튀었다. 뒤를 바라보았다. 녀석과 눈이 마주쳤다. 숨이 막히고 부들부들 떨리는 것이 느껴졌다. 피가 끓어오르는 것 같았다.

늘 이런 순간만 생각했었는데, 막상 이렇게 만나게 되니 아무 생각이 떠오르지 않았다.

"야, 너 지금 내 샤프 찼지?"

"뭐?"

"니가 지금 내 샤프 찼잖아. 물어내라고."

아무리 생각해도 어이가 없다.

"니가 찬 데 내가 맞았으니 오히려 치료비 물어줘야 하는 거 아냐?"

"주제도 모르고 건방지게."

이 녀석이 왜 나에게 시비를 걸었을까. 난 항상 의문이었다. 그때는 아무것도 모르고 어버버 거렸지만 시간이 지나고 보니 의심이 들었다.

"아라가 시켰냐?"

"아라? 걔가 누군데?"

쓰윽 찔러봤는데, 어설프게 모르는 척하는 모습이 더 우습다. 거기다 당황한 표정까지. 이렇게 보니 귀엽기까지 하다.

"자존심도 없냐? 여자가 시키는 대로 하게."

"야 너 미쳤지?"

녀석이 성큼 다가와 멱살을 잡고 나를 내려다보았다. 머리 하나 차이가 났다. 지금이야 이렇게 내려다보고 있지만, 꿈이니까 상상에 따라서는 내가 더 커질 수도 있다. 녀석을 노려보며, 거인처럼 커져서 녀석을 한주먹에 내려치는 상상을 했다.

커져라, 커져라, 더 커져라!

응? 변하지 않네. 오히려 상상하며 올라갔던 발꿈치가 슬금슬금 내려왔다. 좀 더 내 모습에 상상력을 불어 넣기 위해 눈에

4. 요즘 아라랑 친하게 지내는 것 같더라

힘을 더 꽉 주었다. 그대로였다.
"개기냐?"
 당황스럽고, 순간적으로 주눅이 들었다. 마음속에 맺힌 트라우마에 생각과는 다르게 몸이 반응하고 있었다.
"야, 쫄았냐? 애 떠는 것 좀 봐."
 주위의 녀석들이 비웃었다.
"그러고 보니까 너 계집애처럼 목걸이도 하고 다닌다며?"
 녀석이 내 목걸이 쪽으로 손을 뻗었다.
 난 녀석의 손을 가로막았다.
"오~ 이것 봐라. 그러지 말고 구경 좀 하자."
"너랑 실없는 장난 할 기분이 아니야."
 기억이 난다. 이 녀석들이 내 목걸이를 빼앗아서 던지며 장난치다가 잃어버렸지. 그리고 그걸 유진이가 다음날 콘서트 티켓을 잃어버리면서까지 찾아서 보관하고 있었던 것이다. 미국에서 소포로 보내주겠다고 했지만, 나중에 직접 와서 달라고 말했었다.
"애들아, 잠깐 애 좀 잡아봐."
"야, 너네 뭐 하는 거야? 왜 괴롭혀?"
 유진이가 소리쳤다.
"넌 좀 빠져."
 녀석이 유진이에게까지 위협을 가하자, 주먹이 꽉 쥐어졌다.
 꿈에서까지 진다는 생각은 하지 말자. 거기다가 내가 배웠던 무에타이와 주짓수 기술들은 몸과 머릿속에 남아있었다. 오히려 이런 상황을 얼마나 기다렸던가.
 녀석에게 주먹을 뻗으려고 할 때였다.
"야야. 너희들 거기 조용히 해라."
 학원 선생님이 소리쳤다.
"사과하고 싶으니까 사과받으러 잠깐 나와."

녀석의 말에 따라나서려고 했다. 유진이가 내 팔목을 잡았다. 유진이가 걱정스러운 얼굴로 바라보고 있었다.
"내일 학교에서 봐. 사과받아 줄 테니까."
"진짜 간이 배 밖으로 나왔구나."
"너야말로 모두들 보는 앞에서 털릴 생각을 하니까 쫄리냐?"
"내일 점심시간에 찾아갈 테니 도망가지 마라."
녀석은 이렇게 말하며 자신의 무리와 함께 가버렸다.
멍청한 녀석. 내일 너랑 만날 일이 없다고.
"저런 질 떨어지는 애들하고 어울리지 마. 내일 학교 가자마자 선생님한테 말해. 알았지?"
"너무 걱정하지 마. 유진아. 나 생각보다 강해."
자신 있게 대답했다. 차를 타는 줄이 움직이기 시작했다. 유진이에게 잊어버리기 전에 말해야겠다고 생각했다.
"아 맞다. 내일 콘서트 티켓 어디다 보관할 거야?"
"팜플렛이랑 함께 가방에다가 넣어놨지."
"야, 그런 걸 누가 가방에 넣어놓냐? 지갑에 넣어놔야지. 지갑하고 티켓 줘 봐. 아, 괜찮아. 줘 봐."
콘서트 티켓을 접어서 유진이의 학생증 뒤에 넣어놓았다.
"뭐 하는 거야. 구겨졌잖아. 이거 팜플렛이랑 함께 파일철 해 놓으려고 했던 거란 말이야."
"이렇게 해야 안 잃어버려. 알겠냐? 지금 내가 한 게 이상하게 보여도 다 너한테 피가 되고 살이 된다."
"나 애 아니거든."
유진이는 콘서트 티켓을 빼내려고 했다.
"빼지 마. 날 믿어 봐."
이렇게까지 말하자 유진이는 어쩔 수 없이 그대로 지갑을 주머니에 넣었다. 우리는 학원차를 타기 위해 줄을 섰다. 유진이는 수첩을 꺼내 영어단어를 외우고 있었다.

"유진아, 공부 왜 이렇게 열심히 해?"

내일 죽을지 모르는데 이렇게 열심히 사는 유진이가 답답한 느낌이 들었다. 그러다 보니 목소리에 약간 짜증이 섞여 나왔다. 그러자 영어 수첩을 보던 유진이의 고개가 내쪽으로 휙 돌았다. 그 눈빛에 "아니, 좀 쉬면서 하라는 말이지. 건강이 걱정되서." 라고 하며 바로 꼬랑지를 내렸다.

"그냥 주어진 것을 열심히 하는 거지."

유진이는 다시 수첩으로 고개를 돌리며 말했다.

"건강하지 않으면, 서울대 가도 소용없다."

"좀 덜 건강해도 서울대 가면 좋을 거 같은데."

"유진아, 그런 무서운 소릴. 서울대 떨어져도 걱정하지 마. 내가 서울대 보내줄 테니까 그냥 좀 쉬어."

"뭐? 네가 무슨 수로?"

유진이를 손짓으로 불렀다. 유진이가 귀를 가까이 대었다.

"내가 서울에서……."

속삭이자 유진이가 귀를 더 가까이 대기 위해 몸을 기대었다.

"가장 먼 땅끝마을에 먼서울대를 만들게. 그때 네가 들어오면 되지. 어때?"

"하아, 역시나. 단 1이라도 기대를 안 한 내가 승리자야."

유진이가 고개를 절레절레 흔들며 말했다. 그때 학원차 문이 열렸다. 유진이와 나는 노선이 달라서 서로 다른 차를 타야 했다. 유진이가 손을 흔들며 차에 탔.

유진이와의 만남은 여기까지이다. 그녀는 티켓을 잃어버려 수요일에 콘서트를 보지 못하고, 목요일에 안가겠다고 땡깡을 부리다가 결국 부모님에 의해서 금요일 비행기를 타고 미국으로 갈 것이다.

과연 내가 이 이상 할 수 있는 게 있을까? 내가 할 수 있는 건 그녀가 조금이라도 위로받을 수 있도록 콘서트를 무사히 볼 수 있게 하는 정도였다.
 아 맞다. 차에 타려는 유진이를 불러 세웠다.
 "유진아. 건강이 제일 중요하니까 쉬엄쉬엄해. 건강검진도 자주 하고."
 "갑자기 뭐래? 이번에는 메디컬 만화 보니?"
 "응. 맞아. 이 수술은 내가 집도하지."
 양손을 들어 올려 수술하는 의사 흉내를 내며 말했다.
 "정신 좀 차려. 정말 걱정이야."
 유진이가 한숨을 쉬며 차에 탔다. 그녀가 자리에 앉아 이어폰을 귀에 꽂을 때까지 그녀를 보았다. 나도 차를 탄 후 자리에 앉아 눈을 감았다. 꿈이라고 하기에는 너무 현실적이어서 혼란스러웠다. 정말 이 상황이 과거였다면 나는 무엇을 했을까 하는 생각이 잠깐 들었다가 머리가 아파서 관두었다. 과거가 아닌데 가정해보는 것이 중요할까……

 눈을 떠 보니 모니터가 가장 먼저 보였다. 꿈에서 깼구나. 꿈이 너무 현실적이라서 그런지 잠을 잤다는 느낌이 들지 않았다. 갑자기 뜨거운 여름날 차가운 아이스크림을 허겁지겁 먹었을 때 느껴지는 두통이 머리에서 느껴졌다.
 엄지손가락으로 관자놀이를 꾹꾹 누르며 창문 쪽으로 시선을 던졌는데, 시커먼 어둠 외에는 아무것도 보이지 않았다. 아픔은 없어질 듯하면서도 사라지지 않고 끈적거렸다. 유진이를 만났던 여운도 마찬가지였다.
 이 감정을 이대로 흘려보내기는 아쉬웠다. 연습장을 꺼내 유진이를 그리기 시작했다. 시간이 얼마나 흘렀는지 알 수 없었다. 불이 켜지고 승무원이 기내식을 나누어주었다. 기내식을 먹는 둥 마는 둥 하고는 자리에 기대어 다시 그림을 그리기 시작 했다. 문득 아주머니의 시선이 느껴졌다.
"그림 잘 그리네. 유진이가 좋아하겠다."
"잘 주무셨어요?"
멋쩍게 웃으며 말했다.
 아주머니는 고개를 끄덕이시며 "불편하지 않았니? 처음 비행기 타는 데다가 미국까지 장거리라 힘들지?"라고 말하셨다.
 "적응 중이에요. 앉아서 자는 게 익숙하지 않아서 유진이 꿈도 꾸고. 아아, 나쁜 꿈은 아니었어요. 고등학교 때 꿈이었어요."
 "걱정 마. 유진이는 분명히 잘 이겨낼 거야."
 아주머니는 이렇게 말하며 손을 꼭 잡아주셨다. 따뜻한 온기가 느껴졌지만, 떨리는 손도 느껴졌다. 괜한 이야기로 아주머니의 마음을 쓰게 했구나 싶어 반성했다.
 그림을 계속 그려나갔다. 아주머니의 의견에 따라 그림도 선물로 주면 괜찮겠다는 생각이 들었다.
 비행기를 타면서 내내 선물을 사지 못한 것이 마음에 걸렸다. 선물을 주는 것 자체보다는 선물을 통해 수술을 앞두고 있는 유진이의 마음을 조금이라도 즐겁게 해주는 것이 더 중요하다고 생각되었다.
 마음과는 다르게 뭘 선물해야 할지 몰라 고민은 깊었다. 어쩌면 자신감이 없는 건지도 모르겠다. 기억 속의 그녀와 지금의 그녀는 다른 사람일 것이다. 그래도 유진이인 건 변하지 않는다고 마음을 먹어보았다. 하지만 유진이가 뭘 좋아하는지도 모르겠고, 사실 뭘 좋아했는지도 확신이 없었다.
 평범한 선물을 생각해 보기도 했다. 초콜릿 같은 것들은 아픈 사람한테 먹지도 못하는 것을 주는 것 같고, 향수 같은 물건들은 그녀의 취향과 다르면 선물을 위한 선물이 될 뿐이었다.
 연습한 우쿨렐레를 연주해볼까 하는 생각도 했었다. '예전과는 많이 달라졌어.' 하면서 보여줄 수 있겠다는 생각이 들었다. 하지만 곧 고개를 저었다. 누구한테도 보여준 적이 없는 데다가, 오랜만에 만나는 유진이에게 어설픈 모습을 보이고 싶지 않았다.

얼마 지나지 않아 비행기의 불이 꺼졌다. 장거리 비행은 사육이나 마찬가지구나 하는 생각이 들었다. 이제 또 자는 시간인가 보다 하고 다시 눈을 감았다.

알람 소리가 울렸다. 비행기에서 알려주는 긴급신호일 수도 있다는 생각에 억지로 눈을 뜨고는 벌떡 일어났다. 아주머니를 깨워야겠다는 생각에 주위를 둘러보았다.

내 방이었다.

늘 그랬던 것처럼 알람을 끄고는 다시 자리에 누워 눈을 감았다. 이불에 남아있는 온기, 베개 냄새, 몸을 뒤척일 때마다 나는 부스럭 거리는 소리. 눈이 번쩍 뜨였다. 자리에서 일어나 침대에 걸터앉았다. 혹시나 하는 마음으로 목을 향해 손을 뻗었다. 매끈매끈하고 단단한 페어리스톤이 만져졌다.

문이 열리고 불이 켜졌다. 눈이 부셨다. 눈을 꼭 감았다 떴다. 엄마가 손잡이를 잡고 서 있었다.

"웬일이니? 일어나 있고. 어서 밥 먹고 학교 갈 준비해야지."

"엄마. 나 어제 유진이 만나러 비행기 탄 거 아니었어?"

"아들." 엄마가 한숨을 쉬시고는 천천히 다가와 옆에 앉았다. 그리고는 "유진이가 이제 꿈에도 나오니? 상사병에는 약도 없다는데, 어쩜 좋니?" 라고 말씀하셨다.

"아니야, 엄마가 잘 갔다 오라고 용돈도 주고 배웅도 해줬잖아. 맞지? 맞잖아?"

간절한 눈빛으로 엄마를 바라보았다.

"괜찮아. 엄마도 어렸을 땐 다 그랬어. 시간이 파도처럼 쓸려나가면 잔잔한 모래사장이 될 거야. 그러니까……."

손을 들어, 엄마의 말을 뚝 잘랐다.

"엄마. 무슨 소리야? 쓸려나가긴 뭘 쓸려나가. 비행기 탔다니까."

엄마는 고개를 절레절레 흔들며 "아휴, 너하고 무슨 말을 하겠니? 학교 갈 준비나 해. 늦겠다." 라고 말했다.

"나, 오전 수업 없는데."

"무슨 소리니? 고등학생이 오전수업이 왜 없어. 잠 깨고 어서 나와."

엄마는 이렇게 말하며 등짝을 후려쳤다. 펄쩍펄쩍 뛰며 엄마를 따라 거실로 가 밥을 먹고 씻었다. 교복을 입고 가방을 메면서도 이게 맞는 건가 싶었지만, 엄마가 졸졸 따라다니며 눈을 부라리고 있었기 때문에 학교로 나설 수밖에 없었다.

정류장에서 버스를 기다리며 이게 무슨 일인가 하고 잠시 고민도 했지만, 발바닥 하나 편하게 놓기 힘든 만원 버스 안에서 이리 치이고 저리 치여서 버스 옆구리로 토해져 나올 무렵에는 이미 이곳이 현실과 마찬가지였다.

목에서 페어리스톤을 꺼내어, "넌 꿈을 현실처럼 꾸게 해주는 물건이니?" 라고 물었다. 당연하지만, 그리고 다행스럽게도 아무런 대답이 없었다.

학교 정문을 아슬아슬한 시간에 통과한 후 꾸역꾸역 교실로 들어가 자리에 앉았다. 그리고 책상에 엎드렸다. 대학생이 고등학생의 삶으로 다시 온건 힘들었지만, '그래, 군대 꿈이 아닌 게 어디냐?' 라는 생각이 들었다.

1교시가 시작되고 교과서를 꺼내 수업을 들었다. 이미 배운 거라서 지루하지 않을까 생각했는데, 수업은 놀랍도록 새로웠다.

하지만 얼마 지나지 않아 흥미를 잃어버렸다. 대학교까지 입학한 내가 이제 와서 이게 뭐라고 하는 생각 때문이었다.
쉬는 시간이 되어 자리에 엎드려서는 가만히 생각해 보았다. 빨리 꿈에서 깨려면 다시 잠을 자야 할 것 같았다.
그때 옆에서 누군가가 툭툭 쳤다.
"야 너 싸움 잘하냐?"
고개를 들어 옆을 보았다.
"뭐야? 뭔데 뜬금없이 쓸데없는 걸 묻냐?"
"너 점심시간에 맞짱 뜨기로 했다며. 이미 학교에 소문 쫙 퍼졌어."
"맞짱? 뭔 맞짱?"
이렇게 대답하다 어제의 일이 갑자기 떠올랐다. 뭐야. 어제하고 꿈이 이어지는 거야? 머리가 아파져 오는 것이 느껴졌다.
"너 아니야? 애들이 너라고 하던데. 다른 사람인가?"
"아냐, 맞아. 나야, 나. 그런데 왜? 도망가지 말라고 전하든?"
"아니, 아니. 그런 게 아니라 걔네들 중학교 때부터 악독하기로 유명했어. 괴롭히고 걔네 때문에 전학 간 애들도 있다니까. 그래서 너 응원한다고."
"그래. 걱정하지 마. 나도 녀석들한테 맺히게 많으니까."
이렇게 말하며 다시 엎드렸다.
"야, 근데 너 진짜 싸움 좀 하냐?"
"그건 왜 자꾸 물어?"
"아니, 걱정되서 그러지. 전혀 운동한 것 같지 않아서. 걔네들 태권도 2단이네, 합기도가 몇 단이네 자랑하고 다녔거든."
"괜찮아. 나도 다 생각이 있어."
젠체하며 녀석을 서둘러 돌려보낸 뒤, 재빨리 1층의 복장 점검

4. 요즘 아라랑 친하게 지내는 것 같더라

하는 전신거울 앞에 섰다. 운동이라고는 걷는 게 전부였던 고등학교 1학년생이 보였다. 혹시나 해서 오른팔에 힘을 꽉 준 후 왼손으로 만져보았다. 물컹물컹했다.

 그래, 싸움은 힘만으로 하는 게 아니지. 격투기는 유연성, 체력, 기술까지 모든 것이 조화를 이루어야 한다. 거울을 노려보면서 왼쪽 다리를 한 발짝 앞으로 내밀고 오른쪽 발은 뒤꿈치를 들었다. 그런 다음 양 주먹을 쥐고는 눈까지 올렸다.

 자세는 나쁘지 않았다.

 왼손으로 잽, 바로 이어서 오른쪽으로 스트레이트를 뻗었다.

 개구리가 고양이를 흉내 내는 이 느낌은 뭐지. 아니야. 이럴 리가 없어. 오른손 훅과 왼손 어퍼는. 이것도 아니야. 그럼 발차기는? 오른손을 잡아채듯 내리고 왼쪽 손은 귀 쪽으로 당기며, 축이 되는 왼쪽 발은 탄력을 주기 위해 꼿꼿이 세워 골반을 밀어 넣었다. 발차기가 예쁘게 호를 그리며 뻗어나갔다. '그래. 이 정도면 됐지.' 하고 안심하는 순간 왼쪽 발이 미끄러지며 쿵 하고 꼴사납게 넘어지고 말았다.

 입이 바짝 마르고 심장이 벌렁거리기 시작했다. 고등학교 때 괴롭힘을 받던 기억이 머릿속을 스쳐 지나갔다.

 몸을 일으켜서는 지푸라기라도 집는 심정으로 더킹과 위빙 그리고 몸체 이동을 위한 스텝을 밟아 보았다. 거울 속에서는 지렁이가 꿈틀대고 있었다.

 수업 시작종이 울렸다.

 터덜터덜 교실로 올라갔다. 꿈에서 깨는 수밖에 없다. 손등을 꼬집고는, 어금니를 꽉 깨물었다. 검붉은 이빨 자국이 새겨질 뿐이었다.

 아니, 꿈이 깨지 않으면 나를 마음대로 바꾸면 되는 거 아냐? 교과서를 세워놓고 그 안에 주먹을 넣은 다음, 주먹에 집중하며 "주먹아, 커져라. 주먹아, 커져라."를 마음속으로 외쳤다. 하지만 1시간 동안 아무리 외쳐도 주먹은 커지지 않았다.
 쉬는 시간이 되자 책상에 머리를 처박고 엎드렸다. 꿈속에서도 그 녀석한테 맞아야 하는 어이없는 상황에 분노했고 허탈했다. 조퇴해서 집으로 도망갈까 하는 생각까지 들었다. 이와는 반대로 나에 대한 주위의 관심은 점점 높아만 가고 있었다. 학교에서는 나와 녀석의 이벤트가 무슨 챔피언 결정전인 것처럼 술렁거렸고, 내가 누군지 궁금해서 다른 반에서 나를 보러온 애들도 한둘이 아니었다.
 다행이라고 해야 할지 아니면 불행이라고 해야 할지, 유진이는 역시 학교에 등교하지 않았다. 축제 때 먼지를 뒤집어쓴 채로 학교에서 돌아온 유진이의 모습을 본 유진이 부모님은, 유진이에게 따져 물었고, 유진이는 괜찮다고 말했지만 부모님 생각은 달랐다. 그동안 고민하고 준비했던 유학과 해외 파견을 결정하신 것이었다.
 아마 지금쯤 유진이에게 통보하셨겠지.
 다행이라고 생각하자. 싸움에서 질 수도 있는 데다가, 모르는 사람한테도 자존심이 무너지는 모습을 보여주면 짜증 나는데, 좋아하는 사람한테 보여주면… 생각하기도 싫다.
 손바닥으로 머리를 팍팍 하고 쳤다. 우선 도망치지 않기로 마음을 다잡았다. 가슴속에 있는 구멍이 욱신거리며 북을 치듯 자극했다. 어쩌면 망령이 '오늘 같은 날을 기다렸잖아. 어쩌면 메울 수 있을지도 몰라.' 라고 속삭이는 것 같기도 했다.
 점심시간까지 남은 시간은 단 2시간. 무언가 대책을 세워야 했다. 공책을 펴놓고 할 수 있는 것들을 적어보았다. 타격계통 쪽에는 무수한 x 표시가 있었고 원투와 킥 방어밖에 남아있지 않았다. 결론은 상대의 공격을 방어한 후에, 어떻게든 넘어트리고 주짓수를 이용해서 상대방의 팔이나 다리 중 하나를 꺾어버리는 수밖에 없는 것이다. 녀석을 어떻게 넘어트리는가도 문제인데,

녀석의 일당이 난입하면 어떻게 대처할 것인가 그리고 머릿속에 알고 있는 지식만으로 상대방을 꺾을 수 있을까 등 고민에 고민이 줄을 이었다.

 수업이 끝나고 점심시간을 알리는 종이 울렸다. 보통 때라면 다들 급식을 먹으러 뛰어나갔겠지만, 오늘만은 모두들 슬금슬금 눈치를 보며 기다리고 있었다. 교실로 사람들이 모여들었다.

 녀석이 오지도 않았는데 가슴이 쿵쾅거리고 맥박이 요동치기 시작했다. 앞문으로 사람들을 헤치고 녀석들이 왔다. '이건 꿈이야. 할 수 있어.' 라고 마음속으로 외쳐보기도 하고, 녀석보다 강한 사람들하고도 시합을 해보았고 녀석은 나에 대해 모르지만 나는 녀석에 대해 잘 알고 있으니 이길 수 있다고도 스스로 다독였다.

 녀석이 오자 자리에서 일어났다. 시선이 녀석의 턱 정도에 위치했다. 녀석을 올려다보았다.

 "도망도 안 가고 깡은 좀 있다. 도망칠까 봐 부리나케 왔는데 그럴 필요가 없었네."

 "이길 싸움에서 도망칠 이유가 없지."

 "뭘 믿고 그렇게 까부는지 곧 알 수 있겠지. 깡만이라면 넌 아주 후회하게 될 거야. 오늘만 날이 아니거든."

 교실 뒤로 이동했다. 질 생각은 하나도 안하는군. 하긴 근육도 없고 운동이라고는 모르는, 게임에 최적화되어 있는 왜소한 몸. 하지만 그래서 나에게도 기회가 있다. 나머지 녀석들이 책상을 최대한 앞으로 밀었다. 녀석과 중앙에 섰다. 소문을 듣고 싸움을 구경하러 온 아이들이 꾸역꾸역 모여들어 주위에 차고 넘쳤다. 녀석들은 아마도 자기들한테 개기면 이렇게 된다는 것을 확실히 보여주고 싶었겠지.

 "마지막으로 처맞아도 선생님이나 부모님한테 이르기 없기, 깽값도 물기 없기. 어때?"

"그리고 쫄다구 없이 1대1로만 하기. 알았냐?"

녀석은 헛웃음을 지으면서 고개를 끄덕이고 뒤로 물러났다. 나는 입고 있던 교복 외투를 벗어 뒤에다 던졌다. 그리고 자세를 잡았다. 녀석도 외투를 벗고 자세를 잡았다.

녀석이 성큼성큼 걸어 들어왔다. 너무 무시하는 게 아닌가 하는 생각이 들었는데, 오히려 잘되었다는 생각과 방심한 틈을 노려야겠다는 생각이 들었다. 녀석은 먼저 크게 오른손을 휘둘렀다. 살짝 뒤로 물러서며 피했는데, 아무리 몸이 예전 같지 않아도 이 정도 센스는 있었다.

녀석은 개의치 않고 주먹을 휘두르며 들어왔다. 고개를 숙이고 투우사에게 달려드는 소처럼 녀석을 지나쳤다.

"뭐 하냐? 꼴사납게."

녀석이 비웃었다. 솔직히 녀석 말이 맞았다. 하지만 나도 의도한 바가 있었다. 이제 녀석과 내 위치는 바뀌었고, 녀석의 일당들과 등지게 되었다. 보통 때라면 뒤에서 기습당할 수 있는 불리한 상황이었으나, 녀석들은 이미 이긴다고 생각하는 싸움을 그것도 보는 눈이 많은 데서 공격할 이유는 없다고 생각했기 때문이었다.

녀석에게 오른쪽 잽을 날렸다. 주먹이 닿지는 않았다. 하지만 녀석은 한 번 물러나서는 다리를 넓게 벌리고 양손을 가슴팍 정도에 올렸다. 태권도 자세다. 태권도 발차기는 채찍과 같았다. 빠르고 예리하여 타격점을 예측할 수 없었다. 옆구리에 발차기를 맞았다고 생각했는데 등이 아프다고 할까. 보통 때라면 앞에 나와 있는 다리에 로우킥을 차서 데미지를 착실히 쌓아나가겠지만 지금은 그럴 실력도 없고 자신도 없었다.

천천히 녀석에게 다가갔다. 그러자 녀석이 옆구리를 향해 발차기를 했다. 이것을 기다리고 있었다. 태권도는 발등으로 차기 때문에 발차기가 들어올 때 정강이를 들어 발등을 정강이로 막을 생각이었다.

 반응속도가 느렸는지 계획이 여지없이 무너졌다. 녀석의 발차기가 팔꿈치와 무릎 사이를 뚫고 옆구리에 박혔다. 토하고 싶을 정도였다. 발이라도 잡아서 넘어트릴 생각에 녀석에 발을 잡았다. 다리를 걸기 위해 녀석에게 접근했다. 녀석은 넘어지지 않기 위해 주먹을 마구 뻗었는데, 펀치 하나가 눈 쪽에 맞으면서 잡고 있던 다리를 놓치고 말았다.

 이런 젠장, 쉽게 쉽게 되는 게 없구나.

 녀석이 실실거리며 웃기 시작했다.

 거리를 주면 안 된다는 생각에 아픔을 참으며 원투로 시선을 끈 다음, 달려들어 녀석의 등을 양손으로 꽉 부여잡았다. 녀석은 뒤통수를 아래로 밀며 무릎을 들어 올렸다. 무릎이 올라올 줄 알고 있었기 때문에, 올라오는 무릎을 한 손으로 막고 다른 손으로 허벅지를 부여잡은 후 남은 한쪽 다리를 걸었다.

 녀석이 엉덩방아를 찧으며 넘어졌다. 이제부터가 중요했다. 여기서 녀석의 겨드랑이 사이로 손을 넣고 옆에서 누르는 사이드 포지션으로 가느냐, 아니면 녀석의 허리 위로 올라가서 말 타듯이 양다리를 놓는 마운트 포지션으로 가느냐를 선택해야 했다. 단번에 마운트 포지션으로 간다면 더 유리하겠지만, 녀석이 주짓수를 했다거나 방어한다면 오히려 아무것도 못 하고 반격의 기회를 주게 될 수도 있었다.

 하지만 한 번에 마운트로 가기로 마음먹었다. 녀석이 주짓수를 몰라 방어를 잘 못 할 거라는 확신도 있었고, 거기다 저조한 체력에 흥분된 상태라서 벌써 숨이 차오르고 있었다. 끝낼 수 있을 때 끝내는 게 좋았다. 녀석의 허리 옆으로 무릎을 밀어 넣었다. 녀석의 발을 미끄러지듯 타고 넘어가는 것은 좋았는데 무릎이 땅에 닿으면서 쿵 소리가 났다. 여기는 매트가 아니라 시멘트인 것이다. 벌떡 일어나 비명을 지르고 방방 뛰며 무릎을 손바닥으로 비비고 싶었지만 꾹 참았다. 아픔을 느낄 새도 없이 바로 다음을 준비해야 했다. 이렇게 마운트를 당하게 되면 자신이 불리한 것을 알기 때문에 본능적으로 빠져나오기 위해 안간힘을 쓰게 된다.

보통 마운트를 탈출하기 위해 양손으로 상대를 밀어내는데, 이렇게 상대에게 손을 주는 행위는 주짓수에서 굉장히 위험한 행동이라서 조심스럽게 해야 한다. 이건 상대에게 턱을 내밀고 '때려 봐, 때려 봐.' 하는 것과 똑같은 것이다. 이건 배우지 않으면 모르는 거다.

녀석도 역시 마찬가지였다. 밀어내기 위해 양팔을 쭉 뻗고 허리로 튕겨내려고 하고 있었다. 하지만 준비하고 있었기에 넘어가지 않았고 오히려 녀석의 양손을 꽉 잡았다. 이제 오른손을 꺾느냐 왼손을 꺾느냐만 남았다. 녀석의 똘마니들을 경계해야 했기에 오른쪽 팔을 꺾기로 했다. 사람마다 암바를 꺾는 디테일은 다르겠지만, 나 같은 경우는 꺾으려는 반대편 겨드랑이 사이로 발을 강하게 넣는 편이다. 오른발로 녀석의 왼쪽 겨드랑이를 강하게 파고들었다. 그리고 나서 왼쪽 팔을 던지고 왼쪽 발이 녀석의 머리 위로 호를 그리며 녀석의 왼쪽 어깨 쪽에 안착했다. 허벅지를 강하게 조이며 몸을 뉘었다.

녀석에게 복수심이 가득하긴 했지만, 아직 이성의 끈이 남아 있었고 거기다 사람의 팔을 부러뜨릴 정도로 무자비하지도 못했다. 그래서 녀석의 팔을 꺾은 상태에서 허리를 완전히 펴지 않았다. 아마 부러지지는 않았지만 팔이 부러질 것 같은 공포를 느낄 것이다.

"이제 졌다고 항복해라. 여기서 더 넘어가면 팔 부러진다. 그러면 책임 못 져."

"미친 새끼 지랄하고 있네."

녀석은 소리를 지르며 몸을 이리저리 움직이기 시작했다. 그러나 허벅지를 꽉 조이고 있는 데다가, 저항을 멈추지 않으면 허리를 들어 올려 고통을 주면 되었다. 아프기도 아프지만, 팔뼈가 살을 뚫고 튕겨 나갈 것 같은 기분 나쁘고 공포스러운 불안감은 안 걸려본 사람은 모른다.

"악"

녀석은 움직임을 멈추고 소리를 질렀다.

"빨리 항복한다고 말해."

녀석에게 재촉했다. 녀석은 말하지 않았다. 이 많은 사람들 앞에서 항복한다고 말하면 자기 가오 떨어질 생각만 하는 것이다. 보통 사람이었다면 그냥 여기서 풀어주고 자존심을 세워 주었겠지만, 이 녀석한테만은 그런 자비는 없었다. 항복이라는 소리를 꼭 들어야만 했다. 다시 한번 녀석에게 고통을 주기 위해 허리를 들었다.

"야 뭐해. 빨리 이 새끼 떼어내."

"…"

"떼어내라고!" 녀석은 천지 구분 못하고 소리쳤다. 그러자 두 녀석이 움직였다.

"너희들 다가오면 애 팔 부러진다."

녀석들이 그 자리에서 멈췄다. 그러다 갑자기 한 녀석이 두리번거리더니 의자를 들었다. 이성이 끊어지는 것을 느낄 수 있었다.

우두둑-

녀석이 비명과 함께 팔을 부여잡고 서럽게 울며 데굴데굴 구르기 시작했다. 비명 소리는 아까와는 차원이 다른 소리였다.

녀석을 착잡하게 바라보다가 의자를 들고 있는 녀석에게 시선을 던졌다.

"그거 던져라. 그런데 하나만 알아둬. 그걸 던지는 순간 양팔이 모두 분리될 줄 알아라."

녀석이 머뭇거렸다. 그리고 옆에 있는 녀석 눈치를 보았다.

"뭐 하나? 안 내려놓고. 그리고 애 이대로 놔두면 평생 병신 된다. 너 때문에 애 병신 되는 거 보고 싶냐?"

녀석은 아직도 머뭇거리고 있었고, 앞의 녀석은 팔을 부여잡고 울고 있었다. 그 모습에 녀석이 더 미워졌는데, 자기는 이렇게 아파하면서 남이 괴롭힘당하는 고통을 왜 이해하지는 못할까. 녀석의 명치를 발로 찼다. 녀석이 꺽꺽거렸다.

"너 아픈 건 이렇게 잘 알면서 남 아픈 건 왜 몰라."

그리고는 앞을 보았다. "뭐 해? 이제부터 셋 셀 때까지 안 내려놓으면 내가 간다. 그리고 넌 2배로 죽었어." 이렇게 말하며 누워 있는 녀석의 팔을 툭 찼다. 그러자 다시 녀석이 비명을 질렀다.

녀석은 결국은 의자를 내려놓았다. 녀석에게 달려가 있는 힘껏 뺨을 때렸다.

"야, 보기도 싫으니까 꺼져."

녀석들은 그 자식을 부축해서 나갔다. 녀석들이 사라지자, 둘러싸고 있는 사람들을 뚫고 교실을 나갔다. 학교 구석에 있는 벤치에 앉았다. 아직 흥분은 가라앉지 않았다. 이겼다는 안도감도 있었지만, 녀석의 비명 소리와 주위에서 날 바라보던 눈빛들, 이런 것들이 모두 섞여 찝찝한 기분이 들었다. 벤치에 앉아 먼지가 흩날리는 운동장을 바라보았다.

농구나 축구를 하는 모습들, 왁자지껄하게 이야기를 나누는 애들을 보자니, 여기는 내가 있을 곳이 아니라는 생각이 들었다. 꿈에서 깨고 싶었다. 눈을 감았다.

"얘, 괜찮니?"

눈을 뜨고 고개를 돌렸다. 헛웃음이 나왔다. 아라가 걱정하는 표정을 짓고 있었다.

"다행이다. 난 네가 이기길 바랐는데. 멋있었어. 이제 유진이랑 잘될 일만 남았네."

 너도 참. 아마 이기기만 했다면 몰랐겠지. 녀석에게 졌을 때와 이겼을 때를 둘 다 겪어보니 이제야 알겠다. 앤 누가 이기든 상관이 없었구나. 상황에 따라 자신의 이익을 계산해서 움직이는 데는 천부적이구나.

 오른쪽 손가락이 어쩔 줄 모르고 움직였다. 주먹을 꽉 쥐었다. 피곤하고 지쳐있었지만, 이 뻔뻔함을 어떻게든 응징하고 싶었다.

 아라의 목을 움켜쥐었다.

 그녀가 컥컥거렸다.

 차마 그녀의 눈을 바라보지는 못했다.

 "한 번만 더 내 일에 참견하면 다음에는 이걸로 끝나지 않는다."

 손에 힘을 풀자 아라가 콜록거리며 목을 감싸고 주저앉았다. 그녀를 뒤로하고 돌아갔다.

 수업을 마칠 때가 되자 담임한테 불려갔다. 크게 겁먹은 것도 없었는데 왜냐하면 담임은 내가 당했을 때도 그랬지만 어떻게든 무마시켜서 조용히 넘기려고 하는 사람이었다. 이번에도 적당히 맞춰주면 넘어갈 거였다.

 교무실로 들어가서 담임 앞에 섰다.

 "내가 왜 불렀는지 아니?"

 담임이 의자에 기대어 몽둥이를 손바닥으로 탁탁 치며 말했다. 이렇게 슬쩍 떠보는 질문은 왜 하는 걸까? 잘못을 스스로 깨우치라는 의미인가? 아니면 사고를 잘 치게 생겨서 다른 여죄도 있으면 말하라고 하는 건가? 있는 그대로 말하기로 했다.

 "점심시간의 일 때문에 그러신 건가요?"

 "그래. 그것 때문이다. 왜 그랬지?"

 "녀석들이 시비를 걸더니 저에게 점심시간에 남으라고 하더군요. 그리고 싸웠구요. 팔이 부러진 건 녀석에게 항복하라고 했는데 친구들 시켜서 의자 던지려고 해서 피하려다 부러진 겁니다."
"그러니까 넌 잘못 없다는 거네."
"네"
"엎드려"
"네?"
"엎드리라고"
엎드렸다.
"어쨌든 너 때문에 친구가 다쳤고, 너희들 때문에 내가, 선생님이 이렇게 신경 쓰게 되었는데 잘못한 게 없어."
허벅지를 3대 내리쳤다. 아오, 젠장. 꿈이어도 아프긴 졸라 아프네.
"걔는 제 친구 아닌데요."
"뭐라고? 이게 미쳤나."
담임은 몽둥이로 5번 연속 내리쳤다. 너무 황당하고 분통이 터져서 일어났다.
"선생님 이거 교육부 체벌 규정에 어긋나는 거 아세요? 이거 제가 미친 척하고 사진 찍어서 교육부 홈페이지에 올릴까요?"
"뭐, 체벌 규정?"
"네, 체벌 규정이요."
"이게 말이면 다인 줄 아나."
"그럼 경찰서에 가서 이야기하시죠? 상해죄가 되는지 안 되는지."
"그만."
교감 선생님이 나섰다.
"내가 봤을 때 자네가 좀 심했어. 학생에게도 이유가 있을 텐데 막무가내로 그러면 쓰나."

"교감 선생님. 보셨지 않습니까. 얘, 버릇없는 거."

"제가 뭘 어쨌는데요. 선생님이 엎드리라고 해서 엎드리고 개 패듯이 패서 맞은 것밖에 없는데. 오히려 지금 말씀은 감정에 따라 학생 처벌했다는 거 아니세요?"

"어허 자네들 여기가 어디라고 시끄럽게 떠드는 거야."

교감 선생님은 소리친 후 나를 따로 교감실로 데려갔다.

"사람에 따라 입장 차이라는 게 있으니……. 선생님은 선생님 입장에서 학생은 학생의 입장에서 보는 게 다르단다. 그리고 선생님도 사람이란다. 자신의 지도대로 따라주지 못하는 학생이 있으면 흥분하게 되어 있어. 내가 너희 담임한테 그런 점을 잘 말해 줄테니 너도 잘 따라주었으면 좋겠다. 특히나 이런 걸로 교육부나 경찰에 알리는 건 모두에게 좋지 않은 일이다. 친구라고는 안 했지만, 어쨌든 교내에서 싸운 건 분명하고 그 때문에 사람이 다친 건 사실이니 이건 잘못한 거잖니?"

"저도 제가 잘했다고 생각하지는 않습니다. 다만 분명히 싸움을 건 것도 저 녀석들이고, 의자를 던지려고 한 것도 저 녀석들입니다. 단순히 그 녀석 팔이 부러졌다는 현상만으로 저한테만 이렇게 책임을 묻는 것이 맞는지 의문입니다.'

"그래, 물론 억울한 면이 있을 거야. 그건 우리가 자세히 조사해볼 테니 내일 부모님 모시고 오너라."

상담을 마치고 교실로 돌아왔을 때는 청소까지 끝난 시간이었고, 자리에는 가방만 덩그러니 놓여 있었다. 가방을 메고 집으로 향했다.

5. 우리 경주로 여행갈까?

집에 도착했을 때 엄마는 없었다. 시계를 보니 여섯 시가 다 되어가고 있었다. 엄마한테 말하면 분명 노발대발하시겠지. 분명히 날 때리려고 할 거야. 꿈이라도 아프긴 아프던데……. 식탁에서 이야기하는 게 좋을까, 아니면 거실에서 이야기하는 게 좋을까? 아니다. 이것보다는 우선 엄마 손에 잡히는 것을 바꿔야 돼. 주위를 둘러보며 주변이 손에 잡힐 만한 것들을 치우기 시작했다. 나무로 된 총채를 플라스틱 파리채로 바꾸어 놓았다. 널브러져 있는 pc 콘센트도 치워버렸다. 너무 때릴 게 없으면 엄마가 뭘로 때릴지 모르니 안 아프면서도 엄마가 혼낸다는 느낌을 주는 것이 뭐가 있을까 하고 집안을 뒤지고 있었다.

벨 소리가 울렸다. 가슴이 철렁했다. 조심스럽게 스마트폰을 들었다.

"여보세요."

수화기 너머로 아무런 소리가 들리지 않았다. 직감으로 유진이가 아닐까 하는 생각이 들었다.

"유진아, 지갑에 넣어준 콘서트표, 그거 고새 빼서 가방에 넣어놨구나. 내 말대로 하지 그랬어."

"아니야. 가방에 있던 팜플렛 파일은 잊어버렸는데 콘서트 티켓 잘 가지고 갔어."

"다행이네. 그런데 왜 콘서트 안 보고? 줄 서다가 심심해서 전화했구나."

"잠깐 이야기 좀 할까? 나 지금 OO 공원인데."

목소리가 심상치 않은 것을 느꼈다. 유진이가 미국 간다는 것을 알았구나.

"알았어. 거기로 갈게."

아무것도 모르는 체하며 전화기를 끊었다. 왜 이렇게 머리 아픈 일투성이냐. 꿈이 이렇게까지 골치 아플 이유가 있나?

아니야. 꿈이기 때문에 이런 거지. 꿈이라서 이렇게 내가 못

해봤던 걸 해보는 것일 거야. 그때는 유진이한테 아무런 인사도 못 하고 떠나보냈으니까 꿈에서라도 하라는 것인가 보다. 공원으로 향하면서 유진이와 무슨 이야기를 해야 하는지 고민스러웠다. 그녀가 갑자기 미국으로 갔다는 것을 알았을 때는 그저 그녀가 미국에서 건강하기를 그리고 그녀가 꿈을 이루기를 빌었을 뿐이었다. 하지만 이런 말을 꿈속에서 그녀에게 하는 것이 의미가 있을까.

이런 꿈이 정말 의미가 있니? 가뜩이나 심란해 죽겠는데, 왜 이런 꿈을 꾸게 하는 거니?

주저리주저리 혼잣말을 하면서 페어리스톤을 만지며 걸었다.

어느새 공원이었다. 철봉과 평균봉, 그리고 벤치만이 덩그러니 있는 조그마한 곳이었다. 벤치에는 유진이가 앉아있었는데, 멀리서 보기에도 기운이 없어 보였다. 아무것도 모르는 척하기 위하여 입꼬리를 억지로 잡아당겨 웃는 표정을 지은 뒤 그녀에게 다가갔다.

"언제부터 와 있었어?"

유진이가 눈을 맞추었다.

"어? 눈두덩이는 왜 그래?"

"아아, 축구 하다 공 맞았어."

"그거 정말이야? 아닌 거 같은데."

그녀는 나에 대해 너무 잘 안다. 웬만한 거짓말로는 그녀를 속일 수가 없다. 그녀가 3초 룰을 할 태세였다.

"그런데 너 왜 콘서트 안 가고 여기 있어? 무슨 일이야? 어디 아파?"

안절부절못하며 속사포 쏘듯 질문했다.

그녀는 아무 대답 없이 벤치 옆을 탁탁 쳤다. 그녀 옆에 앉았다.

"약은 발랐어?" 유진이의 손끝이 눈두덩이에 닿았다.

"에이, 축구공은 내 친군데 뭘?" 일부러 과장되게 크게 미소 지으며 대답했다. 침을 꿀꺽 삼키고는 "콘서트는 어쩌구? 재미없었어?"라고 화제를 돌렸다.

유진이가 잠시 뜸을 들이다, "티켓 암표로 팔았어."라고 땅을 쳐다보며 말했다

"뭐어? 너 미쳤어? 왜 그랬어?"

"갑자기 그러고 싶어져서."

"야, 말도 안 되는 소리 하지 마. 표 엄청 구하기 힘든 거였다며. 그거 본다고 그렇게 자랑했으면서."

"우리 경주로 여행갈까?"

"진짜 미쳤구나. 너 3일 후에 미국 가잖아. 그런데 어떻게 경주에 가?"

유진이가 고개를 들어 찌릿- 하고 바라보았다.

"너 어떻게 알았어. 나도 오늘 들었는데…. 나한테 숨긴 거야?"

난 입을 틀어막았다. 사람이 너무 당황하면 정말로 입을 틀어막는구나.

"나도 오늘 아주머니께 들었어. 그게 중요한 게 아니라 경주에 어떻게 가?"

"아, 엄마가 말해줬구나……. 경주는 아무래도 안 되겠지?"

"그렇지. 그런데 경주는 왜?"

"나 다음 주 수학여행 못 가잖아. 갑자기 가보고 싶어서……."

"그래서 표까지 팔고?"

유진이는 고개를 숙이고 고개를 끄덕였다. 이거 아주 무서운 애일세…….

"유진아, 아무리 그래도 이렇게 경주 가는 건 말이 안 되잖아. 부모님이 얼마나 걱정하시겠어. 그리고 고등학생이 가출이

라니 위험해."

"그래서 너랑 같이 가자고 하는 거잖아. 그리고 가출이 아니라 여행이라고. 거기다 엄마랑 아빠는 나한테 말도 안 하고 미국행을 결정하셨는데 나는 왜 내 맘대로 못 해?"

"유진아, 부모님은 너하고는 다르지. 부모님은 너 키워주시잖아."

"야. 요즘 아빠가 얼마나 짜증 나게 구는 줄 알아? 이제 친구들도 사귀고 적응할 만한데, 내 생각은 요만큼도 안 한다니까. 그리고 무슨 유학이야. 앞으로 음악 계속할지 안 할지도 모르는데 부담스럽게."

유진이가 단단히 화났구나. 이대로 가다간 말싸움만 길어질 수 있었다.

"유진아. 너 돈 있어? 경주까지 가는데 돈이 얼만 줄 알아? 그깟 표값으로는 왔다 갔다 차비밖에 안될 걸. 거기 가서 바로 갔다가 돌아올 거야?"

"나 암표로 팔았어. 5배 넘게 쳐주더라고. 이것 봐. 넉넉하지?"

유진이가 자랑스럽게 돈을 내밀며 말했다. 어라, 이러면 안 되는데.

"유진아, 경주 말고 놀이동산은 어때? 거기도 괜찮잖아?"
"싫어. 콘서트까지 포기한 건데, 그런 걸로는 만족 안 돼."
"부모님한테 반항하는 것이 목적이잖아. 그것보다······."
"아냐. 난 경주 갈 거야."

이 고집불통!

"야, 난 어떡하냐? 니 말대로 하면 나 엄마한테 죽어. 너 때문에 나 죽어도 괜찮냐?"

"그러면 나 혼자라도 간다고."
"그래, 너 혼자 가라."

5. 우리 경주로 여행갈까?

"흥. 아까부터 그런다고 했잖아."

유진이는 벤치에서 일어났다. 와 저 지지배 독한 거 봐라. 뒤도 안 돌아보고 가는 거 봐봐. 난생처음 보는 유진이의 모습에 완전히 당황했지만, 한편으로는 유진이의 마음이 이해도 되었다. 부모님 때문이라지만 갑자기, 그것도 타의에 의해서, 친구들과 여기의 일들을 모두 버리고 머나먼 타국으로 가는 심정은 정말 힘들 것이다. 거기다 병원에 있을 유진이의 모습이 겹쳐 보이고, 다른 곳도 아니고 꿈에서마저 그녀를 실망시키고 상처를 줄 이유는 없어 보였다.

이제까지 꿈이라고 말하고 싶은 거 말하고 하고 싶은 거 다 했는데, 유진이라고 그러지 말라는 법은 없지 않은가. 꿈속에서라도 즐거워야지.

유진이한테 달려갔다.

"내가 졌다, 졌어. 가자, 가."
"넌 꼭 한 번씩 튕기더라."
"쉬운 남자는 매력 없잖냐."
"웃기시네. 우유부단해서겠지."
"확 경주 가는 거 취소해버릴까 보다."
"남자가 한 입으로 두말하기 없기."
"I will go to 경주 with 유진."
"뭐라니?"
"지금 했잖아. 한 입으로 두말하기. 두 가지 말하기?"
"와, 너 진짜 양심 없다."
"재미없어? 잼이 없으면 머쓱타드라도?"
"나 혼자 갈 테니까, 넌 오지 마."

웃으며 유진이를 따라갔다.

우리는 고속버스터미널로 갔는데, 유진이는 서울역으로 가자고 했지만, 수학여행 기분을 내려면 버스를 타고 가야 한다며 고속버스터미널로 우겼다. 유진이는 그 말이 틀리다고 생각되지는 않았는지 내 말을 따랐다.

하지만 늦은 밤의 고속버스터미널은 예상과는 달리 음침했다. 바람이 불어서 신문지나 봉지 같은 게 날아다녔고 지하철은 덜컹거리며 소음을 내고 있었다. 노란 조명 사이로 막 지방에서 올라온 사람들이 터미널에서 빠져나오고 있었는데 무척이나 피곤해 보였다.

유진이는 자신감이 가득했던 아까와는 달리 불안해 보였다. 아무래도 이렇게 늦은 시간에 학원차를 타는 것 외에 돌아다니는 것은 처음일 것이고, 거기다 가출이라는 생각에 더 그럴 수도 있겠다는 생각이 들었다.

"무섭냐? 지금이라도 돌아갈까?"

"나 무서운 것 없거든."

그녀는 이렇게 말하며 성큼성큼 건물로 들어갔다. 터미널에 들어가자마자 표를 사러 갔는데, 옆에는 카드로 구매할 수 있는 기계가 설치되어있었고, 매표소에는 아주머니 한 분이 계셨다.

"유진아, 우리 가출한 거 들키면 안 되니까 카드로 사는 게 낫겠지? 카드 줘봐."

"야 무슨 가출이야? 여행이야 여행. 그리고 카드는 안 돼. 부모님에게 우리 행적을 알려져선 안된다구."

"그럼 어떡해. 아줌마 눈초리 봐봐. 너나 나나 미성년자인 거 들킬 텐데……."

"아니야. 넌 괜찮으니까 가서 자신 있게 '표 2장만 주세요' 해봐. 의심하지 않을 걸?"

"별로 좋은 생각 아닌 것 같은데."

"아니야. 내가 다 책임질 테니까 어서 가봐."

매표소로 가면서 생각했다. 아주머니에게 의심받지 않기 위해서는 아주머니가 생각할 시간을 주지 말아야 한다. 즉 이미 살 거라는 전제하에서 대화를 시작해야지.
"경주행 2장으로 가장 빠른 걸로 주세요."
"지금은 심야고속버스 우등밖에 없어요."
"그럼 그걸로 주세요."
시선은 아줌마의 미간으로 향했다. 아줌마는 크게 신경 쓰지 않았고, 돈을 주자 싱겁게 표를 주셨다.
"거봐. 맞지?"
유진이가 생글생글 웃으며 말했다.
"어? 이상한데. 이렇게 쉽게 끝나면 안 되는데."
"넌 너를 모르더라. 너 군대 갔다 온 우리 삼촌이랑 분간이 안 돼."
"아니야. 그럴 리 없어. 아주머니한테 물어봐야겠어."
"야. 미쳤냐."
유진이는 이렇게 말하며 뒷 카라를 잡았다. 우리는 걸으며 표를 보았는데, 11시 55분 심야우등이라고 적혀있었다. 출발까지는 2시간 정도 남아 있었다. 주위에는 문을 닫은 가게들이 대부분이라서 근처의 카페로 갔다.

* *

유진이의 옆에 나란히 섰다.
"유진아, 경주 가면 보고 싶거나, 해보고 싶은 거 있니?"
"글쎄, 불국사나 다보탑은 유명하니 한 번쯤 보고 싶기도 하고, 잘 모르겠다. 네가 가봤으니 잘 알겠지?"
"다보탑이나 불국사 가보면 별거 없어. '아, 사진하고 똑같네.' 하고 끝이야."

"참나, 너 감정이 이렇게 무뎌서 나중에 어떻게 연애할래? 사진하고 똑같을지는 몰라도 우리가 거기에 없었잖아. 만약에 그냥 보고 갈 거면 티브이를 보지, 바보야."

"오오, 그런 기특한 생각을 한단 말이야."

"넌 정말 누나 없었으면 어쩔 뻔했니?"

"누나 없었으면 지금 따뜻한 이불 덮고 누워 있었겠죠."

"그러게. 집에 콕 박혀있을 거, 누나 때문에 경주도 가고 복 받았네."

"이러다 경주 가서 너랑 나랑 둘 중 하나만 살아서 돌아온다."

"오, 아마도 너겠지?"

지지배 한마디도 안 지네. 시계를 바라보았다.

"이제 타러 가자."

"그런데 호두과자랑 이런 거 안 사도 되나? 아니면 계란은?"

"아마 가다가 휴게소 들릴 거야. 그때 사면 되겠지."

이렇게 말한 후 그녀를 버스로 이끌었다. 자리는 마지막 칸에서 2칸 정도 앞에 앉았다. 유진이가 창문 쪽에 앉았다. 우리가 타고난 후에도 4~5명 정도가 버스를 탔다. 이 시간에도 사람이 생각보다 많구나 하는 생각을 했다. 시간이 되자 버스가 출발했다.

"내가 갑자기 경주 가자고 해서 화났어?"

유진이가 속삭였다.

"아니."

나도 작은 목소리로 대답했다.

"그런데 왜 말이 없어?"

"어디로 가야 좋을지 생각했어."

그녀가 살짝 미소를 지었다. 그리고는 "그러면 내가 방해 안 할 테니 꼭 멋진 곳을 생각해야 해."라고 말했다.

"유진아, 믿을 사람을 믿어야지." 입꼬리가 살짝 올라갔다. 그러자 그녀는 귀를 막고 눈을 감고는 "아 졸려. 너무 피곤하네." 라고 말하며 몸을 창문 쪽으로 돌렸다. 그녀를 따라가며 "믿지 마, 믿지 마."를 연발했다. 유진이는 완전히 귀를 막고는 몸을 돌린 상태였다. 그 모습을 보니 다시 웃을 수밖에 없었다.

몸을 의자에 깊숙이 기댔다. 버스 안은 버스가 밤을 태우듯 넘어가는 소리 외에는 고요했다. 창문 밖으로 주황색의 할로겐 등과 자동차들의 노란색 라이트 등, 도시의 빛들이 휙휙 지나가며 도시를 헤쳐 나가고 있었다. 왜인지 쓸쓸한 기분이 들었다. 버스가 서울을 벗어났다.

잠시 동안 그녀의 잠든 모습을 지켜보았다. 새근새근 잠들어 있는 모습에 안도가 되고 마음이 편안해졌다. 내가 볼 수 있을 만큼 그리고 그 모습을 잊지 않을 만큼 보고는 창문의 암막 커튼을 정리했다. 나도 눈을 감았다. 그녀를 너무 오래 보았는지 눈을 감은 상태에서도 그녀가 잠든 모습이 머릿속에서 그려졌다.

**

눈을 뜨자 고개를 돌렸다. 유진이가 잘 자고 있는지 궁금했기 때문이었다. 그런데 외국인 아저씨가 어깨에 기대어 잠들어 있었다. 화들짝 놀라 아저씨를 밀어내며, 역시나 아까는 꿈이었구나 하는 생각했을 때였다. 갑자기 몸이 덜덜 떨리고 뒤통수가 당기는 아픔이 느껴졌다. 눈앞이 빙빙 돌고 속이 메슥거렸다.

안전띠를 풀기 위해 버클을 잡았다. 하지만 땀에 젖은 손이 덜덜 떨리기까지 하자 잘 풀리지 않았다. 몇 번을 실패하고 간신히 있는 힘을 쥐어짜서야 겨우 풀 수 있었다. 화장실을 향해 달려갔다. 하지만 화장실에는 사람이 있었다. 문을 다급하게 두들겼다.

그러자 그 소리를 듣고 승무원이 다가왔다. 승무원은 한 손으로는 머리를 누르고 나머지 한 손으로는 입을 틀어막고 있는 나를 보더니 아무 말 없이 승무원 화장실로 이끌었다. 화장실에 들어가자 변기에 앉았다. 그리고는 심호흡을 크게 했다.

갑자기 '입시, 컨설턴트, 보안' 이렇게 갑자기 알 수 없는 단어들이 머릿속에 떠올랐다. 머리에 피가 몰리고 울렁거렸다. 무릎을 꿇고 변기를 붙잡았다.

메스꺼움에 게워내기 위해 노력했지만 헛구역질만 나왔다. 손가락을 넣어봤지만 똑같았다. 결국 포기하고 변기 위에 앉아 이마에 손을 갖다 댔다. 땀이 흐르는 것이 느껴졌다. 잠시 동안 심호흡을 했다. 얼마나 지났을까. 화장실에서 노크하는 소리가 들렸다.

"손님, 괜찮으신가요?"

"네. 괜찮아요. 곧 나가겠습니다."

대답한 후 좀 더 변기에 앉아있었다. 진정되는 느낌이 들어서 천천히 세면대에 섰다. 물을 틀고 세수를 했다. 차가운 물에 정신이 점점 또렷해졌다. 고개를 들어 거울을 봤다.

"악"

눈 밑에 있던 흉터가 없어져있었다. 눈 밑을 어루만져 보았다. 분명히 흉터가 없었다.

그때 화장실 문을 다급하게 두들기는 소리가 들렸다.

"손님. 손님. 괜찮으신가요? 곧 비행기가 착륙합니다만, 의료진이 필요하실까요?"

화장실 문을 열었다.

"소란 피워서 죄송합니다. 괜찮습니다."

"정말 괜찮으신가요? 창백하신데요."

"네 정말 괜찮아요."
 승무원에게 감사하다고 인사를 하고 자리로 돌아가 앉았다. 아주머니도 얼굴을 보시더니 괜찮냐고 물어보셨다. 다행히 두통은 사라져 있었다. 괜찮다고 말씀드렸다. 그리고는 좌석에 깊게 기대어 눈을 감았다. 꿈에서 있었던 학교의 일을 떠올리자, 갑자기 이제껏 경험하지 못했던 기억들이 머릿속에 들어왔다. 가출한 후 집으로 복귀해서 엄마에게 뒤지게 맞았고, 가출과 폭력 사건으로 인한 정학. 학교에서는 친구의 팔을 부러뜨려 무자비한데, 여고생을 꼬드겨서 가출까지 한 놈으로 소문이 나서 아무도 건드리지도 접근하지도 않았던 일상이 떠올랐다. 그리고 유진이는 결국 미국으로 갔다. 머릿속에 새롭게 들어오는 정보들이 정말로 기억인지 아니면 상상이 극대화된 것인지 구분이 되지 않았다.
 그렇지만 이상하게도 유진이와 경주에 갔었던 내용은 하나도 떠오르지 않았다.
 눈을 뜬 후 아주머니를 바라보았다.
 "아주머니, 혹시 유진이가 경주 갔었던 이야기 한 적 있었나요?"
 "그럼, 많이 했지. 경주에서 갑자기 유진이를 꼭 껴안았다면서. 유진이가 그때 정말 놀랐다고 하더라."
 "네? 제가요?"
 "에이 부끄러워하긴. 너무 걱정하지 마. 남자아이들이 여자를 좋아하는 마음에 그럴 수 있다고 했어."
 장난스러운 아주머니의 말에 펄쩍 뛸 노릇이었다. 이 이상 이야기하면 내가 알지도 못하는 이야기 때문에 곤란할 것 같아 다시 눈을 감았다. 비행기는 어느새 경유지 착륙 안내방송이 나오고 있었다.
 비행기가 착륙하는 그때 갑자기 그런 생각이 들었다. 설마 내가 과거에 다녀온 건가? 페어리스톤을 꽉 쥐었다. 비행기에서 내리자마자 스마트폰을 켰다. 공항 밖으로는 타국의 푸른 하늘이 펼쳐져 있었지만 그리 중요한 게 아니었다.

가장 먼저 SNS에 접속했다. 팔을 부러뜨렸던 녀석의 계정을 들어가 보았다. 녀석은 아직 결혼 전이었다. 그래서인지 가족사진이 많이 올라와 있었고, 중고차 장사는 똑같이 하고 있었다.

아버지가 의사였구나. 돈 좀 있는 티를 내더니. 녀석의 페이지를 계속 넘기다 문득 한 게시물에서 멈췄다. 비 오는 날 포장마차에서 올린 사진과 글이 있었다. 비가 오면 고등학교 때 3:1로 싸우다 부러졌던 팔이 저려온다. 나에게는 아픈 상처지만, 불의에 저항하고 명예를 지켰던 내가 자랑스럽다. 그때를 추억하며 용기를 내자.

이거, 이거 아직도 정신을 못 차렸네. 댓글을 달까 잠시 생각하다가 그만두었다. 이제 와서 댓글을 다는 것이 무슨 의미가 있겠냐는 생각이 들기도 했고, 더 중요하고 흥미로운 일들이 가득 있었다.

"팀장님, 괜찮냐구요?"

뒤에서 나는 시끄러운 소리에 고개를 돌려보았다.

"야, 이제 팀장이라고 무시하는 거야?"

"아라?"

나는 의아해했다. 애가 여기 왜 있는 거지? 아니 화장해서 그런가? 아닌 것 같기도 한 대.

"야, 아니. 팀장님, 왜 이러세요. 저 이름 개명했다고 했잖아요. 아린으로. 오아린."

그녀를 보고 기억을 떠올리려 하자 다시 머리가 찡하니 아팠다. 관자놀이를 짚으며 얼굴을 찡그렸다.

"하아. 몸이 안 좋으신 것 같으니까 이번은 넘어가는데 몇 번이나 같은 말 하게 하지 마요. 그리고 이번에 케어받아야 할 사람은 팀장님이 아니라, 나니깐."

그녀는 화를 내며 지나갔다.

"괜찮니? 입술이 파래. 얼굴도 창백하고."

아주머니가 곁에 오셔서 말씀하셨다.

"네, 괜찮아요."

이렇게 말했지만, 아주머니는 옆에서 떨어지지 않으셨다. 경유 비행기를 기다리며, 과거에 일어났던 일들을 차분히 생각해 보려고 했다.

유진이는 예정대로 미국에 갔고 나는 학교로 돌아왔다. 학교에서는 말썽꾸러기로 찍혀있었고, 겉돈 것은 전과 마찬가지였다. 그러다가 내 싸움 실력을 들은 한 선배와 친해졌다.

그는 1년 후에 도피 유학을 갔고 3년 만에 돌아와 유학원을 차린 후 연락을 해왔다. 나에게 "입시 컨설턴트"라는 직업을 제시했는데, 실상은 대리시험을 알선해주고 관리해주는 업무였다.

군대는 전역했고 엄마는 아파서 병원에 입원해 계셔서 돈이 필요했었기에, 그의 달콤한 조건을 받아들였다. 원래 기억 속의 엄마는 고등학교 때 입원을 하기는 했지만 당시에는 수술이 잘 끝나고 별일이 없었는데, 이번에는 이상하게 집도의가 바뀌더니 후유증이 남아 결국 다시 병원에 입원하시게 된 것이었다.

선배에게 이번에 미국에 갈 일이 있다고 하니, 아라 아니 아린이를 관리도 해줄 겸 같이 다녀오라고 해서 미국으로 동행하게 된 것이었다.

산더미 같은 기억을 소화하면서 엄마 걱정까지. 머리와 마음 어디 하나에 구멍이 난 것 같았다. 대학에 가지 못한 건 그럴 수 있다. 그래도 지식은 남아 있으니까. 그래, 말뿐인 입시 컨설턴트도 그럴 수 있다고 하자. 돈이 급하고 배운 게 없으니.

그런데 엄마가, 엄마가 아픈 것은 그 녀석을 손봐준 대가로는 너무 컸다. 재수 없는 놈은 뒤로 넘어져도 코가 깨진다더니, 어떻게 이렇게까지 꼬일 수 있는지 이해할 수가 없었다.

산적한 문제들을 해결하기 위해 고민하다가 '돈을 많이 벌어서 엄마를 치료해주고 편안하게 모시면 되는 거 아냐?'라는 생각이 떠올랐다. 거기다 고졸이더라도 돈이 있다면 아등바등하지 않아도 다른 무언가를 할 수 있는 기회가 있다.

나에게 필요한 건 돈이다. 로또 번호를 검색하다가 문득 이 모든 일의 시작이 유진이 때문인 것이 떠올랐다. 유진이에게도 멋진 경주 여행을 만들어주기로 마음먹었다. 경주를 검색하기 전에 남욱이에게 메시지가 잔뜩 와있어 먼저 확인했다. 남욱이는 다행히 별일이 없어 보였다. 바뀐 게 있다면 나 대신 하는 것이 아니라 남욱이가 정말로 편의점에서 알바를 하고 있다는 점이었다.

"미국물 좋냐?"

"답이 없네. 아직도 비행기 안인가. 좋겠다. 오늘 편의점은 완전 진상투성이다. 부럽다. 부러워."

"남욱아, 진하랑 별일 없지?"

무슨 일이 일어났을까 봐 손이 부들부들 떨렸다. 안부 물어보는 게 이렇게 힘들 줄이야.

"오 대답했다. 미국 좋냐? 진하랑은 별일 있지."

가슴이 덜컹거렸다.

"별일? 무슨 일인데?"

"진하가 놀러 왔는데 어떤 놈이 첫눈에 반했다고 연락처 물어보네. 내가 남자친구라니까 믿지를 않아. 또라이 시키. 근데 그 다음 날도 또 찾더라고. 애 대가리는 얼마짜리인지 바코드기계로 찍어 보고 싶더라니까."

"다행이다."

"뭐가 다행이야? 진하 콧대가 하늘을 찌르는데."
"아아 그런 뜻 아니여. 활기차 보여서 다행이라고."
"그리고 나 미국이긴 미국인데 아직 목적지에 도착 안 했어. 공항이야."
"미국은 멀구나. 그런데 선물은? 선물 샀어?"
"글쎄."
"로얄 살루트 샀지? 나 몸이 고급이라 비싼 거 아니면 몸이 안 받는다."
"잘됐네. 너 안 먹으면 다른 사람 주면 되겠네."
"아니야. 내가 잭 다니엘까지 양보할게."
"아, 맞다. 그런데 너 경주 잘 아냐?"
"왜 유진이가 건강해지면 경주 가재?"
"아니 그런 건 아니고."
"벌써부터 여행 생각하는 거야. 엉큼한 놈."
"야. 됐고. 잘 아냐고!!! 몇 번을 물어보는 거야?"
"농담한 건데 왜 이렇게 화를 내. 하여간 화가 많아. 화가. 하여튼 경주는 수학여행 간 게 전부야."
"넌 진짜……."
"아 맞다. 진하가 부산 출신이잖아. 부산하고 경주하고 같은 경상도니까 알 수 있겠다."
"오 그렇겠네. 어서 물어봐."
"잠시만."
 남들은 잘 모르는, 경상도 토박이만의 알짜 정보를 기대하며 초조하게 기다렸다.
"야야. 진하도 잘 모르겠데. 걔는 수학여행도 일본으로 가고, 경주는 가본 적이 없대."
"넌 초콜릿도 아까운 줄 알아. 알았냐."
 남욱이한테 이렇게 화를 내고 메시지를 끝냈지만, 남욱이와 이야기를 하니 마음이 좀 편해졌다. 내가 진짜라는 느낌이 들었다. 나에게는 지금 과거의 기억이 두 가지다. 둘 다 거짓이 아니다. 이 상황을 알고 있어도 혼란스러운데, 다른 사람들은 과거와 달리 변해버린 나를 이상하게 보지 않을까? 반대로 현재의 나를 알고 있는 사람들은 내가 알던 사람들이 맞을까?

"이거 한번 먹어 보렴. 페퍼민트인데 멀미와 두통에 좋대."

아주머니가 테이크아웃 컵을 내미셨다.

"잘 먹겠습니다. 향기가 참 좋아요." 고개를 숙이며 말했다.

"아직도 안색이 창백하네. 괜찮아?"

"네 괜찮아요. 아주머니한테 걱정만 끼쳐드리고 죄송하네요."

"아니야. 그런 생각하지 마. 시간 내서 와 준 것만 해도 정말 고맙단다."

아주머니는 멀리 지나가고 있는 사람에게로 시선을 돌렸다.

"유진이가 식물에 대해 왜 이렇게 잘 아는지 아주머니를 보니 알겠네요."

아주머니가 미소를 지으시더니, "페퍼민트 괜찮니?"라고 물으셨다.

"네, 맛있어요."

"나도 페퍼민트 같은 허브차가 좋단다. 그런데 유진이는 커피 좋아해. 그것도 샷 1개를 꼭 추가하더라. 유진이는 나보단 아빠를 닮았지."

"섭섭하세요?"

"섭섭할 때도 있고, 지 아빠처럼 쓸데없이 고집부릴 땐 콱 쥐어박고 싶기도 해."

테이크아웃 컵이 잔잔한 파도처럼 물결쳤다.

"아주머니, 제가요. 그러니까 음, 유진이를 실망시키면 어쩌죠?"

5. 우리 경주로 여행갈까?

"그게 무슨 소리니? 실망시키다니?"

아주머니가 정말 놀라셨는지 미간에 일자로 주름이 잡히고, 목소리가 커졌다.

"유진이가 기억하는 저의 모습과 지금의 제 모습이 달라서 실망하면 어떡하죠?"

"그러게. 너무 멋지고 남자답게 변해서 유진이가 몰라보겠는걸."

"아주머니, 놀리지 마세요."

아주머니가 미소를 지으셨다.

"사람은 누구나 변하지. 그것도 매일매일. 아직 모르지? 하루하루 피부가 처지고 주름이 늘어서 크림을 두 겹으로 바르고 싶은 기분을."

"에이, 아직도 아름다우세요."

"고마워, 이어서 말하자면 어제의 나와 오늘의 나, 그리고 1년 전의 내가 같다고 말할 수 있을까? 아마 같다고 말할 수 없을 거야. 경험이 쌓이면서 생각도 바뀌고 편견도 늘어나고 몸도 달라지고. 그래도 나는 나라고 인식하지. 왜일까? 난 그게 기억이 이어지기 때문이라고 생각해. 내가 변해도 나일 수 있게 만들어주는 것."

아주머니가 테이크아웃 잔에 천천히 입을 갖다 대고 차를 한 모금 마신 후 말을 이으셨다.

"유진이와 좋은 기억을 공유하고 있잖아. 좋은 기억들을 이어가면 달라졌어도 괜찮을 거야."

테이크아웃 잔에서 따뜻한 온기가 스며들었다.

환승을 기다리는 동안 경주 여행을 검색하기 시작했다. 어느 정도 정보가 쌓이자, 일정들을 머리에 넣기 위해서 외우기 시작했다. 환승할 비행기를 타자마자 과거로 갈 생각에 눈을 감았다. 잠이 오지 않았다. 하긴 그렇게 비행기에서 내내 잤는데 잠이 또 오는 것도 신기하지. 유진이 그림을 그리고 경주 일정을 복기하고, 혹시 몰라서 유진이에게 노래를 부를 것까지 생각하며 시간을 보냈다.

공항에서는 유진이 이모가 데리러 와있었다. 유진이 이모는 우리를 반갑게 맞아 주셨다.

"팀장님, 저는 호텔에 가서 쉬고 있을게요."

"이 분은?"

이모가 아린이를 보고 물어보셨다.

"회사 동료예요. 출장 때문에 같이 왔어요."

"어디 호텔가요? 저희가 태워드릴게요."

"아니에요. 저는 혼자 행동하는 게 편해요."

"맞아요. 아린씨는 준비할 것도 있고 들를 곳도 있고 그래요."

내가 이렇게 말하자 유진이 이모는 더 이상 권하지 않았다. 그녀는 인사를 하고 공항을 나갔다.

차를 타고 공항을 빠져나온 후 영어로 쓰여 있는 간판들과 넓게 뚫린 고속도로를 지나자 미국에 왔다는 느낌이 들었다. 차 안에서 아주머니는 이모에게 물었다.

"유진이 아빠는?"

"사실 지금 병원에 있어. 운전하기 힘들 것 같아서 내가 대신 왔어."

유진이 이모가 조심스럽게 말했다.

"병원? 혹시 유진이 무슨 일 있어?"

"사실 유진이 갑자기 상황이 안 좋아졌어. 어제 어쩔 수 없이 수술 들어갔어."

"뭐? 어떤데? 많이 안 좋아?"

아주머니의 입술이 부르르 떨렸다. 손으로 입을 덮었다.

"이게 다 내 잘못이야. 유진이 마음대로 살게 해야 했어. 언제나 조금만 참으라고 했는데. 결국 이렇게 된 거야. 스트레스를 너무 많이 준 거야."

아주머니 왼쪽 볼 위로 눈물이 흐르고 말았다.

"무슨 소리야? 다 유진이 잘되라고 한 거잖아."

이모는 아주머니를 달래었다.

"맞아요. 유진이 잘 견뎌낼 거에요. 그런 생각하지 마세요."

우리는 곧바로 유진이가 있는 병원에 갔다. 미국 병원이라고 다를 것은 없었다. 하지만 접수처를 지나 유진이가 있는 병실에 가까워질수록 링거를 꽂고 움직이는 환자들이 적어졌다. 소독약과 표백제의 냄새가 진해지고 침묵이 솜뭉치처럼 쌓여갔다. 어쩌다 지나가는 사람들을 보면 머리를 하얗게 밀고 있거나, 저렇게 많은 링거가 링거대에 걸려있는데 버틸 수 있을까 하는 생각이 들었다.

이런 곳에 사랑하는 딸을 두고 매일 왔다 갔다 해야 하는 아주머니의 마음을 감히 헤아릴 수가 없었다. 수술실 앞에는 벤치에 멍하니 앉아있는 유진이 아버지가 보였다. 피곤한 눈에 수염이 듬성듬성 나 있고 구겨져 있는 와이셔츠를 보니 가슴이 아팠다.

"여기까지 오느라고 고생 많았네. 고마워."

유진이 아버지가 손을 잡았다.

"아닙니다. 제가 할 수 있는 일은 뭐라도 해야죠."

"유진이는?"

"수술 들어간 지 8시간 지났어. 그리고 언제 끝날지 모르겠어. 비행도 오래 했는데 집에서 좀 쉬다 와. 무슨 일 있으면 연락 줄 테니까."

"아니야, 유진이랑 같이 있을 거야. 한시라도 빨리 유진이가 수술을 잘 끝냈다는 이야기를 듣고 싶어."

두 분이 나를 바라보았다.

"전 괜찮습니다. 저도 같이 있고 싶어요."

유진이의 수술이 잘 끝나는 게 가장 중요하기도 하고, 나에 대한 조그마한 걱정도 두 분에게는 사치였기 때문에 있는 듯 없는 듯하고 싶었다. 아버님이 앉아있던 벤치 반대편에 앉았다.
 수술실 근처는 바스락거리는 옷자락 소리가 들릴 정도로 조용했다. 멀리서 걷는 소리와 수술용 침대가 바퀴가 덜컹거리는 소리가 들렸다. 아주머니와 아저씨는 기도하듯이 손을 모으고 미동도 하지 않고 있었다. 두 손을 모으고 눈을 감았다.

6. 네가 생각하는 거, 그거 하지 말자

 버스가 경주로 진입하고 있었다. 유진이는 나에게 기대어 자고 있었다. 그녀가 수술실에 있다는 것도, 곁에 있다는 것도 믿기지 않았다. 유진이가 뒤척거리다 반대쪽으로 몸을 돌렸다. 창문을 바라보았다. 어두컴컴한 밤하늘에 태양이 조금씩 알을 깨듯 빛이 스며들고 있었다. 경주 시내는 한옥과 빌딩이 조화를 이루고 있었고, 푸른 나무들과 풀들이 흐르는 강을 따라 도시를 보듬고 있었다. 버스는 터미널로 천천히 들어섰다. 터미널에 멈춰서자 유진이를 깨웠다.
 "나 너무 대책 없이 잤지?"
 유진이가 크게 기지개를 켜며 말했다.
 "응. 세상 모르게 자던데. 잠잘 때 코까지 골았어."
 "흥. 거짓말치시네. 이제 그런 거짓말에는 안 속아."
 유진이는 이렇게 말하며 힘차게 일어났다. 유진이의 볼을 손가락으로 콕 찍었다.

"뭐야?"

"아니, 너무 귀여워서 진짜 사람인가 해서."

"입에 침이나 바르고 거짓말해라."

그녀가 팔뚝을 꼬집었다. 흑흑. 역시 현실이구나. 머리를 손바닥으로 두들기면서 '밝게, 여행 즐겁게.'라고 마음속으로 다짐했다. 유진이는 화장실에 다녀온다면서 고개를 가로저으며 멀어졌다. 주위를 둘러보니 공중전화기가 보였다. 엄마가 걱정하실 테니 전화하는 게 맞다는 생각이 들었다. 신호음이 세 번 울리기도 전에 전화를 받았다.

"엄마. 나야."

"응. 우리 아들 어디야? 집에도 안 들어오고. 무슨 일 있니? 거기다 유진이도 집에 안 들어왔다고 하던데. 같이 있니?"

엄마의 목소리는 많이 억눌렸지만, 분노를 참는 것이 느껴졌다.

"응. 엄마. 유진이랑 같이 있어. 너무 걱정하지 마. 엄마는 괜찮지? 아픈 데는 없고?"

"그렇게 엄마가 걱정되면 집으로 들어와야지. 지금 어디야?"

"엄마 너무 걱정하지 마. 아주머니한테도 너무 걱정하시지 말라고 전해드려. 유진이 아무 일 없이 잘 있다가 서울 잘 올라갈 거라고."

"아휴. 우리 아들 믿음직스러운 거 알지. 그래도 안심하게 어디 있는지만 말해주면 안 될까? 그래야 어른들이 걱정 안 하지."

이러다가는 대화가 끊이질 않을 것 같다. 그래서 우선 엄마한테 할 이야기를 하는 게 좋을 듯싶었다.

"엄마. 우선 이거 받아 적어봐. 6, 15, 17, 32, 41, 44."

"이게 뭐야? 주소니?"

"아니, 로또 번호야. 어제 돌아가신 할머니가 꿈에……."

"야. 이놈의 시키야. 지금 장난칠 때야."

 엄마의 고함에 전화를 끊고 말았다. 어휴. 엄마는 기회를 줘도 몰라. 어쩌지, 오히려 화를 더 돋워 버렸네. 유진이가 화장실에서 돌아왔다.

 아무 일 없다는 듯 유진이에게 손을 흔들었다. 유진이는 나에게 다가오며 봉지 하나를 던졌다. 받아 든 봉지에는 연고와 파스가 들어있었다.

 "유진아, 이거 나를 위해 사 온 거야?"

 헤벌쭉 웃음이 나왔다.

 "아니, 나를 위해서야. 얼굴이 부은 상태로 같이 돌아다니면 사람들이 내가 때린 줄 알 거 아냐."

 "그러게." 고개를 끄덕이고는, "하긴 유진이가 워낙 험악해서 사람들이 그렇게 생각할 수 있지. 이거 바르고 빨리 나아야겠다."라고 말했다.

 유진이의 주먹이 꽉 쥐어지는 듯한 느낌이 들었다.

 재빨리 "배고프지? 뭐 먹을래? 아침은 간단히 먹자."라고 말하며 편의점을 가리켰다. 그녀를 이끌고 들어가서, 삼각김밥을 전자레인지에 돌리고 컵라면에 끓는 물을 부은 다음 편의점 파라솔에 앉았다. 유진이는 길거리에서 사람들이 지나다니는 모습을 바라보고 있었다.

 "다들 등교하는데 나는 학교 안 가네. 좋다."

 유진이는 이렇게 말한 후 컵라면을 후후 불고는 먹기 시작했다. 컵라면의 온기가 새벽의 공기를 어느 정도 덥혀주었을 무렵 "우리 어디 갈 거야? 석굴암? 불국사?"라고 유진이가 말했다.

 "걱정하지 마. 다 생각해놨어."

 자신 있게 말했지만, 머릿속으로는 아까 찾았던 여행 장소를 떠올리고 있었다. 버스를 탔다. 불국사로 가는 버스였는데, 할아버지와 할머니가 타기도 하고, 중고등학생들이 탔다가 내리기도 했다. 우리는 맨 뒤에 앉아서 이어폰을 나눠끼고 창밖을 바라보고 있었다. 매연 때문에 창문을 열어도 될까 싶은 서울과는 다르게, 신선한 풀향기가 날 것 같았다. 살짝 창문을 열자 몽글몽글한 바람이 손에 잡혔다.

"유진아, 이 노래 좋다. 제목이 뭐야?"

"음, 좀비스(Zombies)."

"노래 제목이 좀비스야? 노래 분위기랑 제목이 너무 다른데. 좀비로 세상을 다 뒤덮고 좀비들이 행복해하는 내용인가?"

"하하하. 바보야? 노래 부르는 밴드 이름이 좀비스(Zombies)라고."

"내가 제목을 물어봤지. 밴드 이름 물어봤어?"

유진의 얼굴을 손으로 쥐어짤 듯 뻗었다.

유진은 파리를 쫓듯 내 손을 쳐냈다.

"다 이유가 있어. 내가 이 곡 제목 알려주면, 이 곡만 들어보려고 했지?"

"응, 당연한 거 아냐?"

"그러지 말고. 이 곡이 있는 앨범을 찾아서 다 들어봐. 네가 만화를 좋아하는 것처럼 음악도 앨범을 통해 하고 싶은 이야기가 있어."

유진이의 말에 고개를 끄덕였다.

노래가 3~4곡 정도 끝났을 때쯤이었다. 하차 벨을 눌렀다.

"여기 불국사 아닌데?"

"응 불국사 안 갈 거야. 굴불사 들렀다가, 백률사 갈 거야."

"처음 들어보는 곳인데"

"사실 경주란 도시 자체가 거대한 사찰이야."

버스에 내려, 운을 떼기 시작해서 인터넷에서 봤던 내용들을 기억나는 대로 말하기 시작했다. 생각에는 15분 정도 말할 수 있을 것 같았는데 실제로는 1분도 안 걸렸다. 우리는 산이 보이는 곳을 향해 걸어갔다. 유진이는 주위를 두리번거렸다.
"산이네?"
"그럼 절이 산에 있지. 당연한 소리를 하고 있어. 그리 높지 않으니까 걱정하지 마."
 투덜거리는 그녀를 이끌고 가파른 돌담길을 올라갔다. 얼마 가지 않아 정육면체의 사면에 불상을 새겨놓은 석불이 보였고, 무릎만 한 높이의 담장이 석불을 둘러싸고 있었다. 그 앞에는 조그마한 한옥 모양의 보관함이 놓여 있었는데, 안쪽에는 촛불들이 세워져 있었다. 어떤 아주머니가 정성스럽게 기도를 드리고 있었다. 유진이를 이끌고 그곳으로 갔다.
"유진아, 저 석불이 소원을 이루어지는 영험한 석불이래. 같이 소원을 빌어보자."
"그래? 소원 여러 가지 빌어야지."
 유진이가 손가락을 피며 말했다.
"무슨 소원이 그렇게 많은데?"
"우선 압도적인 실력으로 콩쿠르 우승, 5kg 다이어트 성공, 그리고 키도 좀……."
"램프의 지니가 아니라고. 그러지 말고 내가 소원 딱 정해줄게. 따라 해 봐. 알았지?"
"뭔데 이렇게 진지해?"
 유진이가 물었지만, 나는 검지를 코에 갖다 대고는 우선 불상을 빙 둘러보았다. 조사하기로 석불은 동서남북으로 있었다. 동쪽에는 약사여래불, 서쪽에는 아미타삼존불, 남쪽에는 삼존입상, 북쪽에는 보살상이 있다고 들었다. 앉아있는 석불 앞에 섰다.
"여기 조그마한 동자승 불상도 있다. 귀엽다."
 유진이가 석불 옆을 가리키며 말했다.
 뭐지, 이건? 사진 속에는 없었는데. 과거에는 있다가 보존을 위해 치워진 건가.
"난 여기서 빌래."
그래. 뭐든 빌면 괜찮겠지. 누가 널 말리겠니.
합장한 후 고개를 숙였다. 유진이가 가만히 있자 어깨를 툭 쳤다. 유진이도 아무 말없이 합장을 했다.
"자 이제 시작한다."
유진이를 곁눈질로 바라보았다. 진지하게 합장하고 있었다.
"수술 잘 되게 해 주세요." 라고 말했다.
"수술 잘… 갑자기 웬 수술?"
"아 수술? 내가 수술이라 그랬어. 미안. 말이 헛나왔네. 다시 할게, 약사여래불님."
"약사여래불님."
"앞으로 어디를 가든 몸 건강히 무사히 이곳으로 돌아오게 해 주세요."
"야, 겨우 그거야."
"겨우라니. 세상에서 건강이 제일 중요하지. 빨리 빌자."
유진이를 재촉했다.
"아저씨 같잖아. 싫어."
"제발 내 말대로 해줘. 난 너의 건강한 모습을 오래 보고 싶단 말이야."
유진이는 내가 진지하게 말하자 약간 놀란 듯했다. 어쩔 수 없다는 듯 아무 말 없이 그대로 따라 했다. 그리고 끝나고 나서 나에게 말했다.
"갑자기 왜 그래? 무슨 일 있어? 아니면 어머니가 어디 아프셔?"
"그게 아니고 건강이 제일 중요하잖아. 건강해야 공부도 할 수도 있고 놀 수도 있는 거 아니겠어. 그래서 그랬지."
유진이가 꼬집었다.

"아악."

조용한 산사에 비명 소리가 울렸다. 놀란 아주머니가 눈을 동그랗게 뜨고 우리를 보았다.

"야, 겨우 그런 말 하려고 무게 잡은 거야."

"세상에서 제일 중요한 게 건강이야. 건강. 너 지금은 내 말이 우습지만 나중에는 감사하게 생각할 걸."

"흥. 그러셔?"

"그럼 뭘 빌어야 했었는데?"

유진이의 고개와 눈이 대각선 45도로 향했다.

"뜻이 좋으니 봐준다."라고 말하며 등을 툭툭 쳤다. 그리고는 앞장서서 산을 올라갔다. 포장되어 있는 비탈길을 따라 오르다 보니 대나무 숲이 펼쳐져 있었다. 대나무가 바람에 쓸리는 소리가 파도처럼 들려왔다.

조그마한 절이 등장했다.

"여기가 삼국유사에 나오는 이차돈이 순교했던 장소래."

"진짜? 정말인가 봐. 종에 이차돈이 순교하는 모습이 그려져 있어. 신기하다. 그런데 그런 의미치고는 되게 작다. 삼국유사에 나올 정도면 어마어마하게 클 것 같은데."

"임진왜란 때 불탄 걸 다시 지은 거래. 그래서 그럴 수도 있지. 그리고 절은 중요한 게 아니야. 여기에 오는 사람들 마음이지."

손으로 주위에 곳곳에 쌓여 있는 탑들을 가리켰다. 어떤 탑에는 염주가 걸려 있기도 했고, 어떤 탑은 아슬아슬하게 돌들이 쌓여 있기도 했다. 소박한 모습이었지만 경건한 마음이 들게 했다. 우리는 절을 한 번 돌아보고는 산의 정상으로 향했다.

산은 야트막한 구릉으로 30분에서 35분 정도의 상쾌한 트래킹 코스였다. 하지만 경주의 아름다움을 보여주기에는 모자라지 않았다. 구름에 가려지고 산으로 둘러싸인 경주는 어느 부분은 먹으로 그린 것처럼 선명했고 어느 부분은 여백처럼 비밀스러웠다. 우리는 벤치에 앉았다. 물을 마시고 잠시 바람에 몸을 맡겼다.

"아, 맞아. 얼마 전에 학원에서 수업 끝나고 잠깐 남으라고 했는데 왜 안 남았어?"

"그래? 그런 일이 있었나?"

"아 왜 있잖아."

"몰라. 기억 안 나. 뭐 학원 끝났으니까 PC방 가고 있었겠지."

"참 너도 딱하다. 언제까지 게임만 하고 있을래? 프로게이머 할 거야? 정연이만 딱하지."

"너야말로 나한테 대학생이 대시했다고 자랑하더니만."

"언제 또 자랑했어? 그랬다는 거지. 갑자기 첫눈에 반했다느니, 오랫동안 지켜보다가 용기를 냈다느니 이렇게 말하면서 접근하는 사람 싫어. 무서워. 소름 끼쳐."

쯧쯧. 왕따당했던 기억 때문에 트라우마가 생겼구나.

"오빠한테 검사 맡아. 남자는 남자가 봐야 잘 알아."

"오빠?"

"응, 오빠."

"니가 누나라고 해야지."

"이 얼굴로 누나라고 부르면 기분 좋겠어?"

유진이가 잠시 동안 바라보았다.

"미안, 그냥 친구 하자."

"이제부터 누나 하라고."

잠깐을 툭탁거리다가 유진이가 싱긋 웃었다.

"갑자기 왜 그래?"

"어렸을 때 외동이어도 크게 불만인 적은 없었다. 그런데 친구들과의 관계가 안 좋아질 때마다, 누군가 편하게 이야기하거나 슬픔을 나눠줄 수 있는 동생이나 오빠가 있었으면 좋겠다고 생각했어. 그때 널 만난 거야."

"그건 나도 그렇지. 나도 외동이잖아."

"너 기억나니? 만화책 뺏으면서 공부 좀 하라고 했던 거."

"기억나지. 그래서 싸웠다가 엄마한테 두 배로 혼났잖아. 유진이가 맞는 말 했는데 도대체 왜 그러냐고, 엄마한테 많이 섭섭했지."

"그때 네가 나한테 한 말 기억나?"

"내가 뭐라 그랬나?"

침을 꿀꺽 삼켰다.

"응. 이 고자질쟁이. 누나도 아니면서. 이럴 거면 절교해."

"하하. 그랬었나."

과장되게 웃었으나 당황한 것을 숨길 수 없었다. 앞머리를 뒤로 쓸어 넘겼다.

"가슴이 덜컥하는 거야. 또 친구를 잃어버리는 거 아냐. 이런 생각이 드니까 잠을 못 이루겠더라고."

"그때 정신이 나갔었나 보다. 알지? 진심이 아닌 거?"

"괜찮아. 다음날 네가 미안하다고 했어."

잠시 턱 막혔던 숨이 '휴' 하고 내쉬어졌다.

"갑자기 아빠가 상의도 없이 미국으로 간다니까, 그때가 떠오르는 거야. 이제 친구 관계도 안정되고 좀 무언가 해볼 만할 것 같은데. 미국으로 떠난다니. 너무 싫었어. 엄마랑 아빠끼리 다 정해놓고. 그래서 반항하려고 아무에게도 알리지 않고 떠나려고 했어. 어린애 같은 마음이었지."

"아니야. 나 같아도 그랬을 거야."

"그런데 네가 떠오르더라. 콘서트 티켓을 잊어버릴까 싶어 다시 한번 챙겨줄 정도로 상냥한 너라면 왠지 내 이야기를 들어줄 것 같았어. 그래서 널 보자고 한 거야."

갑자기 좋은 생각이 들었다. 경주에서 2박 3일 동안 있는 게 아니라 조금이라도 더 머물러서 미국에 못 가게 된다면 유진이는 건강하게 살 수 있지 않을까 하는 생각이 들었다. 왜 지금에서야 이 생각이 들었지? 그런데 유진이는 성격상 얼마 못 버티고 부모님 뜻대로 할 가능성이 컸다. 나는 유진이 눈을 똑바로 바라보았다.

"유진아. 난 네가 행복했으면 좋겠어. 그리고 행복은 미국이든 한국이든 장소에 상관없지. 그런데 생각해 보면 무언가를 도전하기 전에는 그것이 좋은지 싫은지 알 수 없는 게 아닐까. 예를 들어 내가 놀이기구를 안 타보았다면 바이킹 정도는 탈 수 있다는 것을 몰랐을 거야. 안 그래? 과거의 네 친구들이 안 좋다고 해서 앞으로도 그럴 거라는 생각을 하지는 마. 지금은 누구보다도 인기가 많잖아. 그리고 의외로 네가 아메리칸 스타일일 수도 있고……."

여기까지 말하다 멈추어 버렸다. 원래 이런 말을 하려던 게 아닌데, 중간부터 생각이 꼬이더니 처음에 하려던 말은 사라져 버렸다.

"하하하. 도대체 무슨 말을 하는 거야?" 하고 유진이가 웃었다.

유진이가 웃었으면 됐지. 뭐.

"정리가 잘 안되었는데 결국 하고 싶은 말은 유진이 너는 무엇이든지 할 수 있다는 거야. 알았지?"

주먹을 쥔 채로 엄지를 내밀었고 유진이도 똑같이 해서 우리는 서로 마주쳤다.

"자, 파이팅이다."

일어나면서 외쳤다.

"그럼 가볼까?"

유진이가 따라 일어서며 말했다.

6. 네가 생각하는 거, 그거 하지 말자

유진이와 산을 내려오면서 불국사로 가기로 했던 일정을 대능원으로 바꾸었다. 그래서 시외버스 터미널로 쪽으로 들어왔다. 버스를 타고 돌아오면서 페어리스톤을 만지작거렸다.

  경주역 앞의 시장에서 밥을 먹고 천천히 대능원으로 걸었다. 왠지 기분이 조금 붕 뜨는 것 같았다. 대능원의 커다란 한옥 문에 들어서자, 포장된 길옆으로 동그란 동산들이 울룩불룩하게 솟아 있었다. 평일이라 그런지 사람들은 별로 없었다.

  하늘을 보니 하늘이 보였다. 뚱뚱한 양떼구름이 천천히 다가오고 있었다. 말없이 걸었다. 가끔 벌레들이나 알 수 없는 새의 울음소리가 들렸다. 무슨 말이라도 꺼내 볼까 하다가 고요한 사색의 시간을 깨고 싶지 않았다. 역사적인 장소인 천마총이라던가 미추왕릉 같은 것을 설명해볼까도 했지만, 의미가 없다는 생각이 들었다. 그저 한가로이 휘적휘적 걸었다.

  유진이의 얼굴은 다채롭게 변했다. 고민스러웠다가, 걱정스러웠다가, 집중하지 못하고 멀리 있는 곳을 바라보기도 했다.

  벤치에 앉았다. 마침 구름이 햇살을 가려주었다. 바람이 불었다. 유진이의 머리카락이 나무와 함께 흔들렸다. 풀냄새도 났다. 스마트폰을 꺼냈다.

  "사진 찍어줄게."

  "스마트폰 켜려고? 그러다 엄마한테 전화 오면?"

  "괜찮아. 잠깐 사진 찍는데, 전화 오겠어. 그리고 전화가 와도 안 받으면 되지, 뭐."

  스마트폰을 켜자 수십 통의 부재중 전화와 메시지가 와 있었다. 가볍게 무시하고는 유진이를 카메라에 담았.

  유진이가 푹 꺼져있었다.

  "웃어 봐."

유진이의 눈이 살짝 내려갔다.
"오, 이쁘다. 이뻐."
"장난치지 마."
"아니, 풍경이 이쁘다고."
그제야 유진이의 입꼬리가 살며시 올라갔다. 셔터를 눌렀다.
"요즘 음악 하기 힘들어?"
주머니에 스마트폰을 넣으며 말했다.
"아니야."
"그러지 말고 말해봐. 들어줄게."
유진이는 발을 몇 번 끌다가 말을 하기 시작했다.
"뭐랄까. 내가 가진 재능이 너무 비루하다고 할까? 전부터 어렴풋이 느끼고는 있었지만 그래도 열심히 하면 따라갈 수 있다고 생각했는데, 요즘엔 안 그래. 아무것도 안 보여. 미래가 그려지지도 않고. 시간 낭비하는 것 같고."
"갑자기 왜 그래? 지금껏 잘해왔잖아."
"참가번호 13번."
"뭐?"
귀를 유진이에게 조금 더 가까이했다.
"참가번호 13번이 콩쿠르에서 음악 하는 모습을 봤는데 뭐랄까……. 범접할 수 없는 느낌이랄까. 연주하는 음악이 오로지 13번만을 위해 만들어진 것처럼 느껴졌어. 주위에 있는 빛이 모이고 듣는 사람의 심장을 뛰게 만드는……."
"부정맥이고만."
"장난치지 마. 진지한 이야기라고. 정말로 음악의 선택을 받은 사람은 있었던 거야. 내가 아니었을 뿐이지."
"그 사람이 잘 치는 거랑 네가 잘 치는 거랑 무슨 상관이야. 너만 잘하면 되지."
"나만 잘하고 나 스스로 만족할 거면 취미로 끝내야지. 다른 사람들에게 평가받는 프로가 그런 말을 해서는 안 되잖아. 그래서 미국도 가기 싫은 거야. 미국에 간다고 해서 해결되는 것도 아니고. 자꾸 딴생각이 들어. 식물학자를 해볼까 하는 생각도 들고."

"참, 세상이 아이러니한 것 같지 않니?"

"뭐가?"

"옛날 사람들은 왕의 무덤이 도굴되지 않도록 하기 위해 이렇게나 크고 복잡하게 만들었잖아."

"그렇지?"

"그런데 지금은 오히려 크기 때문에 파헤쳐지고 연구되고 전시되잖아. 차라리 평범했으면 그런 일은 없었겠지. 난 솔직히 모르겠어. 너처럼 재능이 있었던 적이 없고 기대를 받아 본 적이 없어서. 그래서 말하는데, 목표가 있어도 그게 언제, 그리고 확실히 성취될 것이라고 생각할 수 없지. 단지 목표를 잊지 않고, 할 일을 하다 보면 언젠가는 그곳이 도착할 것이라고 생각할 뿐이야. 너도 그렇게 생각했으면 좋겠어. 너의 목표를 잊지 말고 오늘 할 일을 하는 것. 여기는 경주고, 거기다 여행까지 왔으니 좀 더 즐겼으면 좋겠어."

유진이는 정면으로 시선을 돌렸다. 커다란 동산처럼 보이는 능 위로 구름이 지나가고 있었다.

대능원을 다 돌고 첨성대를 지나 교촌 최부자집에 들어섰다. 커다란 기와집과 커다란 기와집 사이의 아담한 길을 걸었다. 정감 있는 정원과 꽃들, 나무들을 구경했다. 백구 한 마리를 만났는데, 사람을 잘 따라서인지 우리가 쓰다듬어도 으르렁거리지 않았다. 오히려 혓바닥으로 핥거나 흙이 묻은 발로 디뎌서 곤란하게 만들었다. 같이 놀다가 지쳐서 백구에게 우리가 마시던 생수를 나누어주고 우리는 매점의 파라솔에 앉아 식혜를 마셨다.
 시간을 보니 4시가 가까워지고 있었다.
 유진이를 보니 피곤한지 의자에서 졸고 있었다. 가만히 그 모습을 바라보고 있었다. 사실 나도 계속 깨어있는 기분이어서 무척이나 피곤했지만 잘 수는 없었다. 만약 여기서 눈을 감으면 다시 병원으로 갈 것 같았다. 이 시간이 깨질 것 같아 두려웠고 수술실에 있는 유진이를 마주할 용기가 나지 않았다.
 유진이가 깨어나면 미래에 대해 말해주기로 했다. 그러니 건강검진을 자주 하고 스트레스는 적게 받았으면 좋겠다고. 또 안민을 그녀를 위해 미래에 있을 큼지막한 사건들도 알려주기로 했다.
 붉은 빛이 경주를, 그리고 유진이를 따스하게 감싸고 있었다. 유진이가 기지개를 켜며 일어났다.
 "잘 잤어?"
 "응."
 "많이 피곤하지? 다리는 괜찮고?"
 "다리는 좀 아픈 것 같은데 기분이 좋아서 그런지 괜찮아."
 "그래. 다행이다. 여기 월성에 들렀다가 안압지에 갈 거야. 수학여행 왔을 때 낮에 월궁과 안압지에 왔었는데 그때 가이드가 말씀해주셨거든. 밤에 보는 안압지가 특별하다고. 그래서 같이 가고 싶은데 괜찮겠어?"
 "응. 좋아."
 유진이가 말했다.
 "그 전에 잠깐 이야기할 게 있는데……."
 "나 이미 정한 거 있어. 닭똥집"
 "응?"
 "저녁 먹자는 거 아니었어?"
 "아 저녁도 먹긴 먹어야지. 그런데 닭똥집이라니. 여기 교촌이 그 교촌이 아니야. 너 닭똥집 먹어봤어?"

"응 먹어봤어. 아빠가 술안주 시켰을 때 먹어봤어."

와 나는 한 번도 안 먹어봤는데. 닭똥집이 닭의 모래주머니라는 것을 알고 있었지만 왠지 이름 자체가 주는 거부감이 있었다.

"그럼 우리 가볼까?"

유진이가 일어났다. 나는 어어 하면서 그녀를 따라갔다. 근처의 치킨집을 몇 군데 가보았는데 닭똥집을 파는 곳은 없었다. 하지만 그녀는 멈추지 않았다. 보물을 찾는 모험가처럼 경주 상점가를 이곳저곳 들쑤시고 다녔다. 놀이동산에 온 듯 즐거워 보였다.

오늘 하루를 돌아다닌 것만큼 다시 걸은 것 같았다. 주전부리로 노점에서 파는 팥빵을 나눠 먹기도 했다. 그리고 시장 안에 있는 한 닭집 앞에 섰다.

"아주머니, 혹시 닭똥집도 파시나요?"

다리를 한번 접었다 펴며 말했다.

"잘 찾아왔네. 우리가 대구평화시장에서도 알아주는 닭똥집 집이었어."

아주머니의 말에 이끌려 가게로 들어갔다. 닭똥집과 치킨 한 마리를 시켰다. 닭똥집 볶음을 처음 봤는데 돼지고기를 마늘과 고추, 버섯으로 볶아 놓았다고 해도 믿을 것 같았다. 아주머니께서는 서비스로 닭똥집 튀김도 주셨다.

닭똥집 튀김을 유진이 쪽으로 밀어주고 치킨을 먹었다. 유진이가 웃으며 닭똥집을 집어 젓가락을 내밀었다.

"이거 먹어봐. 맛있어."

"에이, 유진아. 네가 그렇게 좋아하는 걸 내가 어떻게 뺏어 먹어. 넣어 둬."

"괜찮아. 특별히 너니까 양보할게."

"사실 왠지 느낌이 별로야."
유진이 젓가락을 내리며 말했다.
"아니야. 진짜 맛있어."
유진이가 닭똥집을 다시 내밀었다.
고개를 좌우로 흔들었다.
"아, 빨리 팔 아파. 팔 떨어지겠네."
주인아주머니가 그 모습을 보시고는 다가오셨다.
"이렇게 예쁜 여동생이 주는데 어서 먹어."
"사장님 저희 동갑이에요."
"아 맞나? 근데 우리 닭똥집 진짜 맛있다. 먹어 봐."
유진이와 아주머니가 눈을 반짝반짝 빛내며 바라보고 있었다. 어쩔 수 없이 눈을 딱 감고 입을 벌려 유진이 내민 닭똥집을 입에 넣었다. 눈을 감고 입으로 천천히 씹다가 눈을 번쩍 떴다.
"맛있다."
"거봐."
유진이가 웃었다.

아주머니가 후식으로 준 요구르트까지 깨끗이 비웠다. 배도 부르고 해서 월성까지 걸어가기로 했다. 어차피 남는 건 시간뿐이었다. 엄마와 유진이 부모님이 마음에 걸리기도 했지만, 어차피 그건 과거의 내가 대가를 치를 것이었기에 걱정이 없었다. 단지 이 시간이 좀 더 오래되기를 바랄 뿐이었다.
달빛과 가로등이 비추고 뭉글거리는 밤안개가 피는 경주의 거리는 신기루 안에 들어온 것 같았다. 한쪽에서는 도시 번화가의 간판과 조명이 환한 별처럼 빛났고, 또 다른 길로는 돌담길로 은은한 달빛이 이어졌다. 우리는 마음이 가는 대로 길을 따라가면 되었다. 도시의 웅성거림과 활기를 느끼기 위해서는 별빛을 따라 가면 되었고, 고즈넉한 가운데 자신만의 소리를 듣고 싶다면 달빛을 따라 가면 되었다.

 한편으로는 이런 풍경을 온전히 즐기지 못했다. 미래에 대해 말하는 게 생각보다 쉽지 않았다. 평범하게 말하면 장난스러워 귀담아듣지 않을 것 같고, 진지하게 말하면 분위기를 이상하게 만들 것 같았다. 거기다 밤은 다가오고 있어서 애를 어디서 재워야 하는가도 고민이었다.

 이제 막 고등학생이 된 애를 모텔에서 재우기는 싫었고, 게스트하우스 같은 것은 찾기 어려웠다. 호텔에 묵기에는 너무 비쌌다. 갑자기 왜 관광 장소만 알아보았을까 하고 자책하였다가, 잠시 기절해서 다시 미래로 가서 알아보고 오면 될까 하는 엉뚱한 생각까지 들었다. 발등에 불이 떨어진 것처럼 생쇼를 하고 있을 때 유진이가 말했다.

 "경주에 언제까지 있을까?"

 유진이의 말에 본능적으로 안테나를 세워 유진이의 주파수에 맞추려고 했다.

 "네가 있고 싶을 때까지 있는 거지. 나는 1박 2일 코스부터 4박 5일까지 준비되어 있어. 너는 언제까지 있고 싶은데?"

 "나는 금요일까지 있으면 좋지. 그런데 부모님한테 너무 걱정을 끼쳐드리는 것 같아서."

 "그래. 그건 맞아. 지금이라도 부모님한테 전화 드려. 이제까지 부모님 말씀을 한 번도 어긴 적이 없었는데, 아마 부모님도 걱정 많이 하실 거야."

 "부모님이 많이 화내시겠지."

 당연하지, 유진아.

 "유진아. 많이 맞아 본 경험상, 매도 일찍 맞는 게 낫더라. 그리고 부모님 정말 걱정 많이 하실 거야. 지금이라도 전화 드려."

그리고는 주위를 둘러봤는데 길을 잘못 들었는지 무척 어두웠다. 멀리서 가로등이 보였고, 주위에는 오래된 한옥집들이 늘어서 있었다. 갑자기 무언가가 튀어나와도 이상하지 않을 것 같은 곳이었다.

유진이도 무서움을 느꼈는지 내 옆에 붙었다.

"유진아, 내가 친구를 먼저 생각하는 의리남인거 알지. 예전에 연습실에 뭐 놓고 가서 친구들이랑 밤에 같이 찾으려 갔던 거 기억나? 갑자기 이상한 소리가 나서 도망치다가 니가 넘어졌을 때 내가 너 일으켜주면서 먼저 도망가라고 말한 거? 그때처럼 하면 돼. 알았지?"

유진이가 갑자기 딱 멈춰 섰다.

"나랑 기억이 다른데……. 너를 먼저 생각하는 배신남 아니야?"

"내가?"

"그래. 그때 날 넘어뜨린 게 너잖아. 내가 옆에 붙어있었는데 갑자기 도망치면서 니가 팔로 밀어서 넘어진 거잖아. 만약 그때 데리러 안 왔으며 완전 끝이었어."

"무슨 소리야? 너 서정이 옆에 있었잖아."

"서정이는 앞에 있었거든."

"혹시… 귀신이었던 거 아냐? 거기 귀신 못생겼다고 하던데. 어떡해?"

"얼씨구. 예쁜 귀신이면 괜찮고? 듣고 보니 니 말도 맞는 것 같네. 넌 줄 알았으니 얼마나 못생겼겠어."

이렇게 다투고 있을 때, 아이 우는 울음소리가 들렸다.

나와 유진이는 울음소리가 들리는 곳으로 시선을 돌렸다. 승복을 입은 동자승이 울고 있었다. 유진이는 주저하지 않고 동자승에게 달려갔다.

"괜찮니? 길을 잃어버렸어?"

"응, 할아버지 스님을 따라가고 있었는데, 갑자기 할아버지가 없어졌어."

동자승은 유진이를 보더니 꺼이꺼이 울면서 말을 이었다.

"그럼 누나랑 오빠랑 같이 한번 찾아볼까?"

녀석은 눈물을 훔치며 고개를 끄덕였다. 우리는 동자승의 손을 잡고 월정교 주위를 걷기 시작했다. 멀리 월정교 혼자 어둠을 밝히고 있었다. 견우와 직녀가 만나기를 기다리는 오작교 같았다. 아름다우면서도 처연했다. 옆에서 물이 흐르고 있었고 유진이의 발자국 소리가 사각사가 거렸다.

"월정교에는 원효대사와 요석공주의 사랑 이야기가 담겨있대."

내가 막 설명하려는 순간 동자승이 고개를 저었다.

"에고, 중생들이란……."

"뭐라고 말하셨나요? 스님."

유진이가 동자승의 눈을 맞추며 말했다.

"원효와 요석공주 이야기로 알고 있지만 사실은 그게 아니야. 경덕왕 때 왕자를 낳지 못하자, 왕은 표은대덕을 불러 옥황상제께 딸을 아들로 바꿔 달라고 부탁했지. 상제는 딸을 아들로 바꾸면 나라가 위태로워질 수 있기 때문에 아들은 안 된다고 말씀하셨지만, 인간의 욕심이 그렇게 쉽게 끝나나. 왕은 그래도 아들을 낳겠다고 떼를 썼고 결국 표은대덕은 상제께 그 말을 전하였고 상제님은 그 소원을 들어주셨지. 그리고 상제께서 표은대덕에게 덧붙이길 '하늘과 인간 세상은 본래 왕래할 수 없는 것인데, 이렇게 대사는 천기를 누설하니 이제 천계에 드시지 마시게.'라고 말씀하셨지. 그렇게 표은대덕은 하늘을 못 올라가게 되었고, 경덕왕은 아들을 낳았지."

"와, 그래서요?"

"아들을 낳고 보니 또 걱정되는 거야? 정말 나라에 누를 끼치지 않을까 하고. 정말로 아이가 여자아이처럼 행동했거든. 그래서 표은대덕을 다시 불렀지. 상제께 아뢰어 해결할 방법이 있겠냐고? 그러나 이미 표은대덕은 이제 상제께 갈 수 없다는 것을 사실대로 아뢰었지. 경덕왕은 자신의 욕심으로 표은대덕의 공덕을 깎은 것에 대해 죄송하게 생각하고는 표은대덕을 기리고 부처님에게 감사함을 나타내기 위해 만든 것이 월정교야. 그런데 지금은 원효니 뭐니 말하고 있으니……."
"스님. 대단해요. 나이도 어린데 왜 이렇게 똑똑해요?"
유진이가 박수를 치며 말했다.
"뭐, 그런 이야기도 있더라고."
입술을 내밀며 말했다.
"흥. 믿고 말고는 자기 마음이니까."
"칭찬한 건데. 그런데 할아버지 스님은 어디 계신 걸까?"
뻘쭘해서 말했다.
"누나, 나 목말라."
동자승이 유진이에게 말했다.
"내가 음료수 좀 사 올게. 잠시만 스님 좀 보고 있어."
"아니야. 내가 갔다 올게."
꼬마와 어색한 게 싫어서 내가 가려고 했다.
"아니야. 괜찮아. 쉬고 있어."
유진이는 매점으로 향했다. 꼬마와 벤치에 앉아 월정교를 바라보았다.
"애야. 네가 생각하는 거, 그거 하지 말자."
동자승 목소리가 차분했다.
"어허, 꼬마야. 형한테 반말하면 안 되지."
동자승에게 고개를 돌렸다. 눈이 마주치는 순간 고개를 숙이고 말았다. 일렁이는 파란 빛에 마치 가슴이 꿰뚫린 것 같았다. 귀신인가. 가슴이 철렁거려서 아무 말도 할 수 없었다. 동자승이 손을 뻗자, 품 안에서 종이가 빠져나와 손으로 빨려 들어갔다. 손안에서 로또 종이가 불타 없어졌다.
"누구세요?"
몸이 부들부들 떨렸다.
"내가 묻고 싶은 말인데. 넌 누구니? 왜 네 시간이 아닌데 여기서 어지럽히고 있지?"
애는 누구지. 어디서부터 어디까지 이야기해야 하는 거지. 말해도 되는 거야?
생각이 많아서인지 목소리가 목구멍을 넘지 못했다.
동자승은 다시 손을 뻗었다. 목에 걸려있던 페어리스톤이 빠져나갔다. 가위에 눌린 것처럼 움직일 수 없었다. 몸이 오싹오싹하고 식은땀이 등줄기를 지나갔다.
"이건 뭐지. 기이하군. 악한 것 같지 않은데."
페어리스톤에 뚫려 있는 구멍에 눈동자를 갖다 대며 말했다.
"인과라는 게 어디까지 이어질지는 알 수 없는 거란다. 네가 지금 이렇게 행동한 게 지금은 좋아 보일 수 있지만, 후에는 어떻게 될지 몰라."
그리고는 페어리스톤을 쥐여주었다.
"꼬마야. 어떻게 네가 저런 기이한 물건과 연이 닿아 여기까지 왔는지 모르지만, 이곳에 있는 수많은 존재들이 너희들을 지켜보고 있단다."
동자승은 이렇게 말하며 이마에 손을 갖다 대었다. 그러자 정신이 아득히 멀어지는 느낌을 받았다. 청룡열차를 타고 검은색 터널을 360도를 빙빙 돌아 밝은 빛이 펼쳐지는 곳을 향해 뛰쳐나가는 느낌이 들었다.

**

정신을 차렸을 때는 응급실 입구였다. 할로겐 등이 희미하게 켜져 있었다. 옆으로 고개를 돌리자, 아주머니와 아저씨가 고개를 숙이고 있었다. 울렁거림이 느껴졌다. 몸을 겨우 일으켜 화장실로 향했다. 군데군데 불이 켜져 있는 어두운 병원의 복도를 지났다.

화장실로 들어서자마자 변기를 붙잡았다. 시원하게 토하고 싶었으나, 헛구역질뿐이었다. 포기하고 일어나 변기에 기대어 앉았다. 하지만 어지러움과 울렁거림이 가시지 않았다. 어지러움을 조금이라도 줄이기 위해 몸을 이리저리 기울였다. 하지만 젖은 티셔츠가 기분 나쁘게 달라붙을 뿐이었다.

결국 다시 변기를 붙잡았다. 토하기 위해 손을 목에 집어넣었다. 비행기에서 먹었던 기내식부터 노란 위액이 나올 때까지 다 게워내었다. 모든 것을 다 토해내서인지, 아니면 그것이라도 했다는 심리적 안정감 때문인지, 그것도 아니면 시간이 지나서인지는 몰라도 울렁거림과 두통이 점차 줄어들고 있었다. 세면대에서 눈물과 눈곱이 범벅되어 있는 얼굴을 씻어내었다.

머릿속으로 기억이 들어오기 시작했다, 경주의 기억 외에도 한 가지 기억이 머릿속에 떠올랐다. 병실이었는데, 침대를 둘러싸고 아주머니와 아저씨가 울고 있었다. 나는 천천히 몸을 떨면서 침대로 걸어가고 있었다. LED 심박 모니터기에서는 삐- 하는 소리가 멈추질 않고 있었고, 고개를 숙이고 있는 의사와 간호사, 침대를 붙잡고 있는 유진이 부모님이 보였다. 그리고 그녀의 얼굴에는 먹목이 덮여있었다.

너무나 생생하여 심장을 죄어오는 느낌이 들었다. 수술실로 뛰어갔다. 아주머니는 안 계시고 아버님이 기다리고 있었다. 수술이 끝났다는 것을 알 수 있었다. 아버님과 함께 병실로 갔다. 병실로 가는 발이 너무 무서워 발을 떼는 것조차 힘들었다.

병실에는 의사와 간호사가 있었고, 아주머니가 심각한 표정으로 이야기를 듣고 있었다. 그들의 이야기를 하나도 알아들을 수 없었다. 분위기만으로 이 수술이 어려웠고 심각했다는 것을 알 수 있었다. 의사와 간호사가 나가자, 아주머니가 수술 결과에 대해 다시 말씀해주셨다. 예상했던 대로 어렵고 힘든 수술이었지만, 최선을 다했으며 요 며칠이 환자에게 고비가 될 것이라는 이야기였다.

 처음으로 지금의 유진이 얼굴을 보았다. 아프다는 것을 단지 머릿속에서 생각했을 때와 실제의 느낌이 너무나도 달랐다. 원래도 마른 편이었던 유진이였는데 지금은 수척하다는 표현도 부족한 모습이었다. '침통하다.'라는 말로 표현할 수 있을까.

 수많은 링거가 마른 나뭇가지처럼 앙상하고 연약한 팔에 꽂혀있는 것을 차마 바라볼 수 없었다. 그녀의 손을 잡았다. 푸석푸석하고 앙상하고 차가웠다. 눈물이 쏟아져 내렸다. 나는 도대체 무슨 일을 하고 있었던 걸까.

7. 마음이 구질구질하지는 않지. 구질구질 한 건 미련과 후회지

 아무 말도 나오지 않을 때가 있다. 어쩌면 어떤 말부터 꺼내야 할지도 몰라서 그럴 수도 있다. 유진이의 집으로 돌아가는 차 안에서는 바퀴 굴러가는 소리와 차의 엔진 소리, 기계 돌아가는 소리만이 들렸다. 아주머니께서 뭐라도 듣자며 라디오를 틀어주셨는데 마음도 몸도 지쳐서인지 아무런 생각이 들지 않았다. 미국에 있다기보다는 영어로 된 표지판이 있고 외국인이 돌아다니는 거대한 영화 세트장이나 영어마을에 온 느낌이었다.
 집에 도착하자 아주머니는 나에게 집을 잠깐 안내해주었다. 거실, 침실, 화장실과 그리고 유진이 방을 차례로 보여주었다. 그리고 먼저 씻는 게 어떠냐고 하셔서, 알겠다고 말씀드렸다.
 샤워할 수 있는 곳은 생각보다 넓었는데, 수도꼭지나 이런 것들이 익숙하지가 않아서 애를 먹었다. 처음에는 수도꼭지가 찬물과 뜨거운 물이 나오는 부분이 분리되어 있는 줄도 모르고 뜨거운 물을 돌렸다가 갑자기 샤워기에 쏟아진 뜨거운 물에 떼일

뻔했다. 차가운 물과 뜨거운 물을 동시에 틀어 겨우 맘에 드는 온도를 찾아내어 샤워를 끝냈을 때는 욕실 바닥이 한국 욕실 바닥과 다르다는 것을 알아차렸다.

  욕실 바닥이 족욕을 하기 위해 받아 놓은 것처럼 물이 고여 있었다. 사고를 치고 나서야 발견한 사실이지만 한국과 미국의 배수 방식이 틀려서 그런 것이었다. 한국에서는 세면대 밑에 배수구가 있지만, 미국에서는 없어서 욕조에서 샤워한 물이 바닥에 튄 것이었다.

  영화에서 샤워할 때 커튼을 치는 이유가 있었구나.

  결국 수건으로 몸을 닦은 다음 욕실 바닥에 있는 물기를 닦아내고 욕조에서 물을 짰다. 한참 이러다 보니 다시 땀이 났다.

  도대체 미국에는 사고 치러 온 건지……

  욕실 정리를 어느 정도 마무리하고 나오자 아주머니는 밥을 차려주고 계셨다. 물에 흠뻑 젖은 수건을 들고 아주머니를 찾아갔는데 너무 죄송스러워 몸 둘 바를 몰랐다. 아주머니는 싱긋 웃어주시면서 "괜찮다."라고 말해주셨다.

  그리고는 유진이도 처음에는 그랬다고 말씀하셨다. 거기다 알아서 물이 빠질 줄 알고 그대로 학교로 가서 한참 동안 욕실 청소를 했다는 이야기도 하셨다.

  그러다 "많이 먹고 건강해라." 이렇게 말씀하셨는데, 눈물을 참은 나를 칭찬해주고 싶었다.

  방으로 들어가려다, 문득 유진이의 방이 궁금해졌다. 문을 똑똑 두드린 후 그녀의 방으로 조심스럽게 들어갔다. 유진이의 방은 깔끔히 정돈되어 있었다. 책상 위에는 노트북이 놓여 있었고 책상 위에 벽에는 잘 모르는 사람이 연주를 하고 있는 모습의 브로마이드가 걸려있었다.

스마트폰을 꺼내서 좀비스를 검색했다. 이어폰을 귀에 꽂고는 검색한 노래를 들어보기 시작했다. 유진이와 버스에서 들었던 노래는 "This will be our year"였다. 유진이가 한 말이 떠올랐다. 가장 첫 번째 트랙을 찾아 노래를 틀었다.

부드러우면서도 경쾌한 건반 소리가 들렸다. 사진갤러리에 들어가 쭈욱 내려보았다. 다행히 유진이가 웃고 있는 모습이 클라우드에 저장되어 있었다. 역시 시공간을 뛰어넘는 인터넷의 위대함에 고개가 숙여졌다. 미래의 사진을 찍어서 보여주면 유진이가 내 말을 믿지 않을까 하는 생각이 번뜩 들었다.

사진들을 찍기 위해 스마트폰을 들었다. 창문 사이로 가로등 불빛이 들어왔다. 주인이 없이 비워져 있는 책상은 쓸쓸하게 느껴졌다. 답답한 마음 때문인지 숨이 잘 안 쉬어지는 것 같아, 창문을 살짝 열었다. 바람에 커튼이 살짝 나풀거렸다. 좀 나아진 것 같은 기분이 들었다.

책장에는 전공 서적들과 악보들이 꽂혀 있었고, 그녀가 연주회를 했을 때의 사진들, 친구들과 함께 찍은 사진들이 전시되어 있었다. 그중에는 나하고 찍은 사진들도 있었다. 놀이동산에 갔을 때 찍은 사진도 있었고, 정원 같은 곳에서 나와 유진이가 앵무새와 함께 찍은 사진도 있었다.

내가 잊고 있던 추억이 많았구나.

조금만 기다리면 그녀가 문을 열고 들어와 "뭐 하고 있었어?"라고 웃으며 물어볼 것 같았다. 그럼 옛날처럼 시답잖은 농담을 한 다음, 나는 게임을 하고 유진이는 만화책을 보거나 침대에 기대어 이어폰을 꽂고 음악을 듣겠지.

기억이란 이상하다. 그때는 지나쳤던 감정들, 너무 어려서 몰랐던 것들, 익숙하지 못했던 것들이 이제는 조미료까지 쳐져서 떠오르곤 했다. 그리움 한 스푼, 따스함 한 조각, 그리고 사람에 따라 계량이 달라지는 당시의 감정이 이리저리 뒤엉켰다.

밖에서 문 여는 소리가 들렸다. 죄지은 것처럼 책상에서 물러나 밖의 소리에 집중했는데 얼마 뒤 다시 문이 닫히는 소리가 들렸다.

한숨을 쉬고는 그녀가 없는 방을 문을 닫고 조심스럽게 나왔다. 그리고 내 방으로 가 침대에 누웠다.

스마트폰이 울렸다. 아라 아니 아린이였다.

유진이에게 신경 쓰느라 애한테는 신경도 못 썼구나. 솔직히 별로 신경 쓰고 싶지 않았다. 그녀에 대한 기억이 달랐지만 나의 감정은 아직도 그녀를 피하고 있었다.

"여보세요. 잘 들어갔니?"

"……."

수화기 너머로 울먹거리는 소리가 났다.

"여보세요? 괜찮니? 무슨 일이야?"

침대에서 벌떡 일어나며 말했다.

"이거 위험한 거 아니지? 아까부터 계속 경찰차가 호텔 앞에서 사이렌을 울리고 있는데 무섭고 불안해. 여기로 와 주면 안 돼?"

"그래 알았어. 내가 바로 갈게. 기다려."

호텔 앞에는 정말 경찰차가 싸이렌을 켜고 있었다. 경광등이 한 번 돌아갈 때마다 불안감이 증폭되었다. 서둘러 올라가 아린이가 있는 객실의 벨을 눌렀다.

문이 열리자, 눈이 퉁퉁 부은 아린이가 있었다.

"많이 놀랐지?"

"……."

"내가 오면서 호텔 프론트에 물어봤는데 이 근처에서 총소리가 났다는 신고가 들어왔대. 그래서 안전 때문에 오히려 지키고 있는 거라고 하더라. 너무 걱정 안 해도 돼."
 아래로 향한 눈길이 나를 보지 않았다.
 "식사는 했어?"
 고개를 저었다.
 "밥 먹으러 가자. 내가 맛있는 것 사줄게."
 "나 이거 처음 승낙했을 때는 좋아했어. 너도 오랜만에 볼 수 있고, 남들 한 번씩 가보는 해외도 가보고 돈도 많이 벌 수 있으니까. 그런데 너무 쉽게 생각했나 봐. 미국에서 체포되면 어떡해?"
 이렇게 울고 움츠러든 그녀의 모습이 익숙하지 않았다. 머릿속은 그녀를 멀리하라고 하는데, 마음 어딘가 한편에서는 그녀를 동정했다. 바뀐 기억 속에서 그녀는 유진이가 전학 갔다는 것을 알게 되고, 나에게 사과를 했지만 난 이를 무시했다. 그리고 고등학교를 졸업할 때까지 그녀는 내 주위를 맴돌았던 기억이 있었다.
 하지만 난 그녀에게 매몰찼고, 그 후 서로 마주친 적은 없었다. 오히려 사무실에서 사장이 나에게 "이번 고객 VIP니까 시험 점수 잘 나와야 해. 선수 관리 좀 잘해"라고 부탁하며, 아린이를 소개해줬을 때, 당황했던 기억도 떠올랐다.
 이런 게 이중인격인가. 머리가 너무 아파서 무언가 결정을 내리는 것은 포기하기로 했다.
 머리를 긁적이다 입을 열었다.
 "그래. 떳떳하지 못하지. 그런데 우리가 이 일을 하는 이유는 떳떳해서가 아니라 돈이 필요해서잖아. 지금 미국까지 와서 떳떳함을 찾기에는 너무 늦었어. 여기까지 온 비행기값에 체류비, 시험비, 계약금까지… 감당이 되니?"
 잠깐 숨을 돌리며 목소리를 부드럽게 가다듬었다.
 "마음이란 게 신체에 영향을 주기도 하지만, 신체가 마음에 영향을 끼치고 해. 지금 단지 여기가 낯설고 예상치 못한 것에 놀라서 그래. 맛있는 저녁 먹고 조금만 적응하면 괜찮아질 거야. 나가자. 내가 맛있는 거 사줄게."

아린이를 잡고 밖으로 이끌었다. 오면서 봐두었던 스테이크 하우스로 갔다. 두 명이 앉을 수 있는 탁자에 하얀 테이블보가 깔려있었고 가운데 촛불이 켜져 있었다. 조명과 노란색이 촛불이 흔들리면서 빛이 이리저리 흔들리고 있었다.

스테이크와 와인을 시키고 음식이 나올 때까지 그녀의 말은 "응, 어"가 전부였다. 침묵하는 게 힘들어 마음대로 떠들었다.

"파인애플이 어떻게 사람들한테 전해졌는 줄 아니?"

가니쉬로 나온 파인애플을 그녀의 접시에 올려주면서 말했다.

그녀가 눈을 동그랗게 뜨고 고개를 저었다.

"대항해시대 때 사람들은 신대륙을 발견했어. 그런데 신대륙에 있던 원주민들은 식인을 했대. 식인을 한 이유는 여러 가지가 있지만 그건 파인애플이랑 관련 없으니 차치하고. 원주민들이 식인을 한 곳에는 언제나 파인애플 껍데기가 쌓여있는 것을 본 거야. 사람들은 그것이 신기해서 유럽으로 가져왔고, 파인애플이 고기를 부드럽게 한다는 것을 알게 되었지. 그래서 고기를 먹을 때 파인애플을 같이 먹게 되었대."

"그 이야기를 해주는 이유가 뭐야?"

"유진이가 해준 이야기야. 유진이가 나한테 어떤 이유가 있어서 말해준 걸까? 그냥 말해준 거지. 파인애플 많이 먹어. 많이 놀랐을 텐데 소화 잘 시켜야지."

"체하지 말고 시험 잘 보라고 주는 거지?"

"에이, 겸사겸사라고 하자."

웃으며 와인이 담긴 잔을 들어 그녀에게 내밀었다.

그녀가 잔을 부딪혔다.

우리는 음식보다는 와인을 더 많이 마셨다. 2병을 마시고는 거리로 나왔다.

"유진이가 여자친구니?"

"아니야, 유진이는 미국으로 그렇게 떠나고 이번에 처음 보는 거야."

"그런데 유진이는 왜 널 보고 싶어 하는 거야?"

기분이 나빴다. 불편한 질문을 왜 계속하지. 잠시라도 변했다고 생각한 건, 나의 착각인 모양이었다. 지가 원인을 제공했으면서……

"글쎄, 그런데 아마 넌 평생 모를 거야."

입으로 나오는 대로 뱉었다.

그녀의 눈에는 눈물이 나올 것 같았다.

후회가 되었다.

"미안해. 유진이가 오늘 수술한 걸 보니까 제정신이 아니야."

"아니야, 네 머릿속에는 유진이뿐이잖아."

굳이 답변하지 않았다. 침묵이 흘렀다.

"아린아, 넌 남자친구랑 어때? 외모도 출중하고 능력도 많으니 따라다니는 남자가 많을 거 같아."

"아니야. 인기 안 많아. 그리고 얼마 전에 헤어졌어."

머리를 쓸어올리는 그녀의 목 뒤에 하얀 피부가 보였다.

"그럴 수도 있지."

잠시 침묵이 흘렀다.

"왜 헤어졌는지 물어봐도 될까?"

"거지라서."

"에이, 왜 그래?"

"맞아. 나 거지. 남자친구가 그랬어. 더 이상 거지랑은 연애하기 힘들다구."

"거지? 그건 좀 심했다."

"그런데 나 거지 맞아. 남자친구가 매번 데이트 비용 다 내고, 거기다 크리스마스 선물은 내가 짠 엉성한 머플러, 발렌타인데이에는 ABC 초콜릿을 사서 이니셜과 LOVE 맞춰서 주고."

"귀여운데 왜?"

"그것도 한두 번이지. 남자친구 생일 때는… 됐고. 더 이상 이 이야기는 하지 않을래. 여하튼 그럴 만했어. 내가 너한테 왜 이런 이야기를 하는지. 술에 취했나 봐. 아무튼 남자친구는 정말 착했고. 이 돈 받으면 전 남자친구한테 선물이라도 해줄까 해. 뭐 해줄지도 생각해 뒀다. 너무 구질구질한가?"

"마음이 구질구질하지는 않지. 구질구질한 건 미련과 후회지."

"공항에서는 미안했어. 그리고 아까는 고마웠어. 멘탈 잡아줘서 돈은 이렇게 필요한데 미국까지 와서 어린애 같은 소리만 했으니."

"아니야. 나야말로. 이유가 있어서 이름을 바꿨을 텐데, 조심성 없이 사연 있는 이름을 부르다니 내 잘못이지. 개명은 왜 했어? 아라란 이름도 예쁘고 세련됐는데. 작명가가 이름이 별로래?"

"그냥 내 마음대로 바꿨어. 제주도에는 아라동이라고 있는데, 내가 거기서 태어나서 아빠가 아라라고 지었어. 만약에 좀 더 서쪽에서 태어났으면 오오라고, 북쪽에서 태어났으면 오이도가 됐을 거야."

"에이, 설마. 아버지가 아라동을 좋아하시지 않을까? 왜 그런 거 있잖아. 자신이 좋아하던 것이나 추억이 있는 장소에 의미를 담아서 이름을 붙이기도 하잖아."

그녀의 굳은 표정은 풀리지 않았다.

"아빠에겐 그런 의미가 아니었나 봐. 초등학교 때 집을 나갔거든. 나 열심히 아득바득 살려고 노력했다. 그래서 좋은 대학도 가고 장학금 받고 거기서 다시 과외해서 엄마한테까지 돈을 부쳐줬어. 그런데 1년만에 집에 갔더니 1층이었던 빌라가 반지하로 바뀌어 있는 거야. 아, 난 노력했는데 왜 인생이 점점 뒤로 갈까. 그러다가 삶이 구질구질하다고 느껴졌고 이름을 바꾸면, 내가 선택한 이름을 하면 뭔가 바뀌지 않을까 해서 바꾼 거야."

"우리 아빠도 일찍 돌아가셨어."

"술만 마시면 이런다니까. 어서 호텔로 돌아가자."

호텔로 가는 길을 가로지르기 위해 공원으로 들어갔다. 공원의 불빛 사이로 홍조 띤 그녀의 얼굴에 가로등이 불빛이 스며들었다. 갑자기 삐용삐용 하는 사이렌 소리와 함께 경광등 불빛이 공원에 비쳤다. 아린이의 몸이 다시 부들부들 떨렸다.

"괜찮아, 괜찮아."

그녀의 어깨를 감싸주며 말했다. 하지만 떨림은 멈추지 않았다.

"나 유진이한테 너무 미안해. 유진이가 너무 부러웠어. 모든 걸 가졌잖아. 말을 할 수 없었지만, 유진이 그렇게 미국으로 가고 죄책감에 시달렸어. 그런데 이렇게 되고 보니, 다 내 탓인 것 같고… 유진이 소식을 들은 이후부터 이상하게 경찰차만 보면 두근거리고. 벌 받나 봐."

아라의 손목을 잡고 경광등이 보이지 않는 곳으로 이끌었다. 귀를 막고 있는 그녀의 손에 내 손을 살짝 올려놓았다. 맥박과 숨소리가 느껴졌다. 경광등 불빛이 없어지고 소리도 사라지자 그녀에게서 손을 떼었다.

아라가 눈을 지그시 떴다. 그녀와 눈이 마주치자 술기운이 올라오는 것이 느껴졌다. 시선을 돌렸는데 그녀의 입술이었다. 고개를 아예 돌려버렸다.

"크흠" 하고 헛기침하고 몸을 돌렸을 때였다. 아라가 돌아서는 내 손을 잡았다.

**

 눈을 떴을 때는 천장이 보였는데, 천장은 흰색이라기보다는 노란색, 아니 누리끼리한 색깔이었다. 고개를 돌려 주위를 둘러보았다. 왼쪽에 방석이 쌓여있었을 뿐이었다. 벌떡 일어났다.
 창호지 문 사이로 빛이 은은하게 들어오는 것이 보였다. 문을 조심스럽게 열었다. 햇살이 눈부셔서 잠시 눈을 감았다 떠야 했다.
 가장 먼저 보인 것은 소나무 한 그루였다. 난생처음 보는 곳이라 좀 더 살펴보아야 할 것 같아 문지방을 열었다.
 방을 나가자 신선하고 시원한 공기가 피부 속으로 스며들었다. 소나무 주위로 연못이 있었는데, 연못 위에는 연꽃들이 있었고 그 옆에는 풀들이 잔디처럼 펼쳐져 있었다. 드문드문 나 있는 흙길만이 사람이 지나간 자리를 보여주고 있었다. 신발을 신고 나와 나무 주위를 한 바퀴 돌았다. 손에 잡힐 듯한 푸른 하늘과 정원을 둘러싸고 있는 나무들, 멀리 산봉우리가 보였다.
 "일어났어?"
 고개를 돌려 목소리가 들린 곳으로 바라보았다. 거기에는 승복을 입고 소쿠리를 들고 있는 유진이가 보였다. 유진이는 싱그럽게 생글생글 웃고 있었는데, 안심이 되면서 그와 동시에 병실에서의 모습이 겹쳐져 혼란스러움과 안타까움이 느껴졌다. 뭐라고 설명할 수 없는 감정이었다. 맥박이 빨라지고 코가 훌쩍거렸다.
 그녀에게 나는 듯이 달려갔다. 그녀의 손을 잡고 내 볼에 가져다 댔다. 그녀의 손은 물을 만졌는지 차가웠다. 하지만 그녀가 살아있음이, 내 곁에 있음을 느끼게 해주는 생동감이 느껴졌다.

나도 모르게 눈물이 나왔다. 그녀를 와락 안았다.
"다행이다. 다행이야. 정말."
"왜 나쁜 꿈이라도 꿨어?"
"응. 아주 나쁜 꿈이었어."
"괜찮아. 우리 엄마가 그랬어. 앞으로 일어나질 않은 나쁜 꿈은 일어나지 않기 때문에 좋은 꿈이고, 나쁜 일이 일어나더라도 꿈에서 보았으니 잘 대처할 수 있기 때문에 좋은 꿈이래. 걱정하지 마."
그녀는 이렇게 말하며 등을 토닥였다.
포옹을 풀고 유진이와 눈이 마주쳤을 때는, 유진의 얼굴에는 당황한 눈빛과 걱정스러움이 묻어 있었다.
"흠흠."
헛기침 소리에 깜짝 놀라 뒤를 돌아보았다. 동자승이 마뜩잖은 듯 바라보고 있었다.
"청춘남녀가 불타오르는 알겠지만, 이곳은 절이니 부디 삼가시게."
그제야 그녀의 손을 놓았다. 그녀는 고개를 숙이고 주방으로 뛰어 들어갔고 나는 동자승을 바라보았다. 그 뒤에는 노스님 한 분이 계셨다. 동자승은 나의 옆을 지나가며 따라오라고 말했다. 동자승이 두려워 잠자코 따라갔다. 동자승은 불당으로 들어갔다.
"청소해."
"네?"
"청소하라구. 밥값은 해야지. 어제 재워줬고 아침도 줄 거니까 일해야지."
동자승이 가리킨 빗자루와 쓰레받기를 공손히 들어 올렸다. 법당을 청소하는데 유진이를 안았던 일이 갑자기 떠올랐다. 말랑한 그녀의 몸과 옷 사이로 스쳤던 부드러운 살갗, 숨소리에 섞

7. 마음이 구질구질하지는 않지. 구질구질 한 건 미련과 후회지

였던 달콤했던 향기에, 혼자 얼굴이 발그레해졌다가 갑자기 심각해졌다가 했다. 특히나 아주머니에게서 말씀해주셨던 유진이를 와락 안았다는 것이 예언처럼 이루어졌기 때문에, 유진이에게 덮여있던 기억이 나를 괴롭혔다. 그래서 잠시 빗자루로 바닥을 쓸다가 한숨을 쉬고 다시 쓰는 일이 반복되었다.

그러자 동자승이 어디서 났는지 죽비로 엉덩이를 쳤다.

"하나만 해라. 하나만."

동자승의 불호령에 잡념을 날려버리고 청소에만 집중했다. 법당 내부를 청소한 다음에는 절의 외부까지 쓸었는데 땀이 등을 적시는 것이 느껴졌다. 동자승이 눈을 시퍼렇게 뜨고 있어서 딴생각을 할 여유가 없었다.

청소가 끝나자 동자승은 뒤편의 조그마한 건물로 나를 이끌었다. 그곳에는 노스님과 유진이가 이미 앉아 있었고, 나무로 된 좌탁이 있었다. 좌탁 위에는 반찬들이 놓여 있었는데, 밥과 몇 가지 나물, 청포묵, 그리고 국이 있었다.

유진이에게 어떻게 된 영문인지 물어보고 싶었지만, 분위기가 엄숙하여 말을 할 수 없었다. 각자 자기가 먹을 만큼의 음식을 담고 노스님과 유진이가 마주 보고 나와 동자승이 마주 보고 앉았다. 노스님은 우리에게 발우공양의 순서와 방법 그리고 주의점을 말씀해주셨다.

노스님의 말처럼 죽비를 세 번을 치자 발우를 꺼내어 폈고 다시 한번 죽비를 치자 밥을 먹기 시작했다. 모두 침묵 속에 밥을 먹었는데, 원래 밥 먹는데 말을 많이 하는 편은 아니지만 의식하고 침묵을 하려니 불편했고 거기다 아삭아삭거리는 소리와 음식물이 목에 넘기는 소리 등이 너무 크게 나는 것 같아 신경이 쓰였다. 죽비 소리가 다시 울리며 공양을 끝냈다.

발우 그릇들을 정리하고 덜고 남은 음식들을 정리하기 위해 유진이가 음식 근처로 갔다. 유진이를 도와주기 위해 옆으로 다가

갔는데 다행히 노스님과 동자승도 자리를 비웠다. 유진이가 남은 음식들을 밀폐 용기에 담으려고 하자 나도 옆에서 밀폐 용기에 다른 반찬을 넣었다.
"여긴 어디야? 그리고 여긴 어떻게 온 거야?"
목소리를 낮추고 주위를 둘러보며 말했다.
"어제 기억이 안 나?"
"네가 음료수 사러 매점 간 것까지만 기억나."
"어머 애 좀 봐. 내가 음료수 사 왔더니 너랑 노스님이랑 동자승이랑 같이 있었잖아. 그리고 노스님이 동자승 맡아줘서 고맙다고 하시고 이야기를 들어보니 묵을 곳을 찾고 있는 것 같은데 우리 절에서 하루 묵고 가라고 했더니 알겠다고 대답까지 해 놓고서는."
"그다음엔?"
"절에 오자마자 자던데."
"그럼 아침엔?"
"노스님이 아침에 너는 따로 일이 있으니까 내버려 두고 같이 아침 준비하자고 해서 같이 갔다 왔는데 너를 만난 거야. 근데 기억이 진짜 안 나?"
유진이가 걱정스러운 눈으로 바라보았다.
"아니야. 네가 말해주니까 기억이 날 것 같아. 아, 음식 맛있던데. 네가 만들었니?"
"아니 이미 되어 있던데. 그래서 담기만."
"그렇지."
고개를 끄덕이자, 유진이가 찌릿- 하고 바라보았다.
"그 반응은 뭐지? 내가 요리를 잘한다는 게 이상하다는 거야?"
"아니, 아니. 오징어는 중국 선박에서 잡히면 중국산이고, 한국 선박에서 잡히면 한국산이래. 그러니까 이건 네가 마지막에 담았으니 네가 만든 거나 마찬가지라 이거지."

"말이라도 못 하면……."

유진이가 냉장고를 열었다. 나는 밀폐 용기를 넣으려다가 선반이 좀 기울어진 것 같아 손을 대고 힘을 주었는데 턱하고 선반이 떨어졌다. 다행히 반찬은 올려놓지 않아서 반찬들이 떨어지지는 않았지만 당황해서 선반을 얼른 주었다. 선반은 끝부분이 특이했다. 막대의 양쪽 끝에는 반원에 구멍 뚫린 것처럼 생겼는데 이것을 걸고 위치를 조정하는 것 같았다. 구멍 부분을 이리저리 끼우며 조절해보았지만, 이상하게 선반이 탁 하고 걸리는 느낌이 나오지 않았다.

그렇게 헤매고 있으려니 유진이가 "내가 해볼게. 이리 줘봐."라고 말했다. 유진이에게 선반을 건네주자 이번에는 유진이가 선반을 끼워 맞추기 시작했다. 나는 선반을 꼭 붙잡고 있었고, 유진이는 구멍 부분을 끼우기 위해 이리저리 맞추어 보았다.

유진이도 생각보다 잘되지 않는지 낑낑대었다. 열심히 맞추려는 유진이의 옆모습을 힐끔힐끔 바라보았다. 한참을 이리저리 낑낑대다가 드디어 '탁' 하고 경쾌한 소리가 났다. 선반의 끝부분이 맞춰진 것을 알 수 있었다.

그 순간 서로를 마주 보며 웃었다.

"그냥 틈만 나면……."

동자승 목소리에 깜짝 놀라고 말았다. 나와 유진이는 재빨리 밀폐 용기를 냉장고에 욱여넣었다.

동자승이 손짓을 했다. 동자승을 따라갔다. 유진이는 노스님에게 갔다. 동자승은 방안에서 정좌하고 앉아 나를 보았다. 눈에 느껴진 힘에 압도당했다.

"이제 둘밖에 없으니 솔직히 말해보자. 그동안 무슨 일이 있었던 거냐?"

"모르겠어요." 라고 시작하며, 이제까지 있었던 일들을 말했다.

"결국 넌 이게 무슨 물건인지도 모르고 사용하고 있는 거네?"

"과거로 돌아가게 해주는 거 아니에요?"

"하긴 주인을 가려서 택하는 기물인데, 네가 제대로 알 리가 없지."

"주인을 택한다구요?"

"그래. 아마 너도 나중에 다음 주인이 될 사람을 만나면 알게 될 거야." 동자승은 이렇게 말한 후 설명을 이어 했다.

"이 물건은 말이야. 소원을 들어주는 물건이라는데."

"소원이요? 아, 그럼 처음부터 로또나 되게 해달라고 할걸."

앞에 동자승이 있는 것도 잊고 바닥을 '탁' 하고 쳤다.

"네가 원하는 거 말고. 너는 선택권이 없어. 얘가 즐거울 걸 선택한대. 그래서 보통 이것을 갖고 있는 것만으로는 소원이 이루어지지는 않는다는데."

여기까지 말하던 동자승은 갑자기 "흐흐흐" 하고 웃었다. 그리고는 말을 이었다. "재밌네. 인간들은 보통 돈, 성공, 사랑, 이런 고리타분한 것들을 말해서 재미가 없대. 그런데 너 같이 과거로 돌아가는 것처럼 엄청나게 힘든 건 어떤 조건이 맞아떨어져야 하는데 넌 운이 좋았다고 하네."

"조건이라 하심은?"

"요즘 말로는 평행세계라고 하던가. 이 물건이 평행세계에 있는 다른 사람들에게 있을 때는 효력을 발휘하지 않지만, 평행세계에 너와 똑같은 사람이 있을 경우에는 효력이 발휘되지."

"그 효력이 뭔데요?"

"너의 과거와 평행세계에 있는 또 다른 너의 과거와 현재를 합쳐준다는 거지."

"네? 잘 이해가 안 가는데요."

"너는 스스로 삶을 선택하고 살아가고 있다고 생각하지만, 사실은 또 다른 네가 행동했던 행위를 비슷하게 살고 있는 거지. 이러면 설명이 빠를까? 친구랑 싸웠다고 했지? 그게 최선이었을까? 다른 사람이었다면 싸움 전에 선생님한테 말하는 방법도 있지 않았을까?"

"그랬다간 애들한테 얕보인다구요."

"이것 봐. 너는 무언가를 선택한다고 했지만 네가 가진 성정과 성향에 따라 같은 선택을 하잖니. 또 다른 너에게 똑같은 상황이 주어지니 결국 비슷하게 행동한 거야."

"아니 평행세계에 있는 개는 어떻게 이겼대요? 또 다른 나였다고 해도 이길 수 없었을 텐데."

"또 다른 너는 취미가 격투기라더라. 너하고는 비교할 수 없을 정도로 압도적으로 이겼대."

난 "아" 하고 짧은 단말마밖에 낼 수 없었다. 동자승은 말을 이어나갔다.

"아마 네가 본 미래는 거의 이루어질 거야. 네가 과거에 시간을 보내는 동안 또 다른 넌 현재를 살아갔을 테니."

"아니. 그럴 수 없어요. 그래선 안 되고요. 그럼 유진이가 죽는다고요. 도사님은 해결 방법을 아실 것 아니에요?"

"나 도사 아니야. 누구를 살릴 수 있는 능력은 더더욱 없고. 난 사실을 말해준 것밖에 없어. 내가 해주고 싶은 말에 이렇게 업을 쌓고 그 업을 통해 살아가는 물건에 기대어 힘을 함부로 쓰지 말라는 이야기다."

"그럼 어떡해요? 유진이 죽게 내버려둬요?"

"그래? 과거를 마음대로 바꿨더니 미래에서도 잘 되었더냐?"

"아니요."

"그래. 인과라는 것은 언제 어디로 이어지는지 알 수 없는 것이다. 세상에는 고정된 법이 없고, 법도 아니요, 법이 아님도 아니기 때문이니 순리대로 행동하거라."

어려운 말이라 이해할 수가 없어서 멍해졌다.

"너에게 운명을 바꿀 힘이 있는 것처럼 행동하지 말고, 복권을 사거나, 유진이에게 운명을 말한다거나 이런 것 또한 하지 말라는 말이다."

그때 문이 열렸다. 유진이가 들어왔다.

더 이상 아무 말도 할 수 없었다.

"스님 잘 도와드렸니?"

내가 물었다.

"응. 스님이 약인지 차인지 만드는 거 도와드렸어. 고맙다고 한 잔 주시더라. 맛은 없었어. 엄청 썼어."

"그래. 이제들 내려가 봐야지."

"네?"

"왜, 여기서 계속 살게?"

"아니요. 아니요. 아직 답을 안 주셨잖아요."

동자승이 쯧쯧거리며 혀를 찼다.

그러다 갑자기 기억이 났다는 듯 탁하고 무릎을 쳤다.

"아, 너희들 시주해야지."

"시주요?"

"그래, 시주."

"밥 먹고 재워주신 거 아까 일한 걸로 끝난 거 아니었어요?"

"에이, 그건 내가 안 받지. 내가 한 입으로 두말을 할까. 내가 너희들 잘되라고 해주려는 거야."

"그럼 얼마 정도? 한 3만 원?"

동자승의 눈썹이 꿈틀거렸다.

"그럼 5만 원?"

"아니, 사람이 2명인데."

동자승에게 꼬깃꼬깃 접힌 5만 원짜리 2장을 내밀었다.

"후회 안 할 거야."

동자승은 이렇게 말하고는 우리의 생년월일을 물었다. 그리고는 색한지에 우리의 생년월일과 이름을 쓴 다음 동그란 등 양쪽 끝에 걸었다. 이름 사이로 길게 한지가 늘어져 있었는데, '因緣成佛'이라고 쓰여 있었다. 바람에 한지들이 날리자 가오리연이 하늘을 향해 날아가는 것 같았다.

그렇게 만들어진 등을 전각과 전각 사이의 줄에 걸었다.

"이게 끝이에요?"

"너, 나 못 믿는 거야? 이게 얼마나 큰 공력이 드는 건데. 이럼 나 아주 불쾌해."

동자승이 눈을 부라리자 "아니에요. 그런 거. 아직 답을 안 주셔서 그렇죠." 급하게 대답했다.

"끈질기네. 그럼 내가 너희들에게 한마디 해 주마."

침을 꼴깍 삼켰다.

"너희들이 같은 반이 된 건 우연, 하지만 친구가 된 건 인연, 그리고 헤어지는 건 필연이야. 그러니 너무 만남과 헤어짐에 연연하지 마라."

"네? 그런 말씀은 좀 그렇지 않아요?"

동자승의 내 말에 대꾸하지 않고 말을 이었다.

"과거의 마음도 얻을 수 없고 현재의 마음도 얻을 수 없으며 미래의 마음도 얻을 수 없느니라."

동자승은 이렇게 말하며 눈을 감았다.

절에서 내려왔다. 버스정류장은 오랫동안 관리가 안 되었는지, 표지판의 가운데 부분이 U자 모양으로 움푹 들어가 있었다. 그리고 몸을 기댈 벤치도 그늘도 없어 내리쬐는 땡볕을 피하기 위해 반대쪽 나무 그늘에 앉았다. 하지만 30분이 지나도 버스는 오지 않았다.

나무에 기대어 앉아 있다가 이름 모를 꽃 주위에 있는 잡초를 뽑았다. 하나, 둘, 뽑아내자 풀 향기가 났다.

"갑자기 잡초를 왜 뽑아?"

"심심하잖아. 그리고 잡초 뽑으면 저 꽃이 조금이라도 잘 자라지 않겠어."

"소용없어. 내가 말했잖아. 세계에서 가장 생명력이 센 생물이 잡초라고."

"그거야 밟았을 때 얘기고, 이건 뿌리를 뽑는 거잖아."

"땅 위에서는 안 보이지만 잡초 씨앗이 발아하려고 대기하고 있어. 그게 단순히 몇십 개가 아니라 몇만 개 단위로. 그래서 잡초가 뽑혀서 흙이 뒤집히고 빛이 들어오면 빛을 받은 씨앗 중 하나가 망설이지 않고 싹을 올린다구. 그게 잡초를 깨끗이 뽑아도 어느새 다시 자라는 이유야."

그 말을 듣고는 뽑던 풀을 바닥에 던진 다음 유진이 옆으로 갔다.

"근데 아까 스님 말 슬프다. 헤어지는 것은 필연이라는 말."

유진이가 한숨을 쉬며 말했다.

"신경 쓰지 마, 꼬마애가 어디서 주워 들은 말 하는 거지, 뭐."

"나 TV에서 봤는데 사랑의 유통기한이 2년에서 3년 정도래. 그래서 그런 거 아닐까?"

"나도 봤어. 근데 그거 뇌과학자가 연구한 거지. 맨날 호르몬 연구하고 뇌 상호작용 보니까 그런 거야. 자기가 보고 싶은 것만 보는 거지. 마음 과학자가 있다면 다른 이야기를 할걸? 엄마가 자식을 2년에서 3년만 사랑하고 사랑 안 할까? 신부님이나 수녀님들은? 난 모성애도 사랑이고, 신에 대한 사랑은 사랑이라고 생각해. 꼬마 말 너무 신경 쓰지 마."

이렇게 말했지만 유진이의 마음이 나아진 것 같지 않았다.

"아까 스님이 뭐라고 했지. 우리가 알게 된 건 우연, 친구가 된 건 인연, 그리고 헤어지는 필연이라고 했지. 그런데……."

"그런데?"

"그럼에도 불구하고 다시 만난다면 그건 운명이지 않을까?"

"…좀 오글거리는데."

"그렇지? 나도 좀 말하면서 이래도 되나 싶었어."

유진이가 웃었다.

버스가 도착했다. 버스에는 아무도 없었다. 우리는 맨 뒷줄에 앉았다. 유진이가 창문 쪽에 앉았고, 나는 안쪽에 앉았다. 창문을 열고 버스가 출발하자, 버스의 안으로 들어오는 시원한 바람이 기분을 조금이나마 전환시켜 주었다.

유진이는 창문 밖으로 지나가는 경주의 풍경을 감상하고 있었다. 낮의 햇살은 눈부셨고, 길가의 나무를 지나칠 때마다 그림자가 유진의 얼굴을 살며시 가렸다.

유진이의 마지막 모습에 대한 편린이 마음속에 박혀서 빠지지 않았다. 미래의 또 다른 내가 유진이를 구해달라고 보내온 메시지가 아닐까 하는 생각이 들었다. 동자승의 말에 힌트가 있을 것 같아 계속 곱씹어보았다. 하지만 도대체 무슨 뜻인지 알 수 없었다. 과거가 어쩌구, 미래가 어쩌구. 알려주려면 확실히 알려주던가. 자기도 잘 모르는 게 틀림없었다. 그냥 운명 자체를 아예 상상이 안 가게 바꿔보면 되지 않을까 하는 생각이 들었다.

"유진아, 우리 부산에도 가보지 않을래?"

"부산? 갑자기?"

"그래. 어차피 놀러 온 건데 이것저것 많이 보면 좋잖아. 바다 보고 싶지 않아?"

"바다? 좋기는 한데 멀지 않니?"

"생각보다 얼마 안 걸려. 하얀 백사장에 파도가 넘실대는 걸 상상해 봐. 시원한 바닷바람을 맞으면 고민도 날아갈 거야."

유진이는 동의한 듯 고개를 끄덕였다.

"그럼 우리 경주 터미널에서 내리자."

산을 내려가던 버스가 갑자기 중턱에서 덜커덩하고 멈춰 섰다.

"갑자기 왜 이러지?"

버스 기사님은 이렇게 말하며 운전석에서 나와 버스를 살펴보셨다.

"아무런 문제가 없는데… 뭐지? 갑자기 버스가 퍼졌네요. 보험사에 연락해볼게요."

버스 기사님은 우리에게 이렇게 말씀하신 후 전화를 거셨다. 하지만 시간이 지나도 누군가가 올 기미도 보이지 않았다. 페어리스톤 이 치사한 녀석. 이거 요정이 아니라 요괴 아니야?

유진이는 창밖을 보고 있었다.

"저 꽃 봐봐. 예쁘다."

유진이가 미소를 지으며 말했다.

문득 유진이가 예전에 엄마에게 주겠다고 꽃을 사 왔던 기억이 났다. 시큰둥한 나와는 달리 엄마가 너무나 기뻐하셨던 기억이 있다. 지금 생각해 보면 그녀를 위해 무엇 하나 제대로 관심을 가져 본 적이 없었다. 미래의 유진이는 사경을 헤메고 있고, 지금 만나는 유진이도 시간이 한정되어 있다. 이런 시간이 다시 올 수 있을까?

"유진아, 오늘 부산은 힘들 것 같네. 그러지 말고 경주에 굉장히 큰 식물원이 있다는데. 거기 가볼까?"

"응. 그래."

유진이가 고개를 끄덕였다. 그렇게 결정을 하자 얼마 뒤 교대할 수 있는 버스가 왔다. 페어리스톤을 꽉 쥐었다. 구멍 사이로 손가락을 넣어 요정의 눈을 찌르고 싶다는 생각을 했다. 하지만 요정의 기분을 상하게 했다가는 보복이 오지 않을까 두려워 꾹 참았다.

 갑자기 너무 빙빙 도는 게 아닐까 하는 생각이 들었다. 스마트폰에 찍어둔 사진을 보여주고 솔직하고 진지하게 말해야겠다. 갤러리와 클라우드에 들어갔다. 사진이 없었다. 어설픈 잔머리는 통하지 않는구나. 하지만 사진이 없다고 내 진심이 전달되지 않을 리 없다.

 창문을 통해 밖을 구경하고 있던 유진이를 불렀다.

 "유진아, 내가 너한테 할 말이 있어. 이거 나 진심이고 너에게 거짓 없는 진심이야." 내가 갑작스럽게 말하자 유진이의 얼굴이 경직되었다. 하지만 나는 개의치 않고 말을 이었다.

 "나 미래에서 왔다고 말했지. 미래에서 넌……."

 '병에 걸려 죽어'라고 말을 끝냈어야 했다. 그런데… 모든 것들이 정지되었다. 그리고 하차벨, 좌석시트, 교통카드 단말기까지……. 모든 사물에 눈이 달려서 나를 쳐다보는 느낌이 들었다. 눈을 깜빡이자 주위의 사람들이 모두 사라지고 물이 차오르기 시작했다.

 물은 삽시간에 차올라서 어느새 목까지 물에 잠겨 있었다. 팔과 다리를 계속해서 휘저었다. 물이 점차 코와 귀, 그리고 입으로 들어가기 시작했다.

 힘을 짜내 수면 위로 팍하고 튀어 올랐다. 이제까지 참았던 호흡이 공기를 폐 속으로 빨아들였다. 주위를 둘러보자 멀리서 무언가가 다가오고 있었다. 나는 손을 흔들었다. 그리고 그쪽을 향해 수영을 했다. 점차 다가오는 물체가 시야에 들어왔다.

 물이 얼어붙고 있었다.

방향을 돌려 전력을 다해 수영했다. 하지만 얼어붙는 속도를 이길 수 없었다. 쩌저적거리는 소리가 나더니 순식간에 냉기가 온 피부를 감쌌다. 숨을 들이마시자 얼음이 기도를 타고 들어와 장기까지 얼어붙었다. 숨을 마시고 내쉴 때마다 차가운 냉기가 바늘처럼 나를 찔렀다.

**

전화벨 소리가 울리고 있었다. 눈을 떴다. 이불을 덮고 있는데도 추위가 그대로 느껴져 몸이 부들부들 떨리고 이빨이 딱딱 부딪혔다. 문 밖에서는 아주머니의 서두르는 발걸음 소리가 난 후 전화 받는 소리가 들렸다. 아주머니의 떨리는 호흡과 안절부절 못하느라 바닥을 발로 찧는 소리, 목을 삼키는 목소리가 심상치 않음을 느꼈다.

자리에서 일어났다. 세상이 빙글빙글 돌고 잠옷은 사우나에 입고 들어간 옷처럼 식은땀으로 흠뻑 젖어있었다. 잠시 비틀거렸지만 다시 중심을 잡고 아주머니에게 다가갔다. 아주머니는 전화를 끊고 고개를 숙이고 있었다.

어깨가 들썩이는 아주머니의 어깨에 손을 얹었다. 아주머니가 가만히 내 손을 잡으셨다.

"유진이가 기다리고 있어요. 빨리 가 봐요."

우리는 급하게 병원으로 출발했다. 유진이에게 다가갈수록 머리가 점점 아파졌다. 나도 나였지만 아주머니 상태도 정말 안 좋아 보였다. 떨리는 몸에 급발진과 급정거를 반복했다. 병원에 도착하여 주차하는데, 차를 댄다는 느낌보다는 던져 놓는다는 느낌이었다.

차에서 내리자마자 뛰었다. 유진이에게 빨리 달려가고 싶은 마음과 무슨 일이 생길 것만 같아 피하고 싶은 마음이 공존했다.

뒤꿈치를 누군가 붙잡고 나는 그걸 떼어내며 달려가고 있었다.

유진이가 있는 병실 모퉁이에서 멈춰 섰다. 병실에서는 울음소리가 들렸다. 벽에 머리를 박고 두세 번 찍었다. 그제야 힘겹게 병실로 발길을 움직일 수 있었다.

병실에 들어서자 사람들이 유진이를 둘러싸고 있었다. 아주머니는 유진이를 바라볼 수 없어서인지 뒤로 돌아서서 울고 있었고 아저씨는 아주머니를 안고 있었다. 그녀에게 다가가는 시간이 이상하게 느리게 가고 있었다.

산소 호흡기에서 나는 그녀의 호흡소리, 환자감시장치에서의 삐음삐음 거리는 소리가 났고 빛은 침침했다.

그녀의 옆으로 다가가서 손을 잡았다. 유진이가 파르르 떨며 힘겹게 눈을 떴다. 유진이가 손을 겨우겨우 손가락을 움직여 내 손에 끄적이기 시작했다.

'고마워'라는 말이었다.

눈을 감았다.

어떤 감정인지 알 수 없었다. 눈물이 이렇게 끊임없이 나올 수 있다는 게 놀라웠다. 옆에서 버스를 탄 것이 조금 전이었다. 그런데 그녀가 죽었다고?

그럴 리가 없다.

한참을 멍하니 있다 수첩을 꺼내었다.

유진이의 옆에서 유진이가 깨어나기를 기다리면서 그림을 그렸다.

나 때문이야. 아니, 그럴 리가 없어. 돌아가야해. 를 중얼이며 손을 끄적였다.

아저씨가 내 어깨를 붙잡았다.

"괜찮니? 우리 욕심 때문에 너를 끌어들인 것 같아 미안해."

유진이 아버님을 보았다. 아버님은 껍데기만 있었다. 텅 빈 검은색 눈동자에는 내 모습이 비치고 있었지만 마음에는 비치지 않는 것 같았다. 무저갱 속으로 빨려 들어가 끊임없이 떨어질 것 같았다. 눈을 보는 것이 무서웠다.

내가 있을 곳은 여기가 아니었다.

유진이는 영안실로 옮겨졌다. 수첩에 그린 그림은 유진이의 관 속에 같이 묻어 주겠다라고 유진이 아버지가 말씀해주셨다.

병원을 휘청휘청 걸어 나왔다. 벤치에 앉아 멍하게 있었다.

스마트폰이 울렸다.

"나 시험 보고 나왔어."

"…"

"나 시험 정말 잘 봤다. 지금까지 본 시험 중에 제일 잘 본 것 같아. 다만 이게 내 점수가 아니라는 게 씁쓸하네."

"잘했네. 축하해."

"목소리가 안 좋아…. 유진이한테 무슨 일 생겼어?"

"술 한잔하자. 어제 그 펍에서 볼래?"

전화를 끊고 가만히 앉아 있었다. 정말로 가만히만 있었다. 머릿속이 바다에 침전하여 파도에 이리저리 쓸리는 것처럼 아무런 생각도 들지 않았다. 그러다 다시 잠이 들면 유진이를 볼 수 있을 거라는 생각에 억지로 눈을 감고 잠을 청했다.

하지만 잠을 잘 수가 없었다. 다시는 그녀를 볼 수 없다는 불안감에 다리가 덜덜덜 떨리고 숨이 막혔다. 목에서 페어리스톤을 빼 들고는 두 손으로 기도하듯 맞잡았다. 제발. 유진이를 한 번만 더 보게 해주세요.

아린이를 만나기로 한 약속 시간이 되었다. 좀비처럼 일어나 움직이면서도 아린이에게 만나자고 한 것은 실수라는 생각이 들었다. 누군가에게 위로받고 싶다는 어리광이었다.

걸었다. 길거리에 널브러져 있는 담배꽁초를 차고, 개를 산책시키는 사람을 지나쳤다. 시끄러운 경적 소리와 사람들이 외치는 소리도 뒤로 했다. 횡단보도에서 노숙자는 손을 내밀며 뭐라고 말하기도 하였다. 주머니에서 있던 돈을 잡히는 대로 다 쥐여 보냈다.

펍에 들어가자 시끄러운 음악 소리가 들렸다. 오후라 그런지 사람은 없었다. 아린이도 아직 도착하지 않은 것 같았다. 구석진 자리에 앉아서 메뉴판을 둘러보고는 보드카를 세 잔 시켰다. 싼 가격으로 취하기에는 보드카만 한 것이 없었다.

주인 아저씨는 보드카 세 잔이 나란히 담겨있는 트레이를 놓고 가며 걱정 어린 눈빛으로 바라보았다. 나는 애써 무시하고 한 잔을 들이켰다. 목젖을 치고 식도를 타고 내려오는 불길이 마음속을 태웠다. 얼얼한 기분이 돌고 있을 때 아린이가 들어왔.

아린이는 내 앞에 앉으며 말했다.

"으, 알콜 냄새. 이게 뭐야?"

"글쎄 보드카인데. 이름은 잘 모르겠어. 이름이 가장 남자다워서 시켰어."

"그래? 뭔데?"

메뉴판에서 시킨 것을 손가락으로 가리켰다.

"이게 뭐지?" 그녀는 스마트폰으로 검색했다.

"이거 AK-47 만든 사람이 만든 거래."

아린이는 이렇게 말하고는 트레이에서 한잔을 꺼내 꿀꺽하고 마셨다.

"화끈하네." 그녀가 잔을 놓으며 말했다.

"무슨 맛인지 알아?"

"그럼, 알지. 마음의 상처에 소독약을 뿌리는 맛."

그녀는 쓴웃음 지으며 말했다.

정신없이 마셨다. 어느 순간부터는 정신이 붙었다 끊어졌다를 반복했다. 내가 잠들려고 하자 아린이가 날 흔들어 깨웠다.

"왜?"

약간 짜증을 냈다.

"유진이가 해준 이야기 말야."

"뭐? 어떤 거?"

"신대륙 이야기 들었을 때, 그게 가장 먼저 생각났어. 콜럼버스의 교환. 콜럼버스가 신대륙을 발견하면서 구대륙과 신대륙 사이에 급격한 가축이나 인구이동을 하면서 구대륙에 있는 질병들이 신대륙에 많이 전염됐거든. 그때 인디언 80% 정도가 죽었대. 갑자기 이런 생각이 떠오르는데 우울한 거야."

"그냥 배운 게 다른 거지, 뭐. 걔는 식물 좋아하니까 그런거고. 그런데 그런 건 어디서 배우는 거야?"

"경제사 시간. 원래는 기계공학이 전공인데, 경제사 들으면 투자하는 데 도움이 될 줄 알고 들었어."

"기계공학이 전공이라고?"

"응. 그래서 예전에는 헤어졌을 때는 이별에 대한 충격을 충격량 공식에 대입해서 생각한 적도 있었다니까."

"충격량 공식?"

"물체가 받는 충격량은 어떤 정해진 시간 안에 운동량의 변화야. 결론적으로 질량 곱하기 속도로 나타낼 수 있고, 질량을 내가 그 사람은 생각하는 마음의 크기, 그리고 속도는 그 사람과 만난 기간이라고 가정하는 거지. 운동이 방향성을 가지니까 내가 그 사람을 싫어하는 마음의 크기를 더 크게 한다면 더 빨리 잊을 수 있지 않을까 하는 생각을 했지."

"오오, 왠지 말이 된다. 그래서 성공했어?"

"아니. 그 사람을 미워할 수 없겠더라구."

아린이가 웃었다. 나도 따라 웃었다.

"내가 생각해봤는데 말야. 전 남자친구한테 선물하는 거 나쁘지 않은 것 같아. 후회할 건 남겨두지 않는 게 좋은 거지."

"그거 그냥 생각해 본 거였어. 그 돈 쓴다고 해서 남자친구랑 다시 잘해볼 것도 아니고. 그리고 그 돈 쓸데가 있어."

"엄마 드릴 거야?"

"아니. 이 돈이랑 그동안 모은 돈 합쳐서 고시원 들어갈 거야. 그래서 회계사나 변리사 중에 하나 잡고 2년 동안 뭐가 되든 해보려고."

"그래, 넌 뭐든 잘할 거야. 머리도 똑똑하고. 그에 반해 난… 난 말야. 사실 무언가 열심히 하거나 하면 미래를 바꿀 수 있을 줄 알았어. 그런데… 아무것도 안 되더라."

"미래는 바꾸는 게 아니라고 생각해. 정해진 게 아니니까. 오늘 할 수 있는 걸 선택하는 거지. 치어스~"

그녀와 잔을 부딪혔다.

눈이 암전되듯 꺼지고 완전히 정신이 날아가버렸다.

8. "손가락. 잘못한 건 그것뿐이다. 문제없다. 마음은"

 머리로 피가 몰렸다. 마치 누군가 뇌를 쥐어짜고 있는 것 같았다. 몸도 오싹오싹하고 으슬으슬했다. 하지만 다행이었다. 과거로 돌아왔다. 만약 돌아오지 못했다면……. 하지만 지금이 과거로 올 수 있는 마지막이 될 수도 있다는 생각이 들었다.

 머리가 이렇게 아팠던 경험이 있다. 고3 때 갑자기 안 하던 공부를 몰아서 하자, 머리가 타버린 것과 비슷했다. 경험은 아팠지만 교훈을 준다. 잠깐 쉰다고 해서 머리가 아픈 것이 사라지지 않는다. 머리를 쓰기 시작하면 다시 머리가 아파진다. 결국 어떻게든 아플 것이기 때문에, 시간이 없는 나는 고민을 멈출 수는 없었다.

 긍정적으로 생각한다면 유진이에게 미래에 죽을 것이라고 직접적으로 말할 수는 없다는 것을 알게 되었다. 마지막 기회가 사라졌다면 아마 후회로 미쳐버렸을 거다. 그리고 이제는 내가 한 일이 그녀에게 좋은 영향을 줄지 나쁜 영향을 줄지에 대해 고민하지 않기로 했다.

 죽는 것보다 나쁜 게 어디 있겠는가.

 스마트폰을 열었다. 스마트폰 사진첩에는 나와 유진이가 찍은 사진이 있었다. 그래. 인터넷을 이용하면 되지 않을까 싶었다. 하지만 인터넷으로 보낸 것이 조금이라도 문제가 있으면 지워지지 않을까? 그렇다면 어떻게 해야 할까? 잡초처럼 누가 지워내는 것보다도 더 빨리 퍼질 수 있도록 해야 한다. 그러려면 인기 게시물이 되어 여기저기 돌아다녀야 한다.

 하지만 그건 말이 되지 않는다. 어떻게 인기 게시물을 만드냐고. 머리를 쥐어뜯었다.

 아니야, 해내야지. 시작하기도 전에 포기하면 어떡해. 할 수 있다. 유진이를 살릴 수 있어. 살려야 해. 난 손으로 볼을 찰싹찰싹 쳤다.

 문득 시선이 느껴져 유진이와 눈이 마주쳤는데, 유진이는 안쓰러운 눈빛으로 '이거 또 이러네.'라고 말하고 있었다.

 위잉위잉 거리며 스마트폰이 울리는 소리가 들렸다.

 유진이는 손에 쥐고 있던 스마트폰을 보더니 안절부절못했다.

 "잠깐 내리자. 부모님하고 편하게 통화해."

 버스 하차벨을 눌렀다. 내린 정류장 근처에는 나무들이 늘어서 있었고 앞으로는 호수가 있었다. 유진이를 보내고 주위를 잠시 걷기로 했다. 벤치가 보여서 앉으러 갔는데 옆에는 색색의 아프로 가발을 쓰고 열심히 우쿨렐레를 치는 꼬마가 있었고, 아주머니가 박수를 치고 있었다.

 아주머니와 눈이 마주쳤다.

 "미안해요. 우리 아이가 시끄럽죠?"

 "아니에요. 저도 우쿨렐레 몇 번 쳐봐서 괜찮아요."

 "네 이해해주셔서 감사합니다."

 아주머니는 이렇게 말을 하신 후 자리로 돌아갔다.

아이는 계속 우쿨렐레를 쳤다. '곰 세 마리'도 들리고 '유어 마이 선샤인'도 들렸다. 아이가 지쳤는지 잠시 쉬었다.
"이거 한 잔 드세요?"
아주머니가 음료수 한 캔을 가져오시면서 말씀하셨다.
"아니에요. 이런 거 안 주셔도 되요."
"시끄러운 거 참아주셨는데요."
"시끄럽다니요? 무슨 말씀을. 정말 괜찮아요. 아이가 정말 우쿨렐레를 정말 잘 치더라구요."
"제가 잠시 화장실 좀 다녀올 거거든요. 같이 화장실 좀 가자니까, 고집을 계속 피우네요. 아이가 얌전히 연습하겠지만, 혹시나 불편한 일 있더라도 좀만 참아주세요. 금방 오겠습니다."
아주머니는 다시 내 손에 음료수를 꼭 쥐여주셨다.
아주머니가 화장실을 가시고 아이는 계속 우쿨렐레를 연주하고 있었다. 아이가 걱정되고 아주머니한테 음료수라도 받은 게 있어 아이 곁으로 갔다. 연주가 끝나자 우선 박수를 쳤다.
"꼬마야, 연주 잘한다. 언제부터 연주했어?"
"나 꼬마 아니야. 루아야."
"아, 루아구나. 미안해. 그런데 루아 연주 진짜 잘하더라."
양손을 기지개 켜듯 머리 위로 크게 젖히며 말했다.
하지만 루아는 아직 경계를 풀지 않았는지 대답하지 않았다.
"나 수상한 사람 아니야. 아주머니가 화장실 가신다고 나보고 잠깐 봐달라고 하셨어."
아주머니가 주신 음료수 캔을 보여주며 말했다.
"나 잘해, 연주."
그제야 루아는 귀엽게 배시시 웃었다.
"언제부터 연주했어?"
"6개월. 배웠다. 선생님한테. 한다. 발표회. 보여주려고 엄마와 가족들한테."

"오. 멋있다. 무슨 곡 하려고?"
"유어 마이 선샤인"
"오빠도 처음 연주할 때 그거 배웠는데."
"해봐. 한번"
 루아가 우쿨렐레를 건네주었다. 남 앞에서는 처음 해보는 건데.
"오빠 연주 잘 못 해. 거기다 남 앞에서 연주를 해본 적이 없어."
 그러자 루아는 자신이 쓰고 있던 아프로 가발도 주었다.
"다른 사람 된다, 아프로 머리, 용기의 상징."
 아프로 가발을 받아서 머리카락 부분을 손으로 쓸어보았다. 부드러웠다.
 심호흡을 하고 아프로 가발을 썼다. 생각보다 불편하지는 않았다. 스마트폰으로 내 모습을 확인했는데 헛웃음이 나왔다. 아이는 기대에 찬 눈빛으로 나를 바라보고 있었다. 우쿨렐레를 들고 현을 몇 번 튕겨보았다. 손가락에 감겨오는 현의 느낌이 나쁘지 않았다. 남들은 2주 동안 연습한 것을 나는 얼마나 연습했던가. 한 20주는 연습한 것 같았다. 기억을 떠올리며 현을 튕겼다.
"You are my sunshine My only sunshine"에서 시작된 노래는 "Please don't take my sunshine away."까지 정말 물 흐르듯 이어졌다. 노력은 배신하지 않는다는 말이 떠올랐다.
"잘한다. 너무."
 루아의 칭찬에 어깨가 으쓱해지는 것이 느껴졌다.
 그때였다. 유진이가 부르는 소리에 고개를 돌렸다.
"너 여기서 뭐 하고 있어? 그 웃긴 가발은 뭐고?"
"이 친구, 아니 루아가 발표회 한다고 해서 내가 우쿨렐레를 좀 가르쳐주고 있었어."
"거짓말치지 마. 니가 무슨 연주야?

유진아, 그건 니 나이 때 나란다.
"아니다. 오빠. 잘한다. 진심이 있다. 음악과 마음에."
"정말? 그럼 나도 보여줘."
"안 돼. 아직 준비가 안 되었단 말이야."
"에이 그러지 말고. 나 못 봤잖아."
 유진이가 빛나는 눈빛으로 바라보았다.
"응? 들려줘."
 우쿨렐레를 다시 고쳐 잡았다. 아까의 느낌대로라면 잘할 수 있을 거야. 그리고 그동안 연습해온 게 있잖아. 현을 잡고 유진이와 루아를 보았다. 뒤에는 휘날리는 풀들과 나무도 보였다.
"유진아, 이거 네 생일날 불러주려고 만든 거야. 생일선물로 이거 줄 테니까, 동영상으로 찍어줘."
"정말. 생일날 때마다 봐야겠다."
"내 걸로 찍어. 내가 보내줄게."
 유진이가 스마트폰을 들자 유진이에게 내 스마트폰을 주었다.
"자아, 파이팅."
 유진이가 외쳤다. 그리고 옆에는 어느새 아주머니도 와 계셨다. 아주머니까지 보자 더욱 긴장되었다.
 모두 박수를 쳤다.
 우쿨렐레 현에 손가락을 갖다 대었다. 현이 떨리는 것이 느껴졌다.

"꿈을 꾸었어. 유진이 넌 공주였고 생일이었지.
모두 춤을 추고 노래하며 축하했어."
 젠장, 첫음절부터 음이 틀렸다. 들끓던 용기가 어느새 가라앉았다.

"하루로도 모자라 며칠이고 계속됐지.

8. "손가락. 잘못한 건 그것뿐이다. 문제없다. 마음은"

모두가 즐겁고 행복했지.
바람이 불었어. 모든 것을 날려버릴 만한.
초대받지 못한 마녀가 나타나 선물을 주었어
세상에서 제일 아름다운 너의 모습이 담긴 그림이었지
너는 정말로 기뻐했어."

1절이 끝나고 이미 망했다는 걸 알 수 있었다. 음 따로 박자 따로. 거기다 목소리도 손도 떨리고 있었다. 흑역사는 왜 중요한 순간에 생성되는지……

고개가 떨어지면서 기운까지 떨어졌다. 연주하는 게 이렇게 외로운 건가.

2절이 간주를 들어가며 갑자기 그런 생각이 들었다.

아니, 다시 찍으면 되잖아.

고개를 들고 유진이를 바라보았다.

카메라를 들고 웃고 있었다.

비웃고 있는 게 아니라 정말 즐겁게 응원하는 웃음이었다.

유진이와 아주머니, 루아가 "화이팅, 힘내." 하고 응원하는 목소리가 들렸다.

아, 내가 여기서 중단하고 다시 찍는다면, 동영상은 좀 더 잘 나올지는 몰라도 이런 감정과 느낌을 주기는 힘들겠구나.

과거를 돌고 돌아도 깨닫지 못했던, 결국 현재에서 최선을 다해야 한다는 기본적인 것을 깨달았다.

그래. 할 수 있는 데까지 해보자. 아직 끝나지 않았으니까.

"축제가 끝나고 햇님이 아무리 바뀌어도 그림만 보았어.
아무리 노력해도 그림처럼 될 수 없다는 걸
알게 된 순간 넌 더 이상 웃을 수 없었어.
사람들은 얼음 같은 널 피했고
나날이 피폐해지며 아프게 되었지.

숨결이 점차 촛불처럼 희미해질 때
넌 모든 것이 잘못되었다는 걸 알게 됐지.
다행히 모든 것은 꿈이었어. 넌 괜찮았지.
사람들에게 따뜻한 미소를 건네는 넌
그림 속의 모습 그대로였어.
잊지 말아줘
너의 따뜻한 미소가 가장 큰 아름다움이야.
잊지 말아줘
너의 따뜻한 미소가 가장 큰 아름다움이야."

잘하고 싶은 것과 잘하는 것은 달랐다. 스마트폰을 내린 유진이 보였다. 유진이는 여전히 생글생글 웃고 있었다.

어찌어찌 끝냈지만, 눈물이 핑 돌 것 같았다.

유진이가 옆으로 다가와 "너무 잘했어. 빛이 났어."라고 말했지만 억지로 웃었다.

망한 건 누구보다 내가 잘 알고 있었으니까.

유진이가 건네준 스마트폰을 들고 화장실로 향했다. 화장실로 들어가 세수를 한 다음 동영상을 재생시켰다. 차마 끝까지 볼 수가 없어, 10초 보고 한숨을 쉬며 멈췄다가 다시 보고를 반복했다. 결국 1분을 보지 못하고 껐다.

삭제 버튼을 누르려고 했다.

그러다 갑자기 비상한 생각이 떠올랐다. 인터넷에 노래를 올리고 그게 사람들에게 이슈가 되서 잡초처럼 퍼진다면 미래의 유진이도 이걸 볼 수 있지 않을까?

화장실을 나와 유진이가 있는 곳으로 가자, 유진이가 루아에게 우쿨렐레를 가르쳐주고 있었다. 루아 옆에 있는 아프로 가발을 슬쩍 가지고 나왔다.

가발을 쓰고 동영상을 찍고는, 노래 부른 부분과 합쳤다.

아무렇지 않은 듯 그들의 곁으로 갔다.

8. "손가락. 잘못한 건 그것뿐이다. 문제없다. 마음은"

"잘한다. 이 누나."
"그치. 나랑은 다르지."
"잘한다, 오빠도. 느껴졌다. 진심이. 아까."
고맙다고 말하려고 할 때였다. 루아가 말을 이었다.
"손가락. 잘못한 건 그것뿐이다. 문제없다. 마음은."
손가락에 꽉 힘을 주어 루아를 쓰다듬었다.
"저희 이렇게 만난 것도 인연인데, 사진 찍어요."
아주머니는 폴라로이드 사진기를 꺼냈다.
나와 유진이는 가운데에 루아를 놓고 사진을 찍었다. 아주머니는 2장을 찍으셔서, 하나를 주셨다.
"넌 아무렇게나 보관할 테니까. 이건 내가 가져갈게."
유진이가 폴라로이드 사진을 보며 말했다.
헤어지려고 할 때였다. 루아가 목걸이에 눈을 떼지 않은 채로 목걸이를 가리켰다.
"목걸이 신기하다. 아까부터 말을 건다. 나에게."
"그래? 뭐라고 하니?"
"친구. 친구하자고 한다."
"그래? 나한테는 무슨 말을 안하디?"
"아무 말 안한다."
페어리스톤에 손을 대자. 목걸이가 맥동치는 것이 느껴졌다. 동자승이 말해 준 것이 이것이구나. 본능적으로 페어리스톤하고는 여기까지구나 하는 것을 알 수 있었다. 목걸이를 빼서 루아에게 내밀었다.
"이건 페어리스톤이라고 해. 변덕스럽지만 심성은 착한 것 같아. 잘 부탁해."
루아가 고개를 끄덕이며 페어리스톤을 꼭 쥐었다.

우리는 아무 말도 하지 않고 걷고 있었다. 난 동영상을 찍은 모습에서 벗어나지 못하고 있었다. 부끄러워서 얼굴을 들 수가 없었다. 나무들이 일렬로 늘어선 길을 지나갔다. 나무 밑에는 바람에 떨어진 나뭇잎과 꽃잎들이 떨어져 있었다. 바람이 한 번씩 불 때마다 우리의 신발을 뒤덮였다, 사라졌다를 반복하며 넘나들었다. 돌풍이 불었다. 후두둑하고 뭔가가 떨어지는 소리가 났다. 꽃씨가 바람에 날려서 떨어진 것이었다.
"완전 깜짝 놀랐네."
유진이를 바라보았는데 머리카락에 꽃씨가 엉겨 붙어 있었다.
"유진아, 머리카락에 꽃씨가 붙어있네."
유진이에게 손을 뻗었다. 그리고 손을 들어 머리카락에 있는 꽃씨를 조심스럽게 털어주었다. 마치 머리를 쓰다듬는 것 같았다.
"끝났어? 너도 고개 숙여봐. 나도 털어줄게."
유진이의 말에 따라 고개를 숙였다. 유진이의 섬세한 손길이 머리카락을 훑고 지나갔다. 이상하게 귀가 빨개지고 머리에 피가 쏠리는 느낌이 들자 고개를 들었다.
"가만있어 봐. 아직 남아 있어."
"괜찮아. 머리에 꽃도 꽂고 다니는 사람 있는데, 나는 아예 키우고 다니지 뭐."
이렇게 말하고는 매표소를 가리켰다.
"도착했다. 빨리 가자."
유진이를 이끌었다. 매표소에는 동궁원과 버드파크를 같이 묶어서 팔고 있었는데, 여러 곳을 둘러보자는 생각에 같이 패키지로 구매했다. 맛있는 것은 나중에 먹으면 좋을 것 같다는 생각에 버드파크부터 먼저 가기로 했다.
버드파크에 들어서자마자 벌써부터 새들이 지저귀는 소리가 들리기 시작했다. 입구로 들어서자, 직원들이 우리를 반갑게 맞아주면서 포토존으로 안내했다. 포토존에는 벤치가 있었고, 뒤로는 야자수 같은 나무들이 있었다. 우리가 가운데 앉자, 직원분이 유진이에게 앵무새를 건네주려고 했다.

"아아, 으으."

유진이가 이상한 신음 소리를 내며 내게 기대었다.

오. 이것 봐라. 유진이가 겁내는 모습에 직원분은 멋쩍은 웃음을 지으며, "괜찮아요. 얌전해요." 하며 다시 앵무새를 내밀었다. 유진이는 나에게 더욱 기대었다. 유진이가 곤란해하는 모습이 귀여워 좀 더 보고 싶었지만, 더 이상은 싫어할 것 같아 대신 손을 내밀었다.

앵무새는 얌전히 내 손으로 왔다. 그러자 유진이가 살짝 떨어졌다. 우리는 "하나 둘 셋" 하고 사진을 찍었는데, 사진을 보니 나는 뭐가 좋은지 환하게 웃고 있었고, 유진이는 앵무새를 의식하는지 어정쩡한 미소를 짓고 있었다.

"야. 얼굴 봐라. 이거 우냐? 울어?"

유진이를 놀리기 시작했다. 그러자 유진이는 전광석화같이 손을 뻗어 사진을 빼앗았다.

"이건 내가 간수할 거야."

그녀는 이렇게 말하며 사진은 주머니에 넣었다. 좀 더 장난치고 싶었지만, 사진을 뺏긴 것이 아쉬웠다. 흐뭇하게 웃다가 갑자기 소름이 돋았다. 생각해 보니 유진이 방에 있던 사진이 이 사진이었다.

기억 속을 다시 한번 헤집어보았다. 사진은 그 사진이 맞았다. 운명에서 벗어날 수 없었다는 생각이 들자 불안해졌다. 스마트폰을 들어 동영상을 확인했다. 이게 중요하다. 다시 마음을 다잡았다.

"뭐해? 빨리 와."

유진이가 파충류관 앞에서 웃고 있었다. 유진이의 목소리에 반응하여 다리를 움직였지만 살짝 휘청였다. 심호흡을 하고 유진이를 향해 갔다. 하지만 기분은 전혀 나아지지 않았다. 기분을 떨쳐내기 위해서 뭐라도 하고 싶어졌다.
 어영부영 앞서가는 유진이를 따라갔다. 갑자기 유진이가 멈춰섰다.
 "야, 안가고 뭐해?"
 우뚝 멈춰 서 있는 시선을 따라 하늘을 바라보았는데 머리 위로 새들이 날아다니고 있었다. 푸드득- 푸드득- 하며 날갯짓 하고 있었고, 새들이 난생 처음 들어보는 소리로 울어댔다. 앞으로는 외나무다리처럼 다리로 연결되어 있었다.
 "걱정하지 마. 다 새장에 갇혀 있는데 뭘 그래."
 유진이의 등을 툭 밀었다. 하지만 살짝 밀렸다가 돌아왔다.
 "내가 먼저 갈 테니까 따라와."
 앞으로 나서자, 유진이가 뒤에서 옷을 잡았다.
 "그럼 나랑 같이 뛸까?"
 유진이가 고개를 끄덕였다.
 "하나, 둘, 셋 하면 뛰는 거다. 하나, 둘, 셋."
 유진이가 고개를 숙이고 뛰기 시작했다. 나도 옆에서 뛰며, 유진이의 모습을 보았다. 눈을 꽉 감고 뛰어서, 만화처럼 눈이 X자가 되어 있었다.
 유진이가 반대편에 도착해서 '휴' 하고 가슴을 쓸어내렸다.
 미소가 지어졌다. 유진이도 안심이 되는지 웃었다.
 그래. 내가 여기 온 이유는 이 미소 때문이지. 고민만 하느라 우울해 있을 순 없었다.
 "다음에는 뭐가 있는지 궁금하다. 빨리 가보자."
 유진이를 보며 말했다.
 버드파크 관람을 마치고 동궁원으로 이동하려고 할 때였다.
 "유진아"

큰소리로 유진이를 부르는 소리가 들렸다. 우리는 동시에 고개를 들어 소리 난 곳을 바라보았다. 유진이 부모님과 엄마가 있었다.

"와, 되는 게 하나도 없네."

혼잣말을 한다고 했으나 유진이가 들을 수 있을 정도였다.

"미안해. 사실 내가 어제 음료수 사러 가면서 엄마 아빠에게 전화드렸어. 걱정하실 것 같아서. 그런데 경주라고밖에 말을 안 했는데 아까 경주에 도착했다고 하시더라고……. 여긴 어떻게 알았지?"

화가 나지는 않았다. 사실 유진이는 부모님 걱정하실까 봐 연락한 것밖에 없지 않은가. 거기가 내가 권유하기도 했고. 아쉬운 건 유진이가 가장 좋아하는 장소에 가보지 못한 것이었다. 다음부터는 가장 좋은 것부터 먹어야겠다고 생각을 했다.

갑자기 술 생각이 났다. 술 한 병을 남은 한 방울까지도 모조리 쥐어짜서 목구멍에 탈탈 털어 넣었으면 좋겠다는 생각이 들었다.

"지금이라도 뛸까? 나는 뛰고 싶은데."

달려오는 엄마를 보고 유진이에게 말했다.

"여기까지 오셨는데 어떻게 그래?"

유진이 부모님은 울면서 이산가족을 상봉하는 것처럼 달려오셨다. 유진이 시점에서는 그럴 수 있겠네. 나는 엄마의 얼굴을 보고 있자니 발이 동동 떠오르는 것이 느껴졌다. 유진이는 엄마에게 달려가 안겼다. 눈치를 보다 엄마를 향해 달려갔다.

엄마도 나를 안았다. 그리고는 등짝을 후려치셨다.

"너 미쳤지? 그렇게 사고치고 가출까지 해?!"

"아악. 엄마는 알지도 못하면서."

내가 소리치자 유진이 가족이 우리를 쳐다봤다.

"아주머니, 오해에요. 제가 경주 가고 싶다고 부탁했어요. 제가 졸랐던 거예요."

유진이가 엄마의 손을 잡으며 말리자 엄마가 손을 풀었다.

"넌 집 가서 죽었어."

엄마는 이렇게 속삭였다. 당장 미래로 돌아가고 싶을 만큼 두려움을 느꼈다. 우리는 바로 유진이 아버지 차에 압송되어 서울로 올라갔다. 차에 타자마자 동영상을 클라우드에 업로드 시키기 시작했다. 그리고 머릿속으로 어떻게 하면 사람들의 관심을 끌 수 있을지 생각했다. 하지만 몇 번이고 하품이 나왔다. 눈을 감으면 바로 잠을 잘 것 같았다.

나에게 주어진 시간이 여기까지라는 생각이 본능적으로 들었다. 만약 계획대로 안되면 유진이는 죽는다. 내가 좀 더 똑똑했다면 그리고 용기가 있었다면 달라졌을까?

"괜찮니? 표정이 안 좋은데?"

아저씨가 백미러로 나를 보며 말했다.

"얘 걱정하지 마세요. 집에 가서 혼날까 봐 그러는 거예요."

엄마가 대신 대답했다.

"아니야. 그런 일이 있어."

"그렇게 혼나는 게 걱정되면 사고를 치지 말았어야지."

"그런 거 아니라니까."

"이게 뭘 잘했다고."

엄마는 손바닥으로 허벅지를 쳤다.

멀리 경주를 벗어나는 IC가 보였다. 스마트폰을 열었다. 동영상이 클라우드에 업로드가 완료되었다. 유진이에게 예약 메일을 보내고 커뮤니티와 동영상사이트에 곳곳에 파일을 업로드하고 글을 썼다. 이제는 기적을 바랄 뿐이었다.

눈을 감았다. 하얀 빛이 번쩍이며 감싸 안았다. 누군가가 시끄럽게 외치는 소리가 들렸다. 눈을 떴다. 하얀 배경에 필름 같은 것이 떠 있었고, 동자승이 허공의 빛무리를 보며 방방 뛰고 있었다. 저 녀석 목소리였구나. 동자승과 빛무리가 나를 보는 것 같은 느낌이 들었다. 동자승이 다가와 머리에 손을 대었다.
"푹 자. 열심히 했잖아."

9. 걸어볼까요? 운명에

"야, 뭐해? 빨리 와."
아린이가 답답한 듯 뒤를 돌아보며 손짓했다.
"이상해. 기억이 안 나."
고개를 갸웃거리며 천천히 따라갔다. 이상했다. 무엇을 잃어버린 것 같은데 그것이 무엇이 전혀 기억나지 않았다. 머릿속이 가려운데 못 긁는 것 같은 느낌이랄까. 몇 번이고 짐을 풀었다 싸고 객실을 몇 번이나 확인했지만 마찬가지였다.
남욱이 선물 때문인가 하는 생각도 들었지만, 골랐던 초콜릿을 진열장에 다시 넣는 걸 보면 이건 확실히 아닌 것 같았다.
아린이는 술이 덜 깨서인지 가다가 잠시 벤치에 쉬었다가 가기를 반복했다. 그러다가 아린이가 멈춰섰다.
"기억났다. 목걸이 어디 갔어?"
"무슨 목걸이?"
"있잖아. 페어리스톤인가? 반지같이 가운데 뻥 뚫린 돌덩이."

"그게 뭔데? 난 목걸이를 평생 한 번도 안 해봤는데."

"아닌데. 그거 찾고 있는 거 아니었어? 그런 줄 알고 있었는데."

"아니야. 그런데 어제 술 너무 많이 마셨나 봐. 생각만 해도 머리가 지끈거려."

"아, 나 기내에서 잘 테니까 깨우지 마."

"밥 먹을 때도? 밥은 먹어야 건강은 해치지 않지."

"아니야. 어제 술을 많이 마셨으니까 다음날은 굶어서 다이어트해야 돼. 물만 따로 챙겨주면 내가 알아서 먹을게."

고개를 끄덕였다. 아린이는 비행기에 타자마자 창 쪽으로 몸을 기대고 눈을 감았다. 난 가운데 의자에 앉아 헤드폰을 꼈다.

"안녕하세요. 비행하는 동안 잘 부탁드려요."

갈색 생머리를 뒤로 묶은 여자가 말했다.

"저야말로 잘 부탁드립니다."

고개를 끄덕이며 말했다. '예의 바른 여자네.'라고 생각하며 눈을 감았다. 이상하게 가슴이 떨려왔다. 처음 보았는데 낯설지 않았다. 내가 혹시 못 알아본 건가 싶어서 그녀를 흘깃 바라보았다.

눈을 살짝 떠서인지 잘 보이지 않았다. 그래서 눈을 뜨고 두리번거리는 척하며 그녀를 봤는데 눈이 딱 마주치고 말았다. 그녀가 미소를 지었다. 마음을 들킨 것 같아 고개를 돌리고는 의자에 기대 눈을 감았다.

갑자기 불이 켜지는 느낌이 들어 눈을 떴다. 승무원들이 기내식을 나눠주기 위한 준비를 하고 있었다. 좌석을 원위치시키고는 트레이를 내렸다. 아린이를 보니 아직도 잠을 자고 있었다. 물병이 비워진 것을 보니 중간에 물은 마신 것 같았다.

"두 분 다 잘 주무시네요?"

그녀가 웃으며 말했다.

"네, 출장 왔는데 어제가 마지막 날이라고 기분도 좀 내고 해서 무리를 해서요."

"무슨 일하시는데요?"

"그냥 직장인이에요."

입시 컨설턴트라고 말하려다, 사실대로 말하지 못했다. 말이 컨설턴트지, 전문성 없는 브로커에 불과했다.

"저는 대학교 졸업을 앞두고 있어요."

승무원이 다가와 기내식을 나눠주었다. 혹시 몰라서 아린이 것까지 받아 놓았다. 나와 그녀는 밥을 먹으면서 이야기를 나누었다.

유진이라고 소개한 그녀는 고등학교 때 미국으로 유학 왔다고 했다. 처음에는 음대로 진학했지만, 식물에 관심이 많아 복수전공을 했다고 한다.

음대에 들어간 후 연주에 슬럼프가 왔었다고 한다. 거기다 우울한 날씨까지 더해져 안 좋은 생각이 더해질 무렵 다른 것에 한 번 몰두해 보는 게 어떨까 하는 생각이 들었다고 한다. 집에서 원래 키우던 식물들을 어떻게 하면 더 잘 키울 수 있을까에 대한 고민이 인터넷, 전문 서적, 논문으로 이어지면서 농대에서 복수전공을 선택하는 데까지 이르렀다고 말했다.

처음 본 나에게 왜 이렇게까지 자세한 이야기를 하는지 의문이 들었지만 그것도 잠시였다. 난 그녀에게 호감이 있었고, 그녀의 이야기가 재미있었다. 그녀를 알 수 있다는 생각에 열심히 들었다. 거기다 내 직업이 부끄러웠기 때문에 내 이야기를 풀어내기보다는 질문을 더 많이 했다.

승무원이 빈 식기를 회수하고 에피타이저를 그녀가 커피를 마시며 나를 보았다.

"궁금한 게 있는데 유진이랑은 잘 됐어요?"

9. 걸어볼까요? 운명에

"유진이요? 오늘 처음 만났잖아요."

 처음에는 나랑 잘되었으면 좋겠다는 이야기로 들었다. 그녀의 동그래진 눈에서 잘못되었다는 것을 깨닫고 재빨리 말을 바꾸었다.

"전 유진이라는 친구가 없는데요."
"에이, 부끄러워하지 말고요."

 그녀는 이렇게 말하고는 스마트폰을 스윽 내밀더니 나에게 영상을 보여줬다. 썸네일에는 나를 닮은 사람이 색색의 아프로 가발을 쓰고 있었다.

 심상치 않음을 느꼈다. 크게 숨을 내쉬고는 플레이 버튼을 눌렀다.

"안녕, 유진아. 오늘 컨디션은 어때? 아프진 않았어? 잠깐 어지러운 거 빈혈이라고 간단하게 생각하지 말고, 오늘은 건강검진 꼭 가 봐. 약속이다."

 남자는 느끼하게 말하고는, 새끼손가락을 들어 올렸다.

 '이 시키 뭐지? 또라인가?'라는 생각이 들었다. 어설픈 반주 연주가 시작되고 노래가 시작되었는데, 시작하자마자 영상을 정지했다.

 뭐지. 애. 이런 실력으로 왜 이런 걸 찍었지?
 그리고 이 여자애는 뭔데 이걸 나한테 보여주는 거지.
 주먹을 쥐었다가 폈다. 아마 이곳이 비행기가 아니었다면, 방방 뛰었을 것이었다.
 심호흡을 했다. 옆을 살짝 보았는데 그녀가 반짝반짝 빛나는 눈으로 날 보고 있었다. 확신과 기대에 찬 눈빛이었다.
 다시 플레이 버튼을 눌렀다. 액정이 미끌거리는 느낌이었다. 3분이 살짝 넘어가는 동영상을 겨우겨우 봤다.

"많이 닮았지만, 이거 저 아니에요. 그리고 이거 유진씨가 갖고 있는 파일인데 제가 어떻게 찍겠어요?"

"어, 이거 커뮤니티에 올라온 거 다운받은 거예요."
"이게 커뮤니티에 올라온 거라구요?"
너무 놀라서 침이 앞좌석 등받이까지 튀었다.
"네, 웃긴 영상으로 커뮤니티에서 꽤 추천 수도 많이 받았었는데……. 직접 올리신 거 아니에요?"
"세상에는 같은 사람이 몇 명 있다던데 그 사람인가 봐요."
"아….."
"그런데 유진씨 이름 계속 나오던데 유진씨 아는 사람 아니에요?"
"아니에요. 어느 날 갑자기 친구가 동영상 추천해줬어요. 여기 제 이름이 나온다구요. 들어가 봤더니 '100% 고백에 성공하는 생일 축하 노래'라고 쓰여 있어서 클릭했는데 이 동영상이었어요. 처음에는 웃긴 동영상인 줄 알았는데, 마치 나를 알고 부른 것처럼 맞아떨어지더라구요. 실제로 건강검진 했더니 병을 초기에 발견해서 치료도 했구요. 그래서 저장해놓고 기운이 떨어질 때마다 보다 보니 가사도 외워지고 목소리도 얼굴도 외워졌어요."
그녀는 여기까지 말하고 커피를 한 모금 마셨다.
"그래서 처음 봤을 때 정말 놀랐어요. 드디어 만났구나. 유진이랑은 잘 만나고 있을까? 유진이는 누구일까? 이 노래를 불렀던 상황은 어떤 상황이었던 걸까? 궁금한게 많았는데……."
"뭐 뻔하죠. 잘 안되었을 것 같은데요. 이런 노래 실력으로는 생겼던 마음도 사라질 것 같아요. "
"그럴 수도 있죠. 그런데 또 여자의 마음이란 게 그렇게 간단하지 않아요. 같은 유진이가 보증하는데 이 둘은 잘 되었을 거예요."
나는 그녀의 확신에 찬 얼굴을 보고 끄덕였다.

비행기가 착륙했다. 아린이는 정말 잠을 잘 잤다. 잠깐씩 물을 마시고 화장실 1번 다녀온 것 외에는 인천공항에 도착할 때까지 계속 잤다. 유진씨와는 말이 잘 통한다는 생각이 들었다. 이대로 헤어진다는 것이 아쉽다고 느껴졌다. 그래서 한편으로는 유진이를 알고 있다고 거짓말로라도 대답했어야 하는게 아닐까 하는 생각이 들 정도였다.

음악 소리가 들리자 사람들이 부스럭거리며 짐을 챙기기 시작했다.

"이 노래가 뭔지 아세요?"

짐을 다 챙긴 유진씨가 말했다.

"아니요. 모르겠어요."

"'Unforgettable'이라는 노래에요. 제목이 딱 여행의 마지막과 어울리죠. 이번 여행 좋은 추억으로 간직하세요."

그녀가 짐을 챙기고 나갔다. 잠깐 망설이다 그녀를 쫓아갔다.

"저, 제가 이런 말을 하는 사람이 아닌데……. 그러니까 이번 여행을 잊지 않으려고, 잊지 않기 위해선. 아니, 솔직히 마음에 들어서 그런데 연락처 주시면 안 될까요?"

그녀가 잠깐 생각하더니 말을 했다.

"기억이 안 나는데요. 누가 이렇게 말했다고 하네요. 우리가 같은 비행기를 탄 건 우연, 같이 이야기를 나누고 친해진 건 인연, 그래도 헤어지는 건 필연이라고."

"……."

"하지만 그럼에도 만나면 운명이라고. 걸어볼까요? 운명에."

그녀는 이렇게 말하고 웃으며 떠나갔다.

10. 이번 주말에 경주 갈래?

 문에서 딸랑거리는 소리에 눈을 돌렸다. 남욱이가 어슬렁거리며 들어왔다.
 "어이구, 스타 납셨네. 뭔데? 모자에 마스크까지……."
 "손님, 그런 말씀 하시면 안 됩니다. 여기 일하는 직원도 다 선생님 가족일 수도 있습니다."
 "저희 가족 중에는 이런 사람 없습니다."
 남욱이가 모자에 손을 뻗었다.
 "웬일이야?"
 손목을 가볍게 밀어냈다.
 "그냥 지나가다가. 근데 아직도 스타병이냐? 아무도 너 못 알아봐."
 "아니 그런 건 아닌데 아직도 갑자기 누가 '저기요' 그러면, 가슴이 쿵쾅거려."
 집에 도착하자마자 커뮤니티나 동영상 사이트에 올라가 있는 동영상과 댓글들을 찾아보았다. "1초에 기적의 비브라토가 36번. 신이 내린 바이브레이션"을 필두로 "인류의 원초적 리듬감을 보여준 창의적 무대.", "치명적이고 한 폭의 그림 같았다. 보기만 해도 풍요로움" 등과 놀리는 댓글들과 "야, 이 나쁜 놈들아, 우리 아픈 사촌 동생 음악으로 심리 치료받는다고 저렇게 연습한단 말이야. 놀리지 마라."라는 놀리는 건지 걱정하는 건지 알 수 없는 댓글들로 가득했다.

"야야. 너 그렇게 할수록 더 주목받는다. 그리고 서비스 직원이 이게 뭐야? 너 이러고는 컨설턴트를 했었다고 할 수 있냐?"

남욱이가 모자챙을 흔들었다.

"그만해, 사장님도 괜찮다고 하셨단 말이야."

"정말? 진짜?"

"어 스트레스성 탈모라 그랬거든."

나는 모자를 벗고 옆에 뻥 뚫린 머리를 보여줬다.

"이거 니가 직접 밀었어? 너 미쳤구나. 미쳤어. 어머니는?"

"수술 잘 끝나셨어."

귀국한 지 얼마 지나지 않아, 엄마 수술이 잡혔고 다행히 수술은 잘 끝났다. 퇴직금을 받아 수술비용을 내려고 입시 컨설턴트를 관두었다.

사실은 퇴직금이 문제가 아니었다. 비행기에서 그녀를 만나면서, 직업조차 밝히지 못하는 나 자신을 반성하게 되었다. 만약 그녀를 다시 만나게 된다면 나에 대해 떳떳하게 말하고 싶었다. 문제는 수중에 남은 돈은 거의 없었고 머리에 든 것도 없었다. 그래서 편의점을 다니며 공무원 시험을 준비하고 있었다.

"아린인가 걔하고는 이제 연락 안 하냐?"

"응. 아린이 고시 준비 들어갔어."

"걔 괜찮던데 잘해보지. 비행기에서 잠깐 만난 애한테 홀려서……."

"아린이는 나 같은 스타일 안 좋아해. 좀 더 스마트하고 딱 부러진 스타일 좋아해."

"하긴… 아, 이번 주말에 경주 갈래?"

그때 한 여자와 아이가 연달아 편의점으로 들어와서 모자를 눌러썼다.

"경주? 웬 경주?"

경주란 말을 듣자 가슴이 꽉 막히는 느낌이 들었다.

"진하가 너랑 카톡 하면서 경주 이야기를 했더니, 경주가 보고 싶대."

"좋겠네. 갔다 와. 근데 내가 너랑 경주 이야기를 했나? 왜 했지?"

"그걸 내가 아냐? 니가 시작했잖아."

남욱이의 말에 아닌데 아닌데 하며 갸웃거렸지만, 남욱이는 상관하지 않고 말을 이었다.

"너도 가자. 여기 있어서 뭐 해?"

"내가 연인끼리 놀러 가는데 같이 가서 뭐 하나?"

"아무 생각 없이 여러 사람이 놀러 가면 좋잖아."

그때 여자가 계산하러 카운터에 왔다. 그녀는 생수와 맥주를 내밀었다. 내가 계산을 하자 여자는 나갔다.

"남욱아, 저 여자 어디서 많이 보지 않았냐?"

"멘트가 너무 후지잖아."

남욱이가 수도로 내 목을 치며 말했다.

"뭐가?"

"첫눈에 반했습니다가 낫지. 안 그래?"

"하. 말을 말자."

"남중 남고 나오고 여자친구 없는 네가 나을까? 아니면 남녀공학을 나와서 여자친구 있는 내가 나을까?"

이 녀석 묘하게 설득력 있잖아. 나는 화제를 돌렸다.

"여하튼 경주 안 가. 너희들끼리 갔다 와."
꼬마 아이가 계산하러 왔다.
"아저씨. 경주 가."
꼬마 아이는 이렇게 말하며, 계산대에 음료수를 놓으며 손을 뻗었다.
손을 뻗기만 했는데도 식은땀이 흐르는 것이 느껴졌다.
"왜 내가 경주에 가야 할까?"
계산을 하며 말했다.
"아저씨, 집에서 게임만 하죠? 딱 보면 알아요. 밖에 좀 나가고 그래요."
"꼬마가 완전히 도사네. 가자."
남욱이가 큭큭 웃으며 내 어깨를 쳤다.

 인터넷으로 들은 강의 내용을 정리하기 위해, 직접 문제를 내고 답을 쓰는 방식으로 공책에 필기하고 있었다. 볼펜이 공책을 긁는 소리와 함께 소리와 책상에서 팔을 뗄 때마다 '쓰압' 하는 소리가 났다.
 손을 멈추면 잡생각이 들기 때문에 부지런히 움직였다. '현재에 최선을 다하자. 현재에 최선을 다하자.'를 되뇌었다. 글씨가 엉망이라서 공책에는 낙서인지 글씨인지 모를 것이 채워지고 있었다.
 분위기에 휩쓸려 경주에 간다고는 말했지만, 결정한 이후로는 이상하게 마음이 불안하고 떨려 왔다. 결국 집에 돌아오면서 소주를 한 병 사고 말았다. 냉장고에서 폐기 음식을 꺼낸 다음 소주 한 병을 들고 방에 들어왔다. 녹색 병에 맺힌 물방울들을 바라보자 잠시나마 마음이 안정되는 것 같았다.
 소주를 잔에 따르고 도시락을 뜯었다.

문이 벌컥 열렸다.
"아니, 공부하면서 무슨 술이니?"
"엄마, 문을 벌컥벌컥 열지 말랬잖아."
"그러니까 술을 왜 마시냐고?"
"아니 그냥 딱 한 잔만 하는 거야. 반주로."
"적당히 좀 해."
엄마는 이렇게 말하며 문을 닫았다.
왠지, 수술 이후에는 힘이 좀 빠진 것 같았다.
소주잔을 들고 나가 싱크대에 부었다.
"자, 됐지."
"쇼하지 말고. 적당히 해."
"알았어."
 밥을 먹고 잠시 산책하기 위해 집을 나섰다. 발길 닿는 대로 걷기 시작했다. 얼마 안 걷자 술집이 모여 있는 거리가 나왔다. 거리 곳곳에 담배를 피우며 사람들과 좌판에 앉아 시끌벅적하게 떠들어대는 사람들로 가득했다.
 거리를 지나쳐 단골 PC방 앞에 도착했다. 습관적으로 PC방이 있는 2층으로 걸어 올라갔지만 문 앞에서 다시 내려왔다. PC방도 마음에 내키지 않았다. 남욱이에게 전화를 해볼까 하고 스마트폰을 만지작거리다 주머니에 다시 넣었다. 무엇을 하고 싶은지도 모르겠고 혼란스러운 감정뿐이었다.
 다시 걷기 시작했다. 그러다 공원에 도착했다. 잠깐 평행봉에 매달렸다가 벤치에 앉았다. 스마트폰을 들어 오늘의 연예뉴스 따위를 찾아보다가 모바일 게임을 켰다 껐다 반복했다. 그마저도 지루해지자 집으로 향했다.
 집은 불이 꺼져있었다. 방으로 들어가자 책상 위에 있던 소주병 주변으로 이슬이 고여 있었다. 소주병을 잡고 들이켰다. 뜨겁고도 시원한 무언가가 목으로 넘어가면서 온몸을 찌르르 울렸다.

 우리는 경주에 있는 한옥 카페 구석에 앉아 있었다. 새벽같이 KTX를 타고 내려왔는데, 경주에서도 기분 전환이 되지 않으면 한시라도 빨리 올라올 생각이었다. 카페에서는 나랑 남욱이가 마주 보고 있었고 그 옆에 진하가 있었다. 나는 빨대를 잘근잘근 씹고 있었고, 남욱이는 하품을 하고 있었으며 진하는 스마트폰으로 검색하고 있었다.
 "우리 어디 가볼까?"
 남욱이가 말했다.
 "아니, 너희들끼리가. 나는 나 혼자 보낼게."
 "괜찮겠어."
 "내가 애냐?"
 "그럼 좀 이따가 봐."
 둘은 일어나서 카페를 나갔다. 나는 카페에 가만히 있었다. 잠시 컵에 맺혀 있는 물방울들을 바라보다가 창밖으로 시선을 돌렸다. 창밖에는 많은 사람들이 지나가고 있었다. 문득 고등학생들이 즐겁게 이야기하며 지나가는 모습이 보였다.
 눈을 비비었다. 심장이 빠른 속도로 뛰고 마음속 깊이 찌릿한 감정이 느껴졌다. 시간이 천천히 흘렀다. 시선은 고등학생들이 거리를 꺾어 사라진 다음에도 그들이 사라진 골목을 계속 향해 있었다.
 수첩을 꺼내어 낙서를 시작했는데 어떤 이미지가 점차 머릿속에 떠오르기 시작했다. 의식이 모이고 감정은 소용돌이치며 한 점으로 합쳐졌다. 손이 빨라지며 점차 윤곽이 또렷해지면서 형태가 잡히기 시작했다.
 그리고 한 차례 열정이 태풍이 지나간 것처럼 잠잠해졌을 때는 머리를 묶고 있는 여자 고등학생이 그려져 있었다. 수첩을 보며 기억하려고 했지만, 누군지 기억이 나지를 않았다. 교복은 처음 보는 것이었으며 조금 전 길거리에서 본 고등학생도 닮지 않았다.

잠시 동안 그것을 바라보았다.

아, 진짜 엄마 말대로 이제는 술 좀 그만 먹어야지. 벌써 치매네.

수첩을 주머니에 넣고는 카페에 나와서 버스를 탔다. 버스는 정류소에서 가만히 앉아 있다가 가장 사람이 없는 것을 골라서 탔다. 어차피 정해진 장소가 없으니 그냥 가다가 마음에 드는 곳에서 내릴 생각이었다. 창문을 통해 경주를 바라보며 이어폰을 꽂고 음악을 들었다.

누군가가 나를 흔들어 깨워서 눈을 떠보니 버스 기사 아저씨가 있었다. 죄송하다는 인사를 하고 버스에서 내렸다. 완전 산이었다. 다행히 기울어진 버스 정류장 표시판에는 이 버스 외에 다른 버스들도 표시되어 있었다.

앉을 곳도 없는 버스 정류장에서 왔다 갔다 했다. 태양이 내리쬐고 있어서 땀에 등이 젖었다. 나무 그늘에 주저앉아서 주변의 풍경을 구경했다. 흙바닥 위를 기어다니는 개미들과 바람에 흔들리는 풀들과 하늘에 떠다니는 구름을 가만히 보았다.

수첩을 꺼내 다시 그림을 보았다. 아까는 잠시 동안 봐서 못 알아본 것이고 집중해서 제대로 보면 기억할지도 모른다는 생각이 들었다. 팔짱을 끼고 뚫어지도록 수첩을 보았다. 아무리 생각해봐도 누구인지 모르겠다. 한순간의 열정으로 그려서 제대로 표현하지 못한 것이 아닐까 하는 생각이 들었다. 실제로도 선이 거칠고 완성되지 않은 느낌이 강하게 들었다. 좀 더 자세하게 명확하게 묘사하면 기억이 날까 싶어, 의식을 더듬으며 수정해야 할 점을 찾아보았다.

한 30분을 그러고 있었을까.

버스가 도착했다.

버스를 타자마자 창문을 열었다. 땀에 젖은 셔츠를 펄럭이며 땀을 식혀 주었는데 버스 옆으로 호수가 보였다. 호수에서 불어오는 바람이 시원했다. 바람의 손짓에 버스에서 내렸다. 호수를 따라 걸어 다녔는데 차도 위로 자동차가 지나가는 소리가 들렸지만 그래도 호수가 주는 잔잔함과 만져질 듯한 바람이 좋았다.

걷다가 보니 이상하게도 와본 것 같은 느낌이 들었다.

'데쟈뷰인가⋯⋯. 내가 전생에 경주 화랑 출신이었나 보다.' 하고 쓸데없는 생각이 들었다.

갑자기 돌풍이 불었다.

나무 사이로 무언가가 후드득 떨어졌다.

무엇인가 그립고도 따뜻한 것이 마음속에 차오르는 것이 느껴졌다. 그래. 이 느낌이었다. 그림을 그릴 때도 바라볼 때도 이 기분이었다. 단지 놀랍고도 당황스러워서 제대로 느낄 수 없었던 감정이 구체화되는 것 같았다.

그 감정들을 토대로 머릿속에서 무언가 스멀스멀 기억이 나려고 했다.

스멀스멀?

머리에 손을 얹었다. 스멀스멀하고 꿈틀꿈틀하는 무언가를 향해 손을 천천히 뻗었다.

에이. 송충이였다.

머리를 숙이고 털어내어 송충이를 털어내었다. 송충이는 바닥에 떨어져서 열심히 흙 위를 기어갔다. 송충이를 나뭇가지로 떠서 옆에 있던 나무 위에 올려주었다.

조금 전의 감정은 이미 날아가 버린 뒤였다. 다시 걷기 시작했다. 그러다 버드파크와 동궁원 매표소 앞에서 멈춰 섰다. 경주에 국토 대장정을 하러 온 것도 아니고 걷기 지쳐서 끌려가듯

들어갔다.

 그 와중에 왠지 버드파크는 흥미가 없어서 동궁원만 입장권을 끊고 들어갔다. 동궁원은 유리로 만든 왕궁 같았는데 들어서자 장마철에 비온 뒤의 숲을 걸어 다니는 신선함과 촉촉함이 느껴졌다. 햇볕은 유리를 감싸 안으며 따스하게 흐르고 있었고 다양한 식물과 허브들이 보였다.

 숨을 크게 들이마셨다.

 그러자 몸이 이완되면서 이제까지 돌아다닌 피로가 몰려왔다. 우선 벤치를 찾아 앉았다. 왠지 눕고 싶어져서 잠시 누워 눈을 감았다.

 체력이 좀 회복된 것 같아서 자세를 고쳐 앉았다. 그리고는 주머니에서 수첩을 꺼내었다. 수첩을 들고 아까 느꼈던 부분을 수정하기 시작했다. 작업은 즐거웠다. 흙 속에 묻혀있던 보물을 발굴하듯 무의식 속에 잠들어 있는 뮤즈를 조심스럽고 세심하게 작업했다. 어느 정도 완성이 되자 수첩을 들었다. 유리 천장에서 내려오는 햇살에 그림이 환하게 빛났다.

11. 한국에 잘 돌아왔다

"유진 쌤, 생수병은 왜 이렇게 4병이나 쌓아 놨어요?"
"음, 이거 제가 다 마실 거예요. 오늘 음식을 좀 짜게 먹었나 봐요."
나는 생수 4병을 두 팔로 감싸 안으며 말했다.
"유진 쌤, 긴장했구나. 그냥 어린애들 대상으로 하는 거니까 마음 편히 먹어요."
복지사 선생님이 파이팅을 해주었다.
양손을 흔들며 복지사 선생님을 향해 웃었다. 복지사 선생님이 나가자 생수병으로 시선을 돌렸다. 다 마시지도 않고 다시 딴 500ml 생수 4병을 바라보면서 참 유난스럽다고 생각했다. 중요한 연주를 앞둘 때면 내가 입을 댄 생수병임에도 불구하고 이상하게도 불안했다. 왠지 보이지 않는 박테리아가 수없이 증식하여, 배가 아파 화장실로 달려갈 것 같은 느낌이었다.
이번 연주회도 마찬가지였다. "식물과 함께하는 치유의 연주회"라는 거창한 이름이 붙였지만, 사실은 경주의 한 복지관에서 아이들을 위해 기획한 조그마한 연주회였다. 집 근처 복지관에서 아이들과 어르신들을 위해 한두 번 연주를 했었는데 복지관을 견학 왔던 사회복지사의 부탁으로 오게 된 것이다.

연주회는 꽃과 식물을 객석 곳곳에 놓고, 아이들이 꽃의 향기와 식물의 에너지를 느끼며 음악을 들을 수 있게 구성되어 있었다. 아이들 연주회지만, 정성을 쏟다 보면 생각보다 복잡하고 신경 써야 할 게 많았다.

우선 식물과 함께하는 것이기 때문에, 꽃과 식물을 고르는 것이 제일 중요하다. 한 번은 관객이 자기가 좋아하는 꽃을 가져왔는데, 알레르기가 있는 사람에게는 독성이 있는 꽃이라 곤란했던 경우도 있었다. 다음으로는 습도와 조도가 중요하다. 식물에 생동감을 불어 넣어주기 위해서는 습도를 조절해줘야 하고, 꽃의 화려하면서도 은은한 매력을 뽐내주기 위해 조도를 조절해 주어야 한다.

결국 이 모든 게 조화를 이루어야 한다.

관객이 아이들이라고 해서 연주회를 소홀히 할 수는 없고, 쉽지도 않다. 말 그대로 치유의 연주회이고, 그들에게는 이 연주회의 경험이 평생을 좌우할 수 있기 때문이다.

"연주자님, 시간이 되었어요."

진행요원의 안내를 따라 무대의 뒤편에 섰다.

심호흡을 하고 무대에 들어서자 박수 소리가 들렸고, 조명이 화살처럼 쏟아졌다. 인사를 하고 자리에 앉아 악기에 손을 댔는데 벌써부터 손끝에 땀이 맺힌 것 같았다.

이미지를 잡기 위해 대학교 때를 상상했다. 당시 경험했던 좌절감과 외로움 그리고 방황을 겪는 자신이 관객으로 와있고, 지금의 내가 그때의 나에게 음악을 들려준다고 마음먹었다. 집중력이 현처럼 팽팽해지고 몸이 달아올랐다.

연주가 시작되었다.

첫 음이 중요하다. 때로는 첫 음에 따라 그날이 집중력이 결정되기도 한다. 대학교 중간고사 때였다. 연주하는데 음악에 신경이 쓰이지 않고, 연주하는 그림자에 눈이 계속 갔다. 바람에 흔들리고 있는 갈대처럼 여기저기 휘청거리는 그림자를 보고, 머리에 꽃을 꽂고 돌아다니는 미친년이 따로 있는 게 아니구나 하고 생각했다. 그리고 그것을 의식하자 미묘하게 음이 튀고 박자가 밀리기 시작하더니 말도 안 되게 시험을 망쳤던 일이 있었다.

숨을 가다듬었다.

첫 음이 계곡의 시냇물처럼 맑고 기분 좋게 연주회장을 채웠다. 마음이 편안해졌다. 연주회에는 이제 음악만이 존재한다. 음악만이 들리고 아무런 생각이 떠오르지 않는다. 하지만 그게 문제가 되지 않는다. 음악이 말 그대로 이끌어주니까.

연주를 마치자 깊이 잠수했다가 올라온 듯 숨을 토해냈다. 어깨가 들썩이고 땀이 흩날렸다. 박수 소리가 파도처럼 철썩였다.

성공이라고 확신했다. 주먹을 꽉 쥐었다.

연주회가 끝나고 대기실에서 잠시 숨을 고르고 있을 때였다.

누군가가 노크를 했다.

문을 열자 장미꽃을 든 남자 한 명과 그 뒤로 모녀지간으로 보이는 소녀와 중년 아주머니가 있었다.

"안녕하세요. 우리 또 만났네요."

남자가 장미꽃을 주며 말했다.

"다시 만나면 운명이라고 말했잖아요. 우리 운명인가 봐요."

나는 '아' 하고 탄성을 질렀다. 경주로 내려오는 KTX에서 끈질기게 연락처를 물어오던 남자였다. '이젠 레파토리를 바꿔야겠다.'라고 생각했다.

"장미꽃을 사 왔어요. 당신처럼 아름다운."

"전 장미처럼 화려한 건 안 어울려요. 그래서 잡초나 이름 모를 풀 같은 거 좋아해요. 개미취 같은?"

양손으로 그를 밀어내듯 손을 살짝 뻗었다.

"네? 미쳤다구요?"

"아뇨. 개미취요. 국화과의 식물로 보라색 잎과 노란색의 암술과 수술이 매우 예쁜 꽃인데."

"이름 모를 꽃이라… 그럴 수도 있겠네요. 당신의 아름다움은 어디든 있으니까."

눈동자가 오른쪽 45도로 향했다. 이 상황을 벗어나기가 쉽지 않을 것이란 것이 느껴졌다. 화제를 바꿔야 했다.

"이모 오셨네요. 잘 오셨어요. 언제 오시나 기다렸어요. 어서 들어오세요."

중년의 아주머니와 소녀를 이끌었다.

"죄송해요. 친척이 와서요. 마음만 받을게요."

이렇게 말하고 문을 닫았다.

"놀라셨죠. 죄송해요. 이상한 남자가 쫓아와서요."

고슴도치가 가시를 세운 것처럼 놀라 있는 두 사람을 보며 말했다.

"괜찮아요. 아, 저희 딸이 연주자님 연주를 너무 좋아해서요. 원래 수줍음이 많은 아이인데 처음으로 인사드리게 해달라고 졸라서 이렇게 결례를 무릅쓰고 찾아오게 됐네요."

"아니에요. 게다가 덕분에 제가 도움까지 받았는데요. 안녕. 만나서 반가워."

소녀에게 손을 내밀었다.

"멋졌다. 연주."

소녀가 악수하며 말했다.

11. 한국에 잘 돌아왔다

"고마워."라고 하며 소녀의 얼굴을 다시 보았다. 낯이 익었다. 소녀의 목에 걸린 가운데 뻥 뚫린 목걸이에 시선이 멈췄다. 특이한 목걸이와 주술 구조를 거꾸로 말하는 이상한 아이를 기억 못 할 리가 없는데…….

이렇게 생각하고 있는데 아주머니가 꽃다발을 팔에 안겼다.

그리고는 낡은 폴라로이드 사진기를 꺼내며, "혹시 사진 한 장 찍어주실 수 있을까요?"라고 말했다.

"물론이죠"

소녀에게 꽃다발을 들게 한 후, 소녀의 어깨에 오른손을 얹고 왼손으로는 V자 표시를 했다.

아주머니는 사진을 2번 찍었고, 한 장은 나에게 건네주었다.

폴라로이드 사진의 인화를 기다리는데 아주머니의 전화벨이 울렸다.

"아, 네. 바로 가겠습니다. 차 좀 빼달라고 하네요. 언니한테 인사하고 이만 가자."

"못했다. 아직, 이야기."

"오늘따라 왜 이렇게 고집을 부릴까?"

아주머니는 소녀를 끌고 가려고 했으나 소녀는 끝까지 버텼다.

"어머니, 제가 잠깐 보고 있을게요. 그동안 이야기도 하고, 우선 차 빼주고 오세요."

아주머니는 죄송하다는 말과 금방 오겠다는 말을 연신 하고는 대기실을 나갔다.

"우리 어디서 봤었니? 낯이 익네."

닫힌 대기실 문고리를 돌려서 잠겼는지 확인하며 말했다.

"있다."

"정말? 그렇지. 언제?"

"시공간의 뒤틀림 안에서."

아… 게임을 좋아하는 애구나.

고개를 끄덕였다.
"못 믿는군."
소녀는 자신의 목걸이를 빼서 나에게 내밀었다. 돌이었는데, 가운데가 뻥 뚫려있어 반지처럼 생긴 목걸이였다.
"주랬다. 친구가."
"그래? 어떤 친구가?"
소녀의 눈은 목걸이를 바라보고 있었다.
"설마? 목걸이가 친구란 건 아니지?"
소녀는 고개를 저었다.
귀신 같은 건 딱 질색인데⋯ 남의 물건 함부로 받는거 아닌데⋯⋯.
내가 머뭇거리자, 소녀는 "괜찮아. 이 목걸이, 이루어준다. 소원."이라고 말하며 다시 내밀었다.
"그러니⋯⋯. 넌 무슨 소원 빌었는데?"
"친구, 내 소원. 위로와 용기."
"그렇게 소중한 걸 나한테 주면 안 되지 않아?"
"만남이 있으면 헤어짐도 있다."
소녀는 이렇게 말하며 들고 있던 목걸이를 나에게 걸어주었다.
악, 받아 버렸어. 쉽게 숙여버린 나의 저렴한 모가지를 손날로 응징했다.
아주머니가 문을 두들기는 소리가 들렸다.
문을 열어주자, 소녀는 엄마에게 쪼르르 달려갔다.
"어머 죄송해요. 이제 이야기 끝났어?"
"했다. 충분히."
"그럼 가자. 오늘 연주 너무 좋았어요. 애까지 봐주시고 너무 감사합니다. 응원할게요."
아주머니가 소녀를 데리고 나가기 위해 손을 잡고 이끌었다.
소녀가 뒤를 보며, "한국에 잘 돌아왔다." 라고 말했다.

11. 한국에 잘 돌아왔다

"고마워."라고 말하며 손을 흔들었다.

폭풍이 휩쓸고 간 것처럼 그들이 나간 후 잠시 숨을 골랐다. 거울을 바라보았다. 반지 모양의 돌에 낡은 가죽끈이 연결된 목걸이. 소녀가 했던 말이 생각나서 얼른 벗어버렸다. 이거 귀신 들린 거 아냐. 버릴까 말까 고민했다. 소녀의 마지막 말이 떠올랐다. 한국에 잘 돌아왔다…….

'한국에 잘 돌아왔다'라는 말을 들은 건 한국에 돌아온 지 1년 만에 처음이었다. 한국에는 추억이 없다. 추억이 없는 곳에는 미련도 그리움도 없다. 나도 의문이었다. 왜 한국에 돌아왔는지.

1년 전, 병실에서 눈이 뜨였다. 그렇다. 그랬다고 봐야 한다. 뜰 생각이 없었는데 뜨였으니까. 처음에는 모든 것이 뿌옇게 보였다. 눈을 깜빡거렸다. 하지만 마음처럼 움직이지 않았다. 아마 오랜만에 눈을 떠서인 것 같았다. 천천히 그리고 조심스럽게 깜빡였다. 창문으로 들어오는 햇빛 때문에 눈이 시렸다.

다음에 수술이 끝나면 소나기가 오거나, 구름 낀 날에 눈을 떠야겠다고 생각했다.

엄마와 눈이 마주쳤다.

"유진아."

엄마가 외치면서 달려오자, 아빠 그리고 이모까지 달려와 둘러쌌다.

"괜찮아? 선생님이 수술 잘 되었대."

"건강검진 수시로 받은 게 신의 한 수였다고 말씀하시더라."

엄마는 볼에 손을 대며 말했다. 시원해서 정신이 좀 더 또렷해지는 느낌이었다.

"거봐. 내가 뭐랬어. 엄마가 바보 같다고 말한 동영상이 나한

텐 행운이랬지."
 몸을 일으키려고 했다. 하지만 힘이 들어가지 않아, 몸을 들썩일 뿐이었다.
 "수술하고 지금 막 일어나서 그래. 좀 더 자고 수술 후유증이 없어지면 괜찮아질 거야."
 엄마는 버튼을 눌러 등받이 부분을 세워주었다. 그리고 물을 한잔 따라 주셨다.
 혀에 물을 적셨다. 온몸이 물을 흡수하고, 신선함이 몸의 감각을 일깨워주었다. 그러나 물을 넘길 힘조차도 없어 입을 떼야 했다.
 엄마는 옆에 앉아 잠들어 있는 동안 있었던 일들에 대하여 말해 주기도 하고, 문병 왔던 친구들이 가져다준 응원 메시지가 담긴 롤링페이퍼를 보여주기도 했다. 엄마가 롤링페이퍼를 펼때 떨어진 그림에 시선이 꽂혔다.
 "엄마, 저 그림은 뭐야?"
 "글쎄. 친구들이 롤링페이퍼하면서 같이 그려준 거 아니야? 그런 줄 알고 같이 넣어둔 건데."
 "이상한데? 이거 고등학교 때 교복이라 미국 친구들은 잘 모를 텐데."
 "정말? 진짜네. 친구가 고등학교 때 사진 보고 그린 거 아닐까?"
 "사진이나 앨범을 보여준 적 없었는데."
 "잘 생각해 봐."
 엄마의 말에 유진은 차분히 생각해 보았다. 하지만 아무것도 떠오르지 않았고 오른쪽 관자놀이가 지끈지끈 아팠다.
 "수술한 지 얼마 안 되었는데 무리하지 말고 쉬어."
 내가 인상을 찡그리자 엄마가 등받이를 내리며 말을 했다.
 다시 눈을 감았다.

11. 한국에 잘 돌아왔다

그로부터 2개월이 지났다. 2개월 동안은 병원에서 지냈다. 퇴원한 후에는 1년 동안은 학교를 쉬기로 했다. 한국이 좀 더 편하게 쉴 수 있기 때문에, 한국으로 돌아가기로 했는데 아빠도 허락해주셨다.

컨디션은 점점 올라왔고, 기억은 또렷해졌지만 그림에 대해서는 오리무중이었다. 미국에 있는 친구들은 모두 모른다고 했고, 친구 중 한 명은 수호천사가 준 선물이라고 호들갑을 떨었다.

친구들의 장난이라고 생각했지만, 그래도 왠지 모르게 그것을 바라보고 있으면, 때로는 마음속에 따뜻한 우유가 스며들고, 한편으로는 차갑고 씁쓸한 아이스아메리카노가 찰랑거리는 것 같아서, 그것을 롤링페이퍼와 같이 보관하지 않고 따로 앨범에 넣었다.

한국으로 돌아가는 날짜가 결정되자 진행은 일사천리로 이루어졌다. 이상하게도 누군가 초시계로 시간을 재는 듯, 날짜가 다가올수록 심장이 두근거려 잠을 이룰 수 없을 정도였다.

나는 듯이 공항으로 가서 비행기를 타고 한국에 도착했다. 집에 도착하자마자, 짐을 풀지도 않고 한국에 적응도 할 겸 걸어볼 요량으로 우선 밖으로 나갔다. 너무 오랜만이라 그런 것인지 모르겠지만, 학교에는 잔디밭이 생겼고, 거리에는 리모델링한 건물들이 불쑥불쑥 솟아있었다. 자주 갔었던 분식집은 핫도그집으로 바뀌어 있었다. 바뀌지 않은 것이라면 집 앞에 있는 허접한 공원이 있었다. 아직도 벤치 한 개와 평행봉 한 개만이 덩그러니 있었다. 식은 핫도그를 베어 물면서 느꼈다. 이곳에서 나는 혼자이고 아무것도 남아 있지 않다는 것을.

경주에 있는 시장을 돌아다녔다. 머리가 복잡할 때는 여기저기 걸어 다니는 버릇이 있었는데 마침 봐둔 식당도 있었다. 어제도 긴장을 풀 겸 돌아다니다 발견한 닭똥집 가게였다. 보통 때 같으면 룰루랄라 하고 들어갔을 테지만 연주회 때문에 오늘로 미룬 것이다.

 사람마다 중요한 일을 앞두고 준비하는 방법은 다르겠지만 나는 까탈스러워진다. 중요한 연주가 있으면 사흘 전부터는 샐러드와 스콘만 먹는다. 샐러드는 체중과 컨디션을 관리하기 위해서이고 스콘은 좋아하기 때문에 먹는 일종의 보상이다. 물은 늘 먹던 생수를 마시고 잠은 여름이라도 땀이 푹 날 정도 잠옷을 입고 이불을 덮고 잔다.

 연주회 날에는 보통 아침과 점심 사이에 간단한 식사를 하고, 이후로는 물을 입술과 혀에만 적셔 갈증을 해결할 정도로만 유지한다.

 나는 내가 음악으로 최고도 아니었고, 최고가 될 것이라는 생각을 고등학교 때 이미 접었다. 하지만 관객들에게 내가 가진 최고의 모습을 보여주고 싶다. 그게 음악이든 보이는 것이든.

 이런 긴장은 연주회가 끝나고 나서도 어느 정도 유지된다. 편한 옷으로 갈아입고 어두컴컴해진 대기실을 나서면 위가 천천히 움직이기 시작한다. 시장에서도 돌아다니다가 가장 맛있게 먹을 수 있을 만큼 허기질 때 가게 앞에 섰다.

 가게는 문이 닫혀있었다. 유리창에 붙어 내부를 들여다보았다. 불이 꺼진 가게 CCTV의 불빛이 번쩍였다.

 "아야, 우야꼬? 오늘 사장님 안 나오신데이."

 옆집에서 분식을 팔고 있는 아주머니가 말씀하셨다.

 "어제는 여셨던데 무슨 일 있으세요?"

 "맞나? 영감님이 많이 아프시다카이. 가끔 문 닫으시고 병원에 모시러 갔다 오신다 안카나."

 고개를 끄덕이고는 아주머니에게 "감사합니다."라고 인사드렸다.

근처 편의점에 들어갔다. 편의점에는 점원과 남자 한 명이 이야기를 나누고 있었다. 선반에 가서 물을 고르며 일찍 집으로 올라가야겠다고 생각했다.

"누나, 나는 녹차가 좋아. 보성 녹차."

라는 소리가 들렸다.

고개를 내려보니, 웬 꼬마 아이가 있었다.

"그러니?"

"응. 사이다 안 좋아해. 과자는 봉지보다 각에든 쿠키 같은 거 좋아하고."

"어린애치고는 입맛이 어른스럽구나."

"응. 그래서 다들 애 늙은이라고 해. 그런데 누나. 목걸이를 들고만 다니면 아무 소용이 없대. 목에 걸어야 한대."

꼬마가 주머니를 보며 말했다. 목걸이가 주머니 안에서 빠져나와 있었다.

"안 그러면 이렇게 이 녀석은 도망치려고 한다고."

"고마워."

어색한 웃음을 지으며 목걸이를 가방에 쑤셔 넣었다.

생수 하나와 샐러드 그리고 스콘을 결제했다. 숙소로 돌아와 짐을 싸고 바로 KTX 역으로 향했다. 열차 안에 들어서자 밤안개가 내려앉은 것처럼 눅눅하고 무거웠다. 열차가 바람을 가르며 달리는 소리만이 들렸다. 편의점에서 산 음식들을 꺼내었다.

조촐한 음식을 보면서 '하루 더 다이어트하지 뭐. 더 이뻐지겠네.' 라고 생각했다. 열차 안에서 졸고 있거나 노트북으로 업무를 보는 사람들에게 냄새를 풍길까 싶어서 꾸역꾸역 입에 넣었다.

산과 나무들 사이로 몇 개의 불빛만 보이는 시골을 지나쳤다. 트레이에 올려놨던 가방에서 돌을 꺼냈다.

이게 페어리스톤이라고?

목에 걸어보았다.

생각보다 묵직했다. 손으로 만져보니 맨들맨들해서 부드러웠다.

좋네. 가끔 차 보지, 뭐.

집에 도착하니 엄마가 놀랐다.

"그냥 뭐 할 거 없어서. 엄마랑 놀려고 왔지."라고 말했다. 그리고는 경주에서 있었던 일을 말씀드렸다. 페어리스톤을 엄마에게 보여줬더니 "우리 딸은 뭐든지 잘 어울리네."라고 말씀하셨다.

"헤헷" 하고 웃었다. 엄마의 칭찬이었지만 기분은 나쁘지 않았다.

이리저리 거울을 보다 어떻게 잠이 드는지도 모르게 잠이 들었다.

**

주위가 하얀 연기로 덮여있었다. 처음에는 안개라고 생각했지만, 과연 안개가 맞는가 하는 생각이 들었다. 연기가 얼마나 심한지 내 손을 보기 위해서는 눈앞으로 손을 들어올려야 했다. 재난영화에서 불타는 건물의 밀실에 갇힌 배우 같았다.

천천히 일어났다. 내가 어디에 있는지 궁금했다. 자리에 쪼그려 앉아 얼굴을 가까이 갖다 댔다.

벤치였다.

손가락으로 꾹 눌러보았다.

딱딱했다.

꿈인데도 이렇게 실제처럼 느껴지다니. 이런 게 자각몽?

귀를 기울이자 웅웅거리는 소리가 들렸다. 리듬감이 있어 음악

소리 같기도 하고, 물이 흐르는 소리 같기도 했다.

뒤를 돌아보았다.

멀리서 거대한 무언가가 머리부터 발끝까지 거대한 구슬들이 눈처럼 달려 여러 가지 빛을 쏘아대고 있었다.

눈을 감으며 비명을 질렀다.

그때 누군가 옆에서 말했다.

"괜찮아."

따뜻한 목소리에 눈을 떴다.

빛이 들어왔다. 눈이 부셨다.

눈을 깜박이는데, "체온을 높이기 위해 체온향상시스템이 운용됩니다."라고 저음의 남자 목소리가 들렸다. 갑자기 툭툭하고 단추가 터지는 듯한 소리가 났다. 가슴과 등, 배에서 따뜻한 느낌이 퍼졌다. 손목이 떨려 바라보니 시계에 맥박과 체온이 표시되고 있었다.

그리고 옆으로 '긴급구조요청시스템 발동'이라는 문구가 떠올랐다.

무언가 일이 커질 것같은 예감에, X 표시를 누르고 주위를 둘러보았다.

카페였는데, 흰색과 회색 톤의 실내 곳곳에는 그림들이 걸려있었다. 주위에는 이야기를 나누는 2명의 남자와 태블릿으로 무언가를 하는 여자 한 명이 있었다.

여긴 어디지? 여기서 무엇을 하고 있던 거지?

살짝 입을 벌렸는데 가뭄이 온 것처럼 입안이 쩍쩍 갈라졌다.

아아. 아이스 아메리카노가 먼저다.

주문하러 카운터로 갔다.

그런데 로봇이 있었다.

은색이었고 반들반들한 머리에 인간형 손으로 커피를 만들고 있었다. 동그란 눈을 이리저리 굴리며 살펴보고 있었다.

로봇은 유리막 안쪽 있어서, 직접 만져보거나 주문할 수는 없었다. 이리저리 주문하는 곳을 찾아보고 있는데, 로봇이 "주문은 테이블에서 해주십시오."라고 말했다. 내가 어리둥절하게 하고 있자 안내를 반복했다.

얼굴이 붉어져서 원래 자리로 돌아왔다.

테이블을 앉아서 이리저리 살펴보았는데 주문하는 곳을 찾을 수 없었다.

목은 마르고, 이 상황은 이해되지 않고, 여기가 어딘지도 알 수 없었다. 난 내가 마지막에 무엇을 먹었는지 생각했다. 거기에 무언가 이상한 게 섞여 있던 것이 틀림없었다.

편의점에라도 가봐야겠다고 생각하고 일어날 때였다.

여자 한 명이 나에게 반갑게 손을 흔들며 문을 열고 들어왔다.

"안녕하세요. 작곡가님. 일찍 오셨네요."

그녀는 나의 두 손을 맞잡으며 웃었다. 그러자 머릿속을 쨍하고 찌르는 느낌과 함께 그녀가 누군지 떠올랐다.

"안녕하세요. 회계사님. 오랜만이에요."

우리는 이렇게 인사한 후 자리에 앉았다.

"뭐 좀 시키고 계시지?"

"저도 온 지 얼마 안 됐어요."

"그래요? 다행이다. 늦은 줄 알고 힐레벌떡 뛰어왔어요."

그녀는 이렇게 말하며 탁자의 구석을 눌렀다. 그러자 책상 한 곳이 액정처럼 바뀌며 메뉴가 띄워졌다. 난 '아아' 하고 감탄했다.

"뭐 드시겠어요? 추천메뉴로 페퍼민트 뜨는데 괜찮아요?"

"아니요, 전 아이스 아메리카노 주세요."

"어, 염색체에서 카페인 분해하지 못한다고 경고 나오는데 괜찮아요?"

"네? 제가요?"

"회원 가입하면서 DNA 정보 저장해놓으신 거 아니에요?"
그녀의 말을 믿지 못하여 메뉴판에 시선을 던졌다. 정말 아메리카노 메뉴에 빨갛게 경고 표시가 되어 있었다. 메뉴 추가 버튼을 누르자 1/2샷이라고 설정되어 있었다. 세 번을 눌러 2샷을 만들어 주문을 눌렀다.
"많이 바쁘셨죠?"
회계사도 메뉴 선택을 마친 후 주문을 눌렀다.
"네, 사실 뭐가 뭔지도 모를 정도로 정신이 없네요."
"그러실 거 같아요. 그런데 이번 노래는 정말 좋은 것 같아요."
"아, 그래요. 감사합니다."
무슨 말인지 몰랐지만 우선 칭찬해주는 거니, 머리를 비우고 고개를 끄덕였다. 카트를 들고 있는 로봇이 우리 앞에 음료를 놓았다.
"아, 이번에 소득신고분에 대해 말씀드릴 것이 있는데요."
회계사는 이와 함께 이런저런 말을 하기 시작했다. 하지만 전혀 모르는 내용이라 머리만 아팠다. 찬 음료를 마시면 정신을 차릴까 싶어 빨대로 아메리카노를 쭈욱 빨았다. 다시 머리가 쨍하고 울렸다. 관자놀이가 쑤셔왔다.
"괜찮아요? 안색이 안 좋아요?"
회계사가 말을 멈추고 걱정스러운 눈빛으로 물었다.
"컨디션이 좋지 않네요. 요즘 너무 무리했나 봐요."
잠깐 동안 머리를 숙여 눈을 감고 심호흡을 하다, 좀 쉬고 싶다고 말하려는 찰나였다.
한 남자가 회계사 옆에 앉았다.
"미안해. 조금 늦었어."
"왜 이렇게 늦게 왔어. 작곡가님 기다리셨잖아."
"정말 죄송합니다."

남자는 머리를 꾸벅거렸다.

남자와 눈이 마주치자 찌릿한 감각이 번갯불처럼 몸을 훑고 지나가 발바닥에서 터졌다. 발을 오므리면서 남자에 대해 기억했다. 예전 동영상에서 봤던, 아니 비행기에서 마주쳤었던 남자였다.

"작곡가님, 안색이 너무 안 좋으신데."

"그렇지? 요즘 너무 바빠서서 그런가 봐. 빨리 말씀드려야겠어."

회계사는 이렇게 말하며 가방에서 봉투를 꺼냈다.

"저희 이번에 결혼해요. 청첩장이에요."

"정말 축하드려요."라고 말하며 청첩장을 받았다.

청첩장을 열어보았다. 가장 먼저 신부 이름이 보였다. 신부 이름 오아린······. 그리고 20xx년. 뭐 20xx년. 아니, 벌써 7년이나 지나있다고? 몇 번이고 눈을 부릅뜨고 확인했다.

입술이 파르르 떨리고. 머리가 욱신거렸다.

"그런데 혹시 축가 부탁······."

가슴에서 칼이 솟아올라 이리저리 휘젓는 느낌이 들자 더 이상 견딜 수가 없었다.

"작가님 괜찮으세요?"라는 말을 들으며 앞으로 꼬꾸라졌다.

눈을 뜬 후 내가 사는 집을 쭉 둘러보았다. 작은 투룸이라서 전체적으로 살펴보는 데는 얼마 걸리지 않았다. 계속 옆에서 조잘거렸던 스마트 시계와 옷에 대한 설명들도 보았다. 엄마가 혼자 사는 내가 걱정되서인지, 방범 기능에 체온유지 기능 등 알지도 못하는 기능들을 잔뜩 넣어놓았다.

미래에 나는 무엇을 먹고 사는가 궁금해서 냉장고를 열어보았다.

물과 닭가슴살 스테이크 따위가 몇 개 덩그러니 놓여 있었다.
독립이란 건 참 힘든 거구나.
집에서 차가운 물을 마시며, 티브이 뉴스를 보면서 7년이나 미래로 왔다는 것을 알 수 있었다. 스마트폰이 계속 울렸지만, 엄마, 아빠 외에는 받지 않았다. 모르는 사람과 알 수 없는 이야기를 아는 척 해야 하는 것이 두려웠다.
방안에서 우두커니 앉아 왜 이렇게 되었나 생각했다.
혹시 옛날의 병이 도져서 그동안의 기억들이 블랙아웃이 된 게 아닐까 하는 생각도 들었다. 하지만 그렇게 생각하기에는 몸이 너무 멀쩡했다.
팔 굽혀 펴기도 할 수 있을 것 같았다.
생각난 김에 팔 굽혀 펴기를 해봤다가 안 되는 것을 확인했다.
다시 앉아 정신을 가다듬었다.
우선 씻자.
화장실에서 세수를 하기 위해 거울을 봤을 때였다. 목걸이가 보였다.
혹시 이 목걸이 때문인가.
그러면 그때 그 아이를 찾아보면 되지 않을까.
사진첩으로 꺼내어 사진들을 뒤지기 시작했다.
사진을 하나하나 넘길 때마다 원치 않는 정보들이 들어왔다.
헤어진 남자친구와의 추억, 복지관을 돌아다니며 하던 연주회의 홍보가 되지 않아서 결국 얼마 못 가 그만두게 되었을 때의 허탈감, 엔터테인먼트 회사에서 작곡가로 데뷔한 곡이 운 좋게 히트 쳤을 때의 성취감이 스쳐 지나갔다.
사진 속에서 행복하게 웃고 있었지만 감흥이 없었다.
증발되어 버린 추억이란 게 이런 걸까.
사진첩의 끄트머리에서 폴라로이드 사진을 찾을 수 있었다. 그 뒤편에 폴라로이드 사진이 하나 더 있었는데, 꼬마 여자아이와 함께 벤치에 기대어 있는 사진이었다.
 두 사진을 나란히 놓고 보니 꼬마 아이와 소녀는 닮아 있었다. 소름이 돋았다. 손바닥으로 팔뚝을 빠르게 문질렀다.
 지금이라면 고등학생이 되어 있겠지. 알아볼 수 있을까?
 고민한다고 뾰족한 수가 있는 것도 아니고, 여기 있다고 해결책이 있는 것도 아니다. 해보는 데까지 해봐야지.
 폴라로이드 사진을 가방에 넣고는 경주로 출발했다.

 신경주역에 내리자, 가장 먼저 눈에 띈 것은 투명한 유리에 7명에서 8명 정도 탈 수 있는 버스였다. 버스를 타기 위해 가까이 다가갔다. 기사가 없는 무인 자동차였는데, 대신 로봇이 있었다. 로봇은 눈을 깜빡였는데, 비둘기의 영혼 없는 눈을 보는 느낌이었다. 미래로 온 김에 미래 기술도 경험해 봐야지 하는 마음이 싹 달아났다.
 고개를 돌렸다. 조금 멀리에 택시 정류장이 보였다.
 "어디로 가실까요?"
 "우선 경주 시내로 가주세요."
 뒷좌석에 앉아 안전띠를 매며 말했다.
 "네 알겠습니다."
 차가 움직이기 시작했다.
 바깥을 바라보며 안전벨트를 한 번 쓰다듬었다.
 "차가 좀 낡았죠? 7년 전에는 최신형이었는데 말이죠."
 "다 그렇죠. 저는 오히려 이렇게 나이 든 게 마음이 안정되네요."
 "저 처음 살 때는 말이죠…"
 아저씨는 이렇게 말하며 자동차 이야기를 하기 시작하셨다. 영혼 없이 '예, 예.' 하다가 문득 이런 생각이 들었다.

"기사님. 여기 고등학생들이 잘 모이는 곳이 있을까요?"

"고등학생이라… 횡성동 쪽이 나으려나. 거기에 고등학교도 앞에 있고, 입시 학원들도 좀 있거든."

기사님은 이렇게 말씀하시더니 교차로에서 갑자기 왼쪽으로 방향을 변경하셨다. 몸이 살짝 쏠렸다.

목적지가 정해지자 기사님의 발끝이 가벼워지는 것 같았다.

창문 위의 손잡이 부분을 잡고 도착한 곳은 한 고등학교였다.

"여기가 고등학생들이 많아."

"감사합니다." 하고 내려 고등학교 교문 앞에 섰다.

마침 교문 앞을 내려오는 학생들을 보며 '아' 하고 탄성을 내고 말았다.

남자고등학교였다.

기사님께 여고생이라고 말을 안 했구나.

갑자기 시계에서, 심박수 경고, 스트레스 경고 알람이 떴다.

침착하자, 침착해.

근처에 입시 학원이 많다고 하니 탐문을 해보면 돼.

인터넷으로 입시 학원을 검색하고 걸어가는데 붉은색 아스팔트 위에 흰 운동화만이 보였다. 발끝만 보고 걸어간다는 것이 느껴지자, 고개를 억지로 들었다. 아무도 없는 길이 쭉 이어져 있었다.

다시마나 미역, 버섯들도 이런 기분일까? 이것들은 원래 과학이 발전하기 전에는 모두 식물로 구분되었던 것들이다. 하지만 세포핵을 보고 DNA를 볼 줄 알면서 식물이 아니게 되었다. 이유를 알 수 없는 어떤 과학기술로 인해 미래로 온 나는, 완전히 이곳 세계의 사람이 아니라 혼자 남겨진 것이다.

갑자기 번뜩였다. 목걸이 때문에 미래로 온 것이 아니라, 어쩌면 UFO에 납치되어 이것으로 온 게 아닐까? 그래. 꿈에서 봤던 괴물 같은 모습들. 외계인 같기도 하단 말이지.

제자리에 멈춰 섰다.
 길 오른편으로는 활엽수들이 펼쳐져 있었고, 공터 같은 공간도 있었다.
 고등학생을 찾아야 할 게 아니라, UFO 연구기관을 찾아야 하나.
 머리를 좀 식혀야겠어.
 지도를 보니 공원으로 이어지는 것 같았다.
 그래. 운명이라면 어디서든 만날 수 있겠지.
 오른쪽으로 꺾어 자동차를 세워놓은 주차장을 지나칠 때였다. 트럭과 중장비들 사이에 여자 고등학생들이 몰려있는 것이 보였다.
 그녀들 주위로 담배 연기가 낙엽을 모아 불을 땐 것처럼 모여 있었다.
 예전에 음악이 잘 안 풀릴 때 손대 봤기 때문에 기호품에 대해 편견은 없었다. 고등학생이라고 고민이 없을까.
 그녀들을 지나치려고 했다.
 "야, 미쳤냐? 감히 내 말을 씹어?"
 초록색 치마의 교복을 입은 고등학생을 붉은색 치마를 입은 고등학생들이 둘러싸고 있었다.
 "그렇지만… 그건 나쁜 짓이잖아."
 "야 이, 덜떨어진 년아. 그럼 내가 너 좋으라고 착한 일 시키겠냐?"
 무리 중 리더로 보이는 학생이 초록색 치마 학생의 머리를 손가락으로 찌르며 말했다.
 "야, 너희들 거기서 뭐하는 거야!"
 나도 모르게 소리친 모습에 깜짝 놀라고 말았다. 머리가 띵해질 정도로 피가 솟구치는 알겠지만, 이렇게 반응을 하다니……. 아무래도 옛날 기억이 떠오른 게 틀림없었다.

하지만 생각을 정리할 여유는 없었다.

맹수와 같은 눈빛으로 고등학생들이 나를 노려보았다.

"이런 미친. 아줌마, 그냥 가던 길 가요. 애들 앞에서 가오 잡다가 나이 먹고 험한 꼴 당하지 말고."

"나 아직 결혼 안 했고 아직 젊거든. 그리고 어떻게 어른으로서 친구를 괴롭히는데 가만히 있을 수 있니."

"아줌마. 여자 나이는 메이크업 두께만 봐도 알 수 있어요. 존나 짜증 나게 굴지 말고 가던 길 가요."

리더가 벌레 쫓듯 손을 휘휘 저었다.

"안돼. 어른이 되어서 애들을 도와주지 못할망정 무시할 순 없어."

"뭐라는 거야. 그냥 죽일까? 야, 너희들이 가서 처리해."

리더의 말에 따라 몇 명이 어기적거리며 움직였다.

"나 왕년에 다이어트한다고 복싱도 2년 했었어."

주먹을 슈슈 뻗었다.

'어, 비웃어?'

"애들아, 그만둬."

괴롭힘을 당하던 고등학생이 리더를 잡았다.

"이것들이 쌍으로. 야, 빨리 저 아줌마 잡아 와."

리더가 이렇게 말하자 무리가 빠르게 다가왔다.

시계에서 알림이 울렸다. 심박수 상승, 스트레스 위험.

에이, 모르겠다. 방범 버튼을 눌러버렸다.

동시에 누르자 시계에서 "삑-"하고 경고음이 울리기 시작했다.

"이런 미친. 존나 시끄럽네. 저러면 누가 도와줄지 아나 보지. 손목에 있는 것부터 빼."

귀를 막고는 말했다.

"저거 그거네. 시계로 보안업체가 출동시키는 그거."

무리 중 한 명이 말했다.

"맞아. 내가 이래 뵈도 돈은 좀 있거든."

자신 있게 시계를 보이며 말했다.

"하아, 그냥 죽일까?" 리더는 이렇게 말한 후 자신의 무리를 슥 보았다. 그들의 표정이 탐탁지 않자, "넌 오늘은 운 좋은 줄 알아. 담에 봐. 그리고 아줌마. 아줌마도 운 좋은 줄 알아. 다음에는 보안요원 올 때까지 두들겨 맞는 수가 있어." 라고 말하며 우리를 지나쳤다.

"언니 괜찮아요?"

학생이 달려오며 말했다.

"어떡해? 얼굴이 창백해요."

학생은 이렇게 말하며 손을 잡아 이끌었다. 정신이 없는 상태에서 따뜻한 그녀의 손을 잡고 그녀의 발만 보고 걸었다. 그녀는 나를 나무의 그늘에 앉혔다. 그리고는 나의 등을 쓰다듬고 손을 주물렀다.

"고마워. 도와주려고 했는데 오히려 도움받아 버렸네."

"아니에요. 언니 덕분에 살아났어요."

고개를 도리도리 흔들어 말하는 그녀가 귀여웠다.

'픽' 하고 웃음이 나왔다. 그리고 갑자기 배에서 꼬르륵 소리가 났다.

생각해 보니 아침부터 지금까지 내려오면서 생수 한 병을 마신 게 다였다.

"배고픈데, 같이 식사 안 할래?"

그녀와 가장 먼저 눈에 띈, 구석진 곳에 있는 음식점으로 갔다. 5개의 테이블이 있는 작은 순대국밥 가게였다. 점심시간이 지나서인지 음식점에는 우리밖에 없었다.

따뜻한 국물이 입속에 들어가자 딱딱하게 굳어 있던 몸이 천천히 풀어졌다.

"난 유진이야, 넌 이름이 뭐야?"

"전 루아라고 해요."

루아가 국물을 숟가락으로 떠먹으며 말했다.

"음, 해기스랑 비슷하네. 신기하다."

"해기스? 루아는 유학했니?"

"어렸을 때 스코틀랜드에 있다가, 이곳저곳 많이 다녔어요."

"많이 외로웠겠다."

"외롭다… 그렇게 생각할 수도 있는데, 좋은 사람들 많이 만났어요. 재밌는 일도 많았고."

"그래. 맞네. 내 생각이 짧았다."

"언니라 불러도 되죠?"

"그럼, 물론이지."

고개를 끄덕였다.

"언니는 생일이 언제세요?"

"나? 갑자기 왜?"

"제가 유학할 때 친구들한테 점성술을 배웠거든요. 밥 사주셨으니까 점성술을 봐 드릴게요."

"본토에서 배워온 유학파 점성술사라니, 특별한데?"

웃으며 그녀에게 생일을 말해줬다.

루아는 생일을 듣더니 생각에 빠졌다.

"언니, 생각보다 외유내강형이시네요. 고민을 많이 하다가도 한번 결정을 하면 뒤를 돌아보지 않는, 안 좋게 말하면 고집이 세다고 말할 수도 있고 심지가 굳다고도 말할 수도 있구요."

"어머, 그런 것 같기도 하다. 엄마가 항상 고집불통이라고 하거든."

"그리고 별자리와 생년월일을 보니까 언니 예전에 두 번 태어난 적이 있다고 나오네요. 보통 이런 경우는 사람이 죽을 고비를 넘었다고 하던데. 맞아요?"

"아니, 점성술에도 그런 게 나오니. 신기하다. 나 대학교 때 정말 큰 수술한 적이 있거든."
"와 소름. 저는 수호성에 나와 있는 대로 말하는 건데요. 그런데……."
"그런데? 안 좋은 일이 있어?"
 루아가 말끝을 흐리고, 고개를 가로젓자 말을 끊고 말았다.
"그렇지는 않은데요. 수호성이 옆에 뭐랄까 태양 옆에 달 같은 게 있었는데 이제 빛을 잃어가고 있어요. 요즘 고민되거나, 안 좋은 일 있으세요?"
"안 좋은 일은 없고, 혼란스러운 일이 좀 있어."
"그래요? 그럼 다우징을 한 번 해볼까요?"
 루아는 이렇게 말하며 주머니에서 은색의 도토리 모양의 추를 꺼냈다. 내 손을 펴게 하고는 추를 가운데 올려놓았다. 추가 빙글빙글 돌았다.
"지금 가장 고민인 점을 생각해 보세요."
 속는 셈 치고 눈을 감았다. 사진 속의 소녀와 외계인이 동시에 떠올랐다. 그러자 추가 갑자기 자석에 이끌린 듯 대각선으로 움직이는 것이 보였다.
"고민을 해결해 줄 수호성이 근처에 있어요. 저 방향이에요."
 루아가 출입문 쪽을 가리켰다. 고개가 그쪽으로 향하자 출입문이 열리고 한 남자가 들어왔다.
 눈이 마주쳤다.
"어, 안녕하세요. 작곡가님."
 남자의 인사에, 나도 고개를 숙여 인사했다. 아린 회계사의 남편 될 사람이었다.
"여긴 어쩐 일이세요?"
"전 여기 일이 있어서요. 회계사님이랑 같이 놀러 오신 거예요?"

"아니요. 아린이는 일하고 있어요. 이번에 또 어디 회계감사 맡았다고 하더라구요. 저는 여기 아는 절이 있어서 보러 온 거예요."

"아, 식사하러 오신 거죠? 여기서 같이 드세요."

"그래도 될까요?"

"그럼요. 어제 회계사님이랑 함께 데려다 주셨잖아요. 제가 대접해드려야죠."

남자는 루아 옆에 앉았다.

정작 셋이 같이 먹게 되자 어색해졌다. 루아가 수호성이라고 말해서 그런가. 그런데 사진 속의 소녀는 여자인데. 그럼 이 남자가 외계인?

남자의 얼굴을 천천히 뜯어 보았다.

눈에 쌍꺼풀은 없었지만 선한 눈매였고, 살짝살짝 미소를 지을 때마다 호감이었다. 외계인으로 생각하는 건 너무 미안하잖아. 루아의 점괘가 틀렸구나.

"경주는 어떤 일 때문에 오셨어요?"

잠깐 고민을 하다 말못할 이유가 없기에 있는 그대로 말하기로 했다.

"옛날에 저 연주회 처음 했을 때 팬이라고 하면서 사진 찍은 아이가 있는데, 갑자기 어떻게 사는지 궁금해졌어요. 그래서 사진 한 장 들고 온 거예요. 혹시나 찾을 수 있을까 해서요."

"와, 낭만 있네요. 그래서 단서를 좀 잡으셨어요?"

"너무 무모했나 봐요. 어떻게든 되겠지 해서 왔는데, 막막하네요."

"제가 좀 도와드릴까요?"

"네?"

"제가 도와드릴게요. 저도 경주 몇 번 와서 잘 알고 있고, 거기다 저 차 갖고 와서 움직이기 편하실 거예요."
 두 번째 본 사람한테 이런 도움을 받아도 되나? 아니 세 번째 구나. 그때 내가 그랬지. 다시 만나는 건 운명이라고.
 "제가 또 RPG 게임을 좋아해서 이렇게 무언가 찾고 이런 거 좋아하거든요. 예비 남편이 고객한테 점수 딴다고 생각해주세요."
 "그래요. 언니. 여럿이 찾으면 훨씬 쉬울 거예요."
 루아까지 거들자 고개를 끄덕일 수밖에 없었다.
 가방에서 사진 2장을 건네어 주었다.
 남자는 아이의 사진을, 루아는 연주회 때의 사진을 받았다.
 "신기한 건 제가 고등학교 때 교복을 입고 찍은 사진이 있는데, 전 이런 사진을 찍은 기억이 없다는 거예요."
 "왠지 이 친구를 닮은 것 같은데요?"
 남자가 루아를 향해 몸을 살짝 돌리며 말했다.
 "그랬으면 좋겠는데요 저는 한국에 들어온 지 얼마 안 되서요."
 "그렇구나"
 남자는 사진을 뚫어지게 쳐다보더니 "어, 저 여기 언제 가본 것 같은데." 라고 말했다.
 "정말요? 어디에요?"
 흥분을 참지 못하고 벌떡 일어나며 말했다.
 "그런데 잘 모르겠어요. 기억이 잘 안 나요."
 '아' 하고 짧은 탄식을 뱉으며 털썩 주저앉았다.
 "하지만 돌아다니다 보면 기억날 수도 있을 것 같아요. 우선 여기 보시면 벤치 뒤에 연못 같은 곳도 있고 정자도 보이네요. 맞죠?"
 고개를 끄덕이자 남자는 말을 이었다.
 "경주에 이런 곳이 많기는 하지만, 관광객이 자주 가는 유명한 곳부터 찾아보면 확률이 높을 거예요. 그런 곳이 보문단지, 월지도 있고 동궁원도 있어요. 좀 많아 보이지만, 차 타고 돌면 금방이에요, 여기서는 가까운 데가 월지 쪽이 가까워요. 거기부터 가봐요."

"저도 같이 가고 싶은데 저는 일이 있어서요. 좋은 시간 보내세요."

루아는 이렇게 말하며 일어났다. 음식점을 나가며 나에게 파이팅 포즈를 취했다.

녀석 단단히 오해했구나.

월지 부근에 주차하고 연꽃단지 옆을 걸어갔다. 보통 때라면 사진을 찍고 호들갑을 떨었겠지만, 아는 사람의 예비 남편과 같이 있는 것은 생각보다 더 숨이 막혔다. 이곳을 오면서도 일부러 조수석의 창문을 살짝 열었는데, 공기가 흐르지 않는 것같았기 때문이었다. 어쩌면 루아가 했던 말 때문인지도 모르겠다.

"아까 라디오에서 나온 노래, 작곡가님이 작곡하신 거죠?"

한 발짝 정도 앞서가던 남자가 뒤를 돌아보며 말했다.

"제가요?"라고 대답했다.

"아니에요?"라고 되묻자, 머릿속에서 멜로디와 가사가 떠올랐다. 자연스럽게 허밍을 했다.

"맞아요. 이 노래예요."

"어, 맞아요. 갑자기 물어보셔서 착각했어요."

"작곡가님은 언제부터 작곡하셨어요?"

"저요? 아마 제대로 작곡한 지는 얼마 안 되었을걸요."

"정말요? 작곡가님, 천재 아니에요? 부럽다. 어떻게 시작한 지 얼마 안 되었는데 이런 곡을 작곡할 수 있어요."

"천재요? 그거 아세요? 모차르트는 35세까지 800곡의 노래를 작곡했다는 걸."

남자가 우두커니 섰다.

"저 음악학원 다닌 게 초등학교 1학년 때부터일 거예요. 그때부터 음악 하면서 언제나 좌절했어요. 그래도 이거밖에 없으니까, 그냥 좋으니까, 실낱같은 기회라도 있으면 그거에 매달렸을 뿐이에요. 그러다 보니 운 좋게 하나 걸린 거라구요."

"아, 죄송해요. 제가 너무 쉽게 말했죠."

"아니에요. 칭찬해주신 건데 제가 너무 진지했죠? 죄송해요. 그런데 전 정말 천재였던 적이 없었거든요. 늘 불안하고, 노력하는 것 외에는 방법이 없었는데. 천재라는 말을 들으니까 왠지 울컥했어요."

"그런데 제가 봤을 때 작곡가님 천재 맞아요. 음악의 천재가 아닐지는 몰라도 사람의 마음을 이해하는 데 천재 맞아요. 그러니까 이런 노래를 만들죠."

남자와 눈이 마주쳤다. 악의 없는 눈빛으로 미소 짓고 있는 모습에, 심장이 악보에 '수비토 알레그로(:갑자기 빠르게)'를 만난 것처럼 뛰었다.

남자가 다시 앞을 바라보고 걸어가자 얼굴에 손을 대 보았다. 양 손바닥으로 갓 쪄낸 호빵을 쥔 것 같았다.

아, 뭐지? 설마 내가 다른 여자의 남편이 될 사람한테 설렘을 느끼는 건가?

정신을 차리자.

"입장권, 입장료는 제가 낼게요." 라고 말하며 갑자기 미친 사람처럼 월지 입구를 향해 뛰었다.

숨을 몰아쉬며 남자에게 입장권을 건네고는, 먼저 월지 입구를 통과하여 걷기 시작했다. 평일이었는데도 등산객 복장의 옷을 입은 아저씨, 아줌마들이 많았다.

어디선가 "This Will Be Our Year"가 들렸다.

진짜 오래된 노래인데, 오랜만에 듣네.
노래를 따라 시선을 돌리니, 남자가 급하게 전화를 받고 있었다.
"어, 나 경주 내려간다고 했잖아. 어 그래? 그게 오늘이야. 오늘이나 내일 올라가지. 알았어. 그럼 오늘 올라갈게."
목소리가 커지기 시작하자, 나를 슬쩍 보더니 멀찍감치 떨어졌다.
근처 벤치에 앉았다.
전각과 나무들이 연못에 비치고, 그 모습이 다시 푸른 하늘에 맺히는 게 이상하지 않을 정도로 투명한 날씨였다. 바람이 불자 좌우로 녹색 나무들이 흔들리며, 나무들이 서로 부대끼고 바람이 나무를 쓰다듬는 소리가 들렸다.
남자는 멀리서 한 10분 정도 통화했다.
통화를 끝내자, "죄송해요."라고 말하며 뛰어왔다.
"아니에요. 회계사님이에요?"
"네, 아린이에요."
남자의 거리를 두려는 말투에, 좀 더 물을 수가 없었다.
남자가 벤치 옆에 앉았다. 그리고는 스마트폰의 벨소리를 진동으로 바꾸는지, 스마트폰 버튼을 누르자 진동이 울렸다.
"벨소리 좋네요. 저도 좀비스 노래 좋아해요."
"보통 이 노래 들으면 모르거나, 아시는 분도 너무 올드하다고 하는데. 이렇게 좋다고 해주시는 분이 있으니, 정말 좋네요. 하긴 작곡하시려면 안 들어본 노래가 없으시겠어요?"
남자가 활짝 웃었다.
"아무래도 남들보다 많이 들으려고 노력하죠."
여기까지 말하고 잠시 뜸을 들인 뒤에, "저기, 예전에 공항에서 만난 적 있지 않나요?"라고 말했다.
"맞아요. 사실 쪽팔려서 기억 못 하시길 바랐는데."

남자가 머리를 감싸 안았다.
"인연이긴 인연인가 봐요. 이렇게라도 만나고."
"사실 그때 옆에 있었던 여자가 아린이었어요."
"정말로요? 그럼 그때부터?"
"아니에요. 그때는 회사 동료였어요."
"그럼 어떻게 연인으로 발전한 거예요?"
"원래 아린하고는 고등학교 동창이었어요. 고등학교 졸업하고 연락이 끊겼는데, 아린이가 제가 일하는 곳에서 아르바이트하면서 연락이 닿게 된 거죠. 아마 그때가 같이 출장 갔을 때였을 거예요."
"그래서요?"
"그리고 제가 회사를 그만두게 되고 저는 공무원 시험 준비하고, 아린이는 회계사 시험 준비하느라 연락이 또 끊겼었죠."
남자는 거기서 잠시 말을 멈췄다.
"제가 공무원 시험 합격하고 구청에 발령받아 일할 때였어요. 저도 업무가 잘 안 맞는 것 같아서 고민이 많을 때라 업무 끝나면 아무 생각 없이 이리저리 걸어 다녔어요. 그런데 공원에서 어떤 미친 여자가 술에 취해서 책을 뜯어먹고 있더라구요."
"책을요?"
"네. 한 장씩 한 장씩. 불쌍해서 쯧쯧거리며 지나치는데 자세히 보니까 아린이더라구요."
"아린 회계사님이요? 믿기지 않는데요."
"정말이에요. 혹시나 해서 말을 붙여봤더니 아린이가 맞았어요. 같이 술 마시면서 이야기해보니, 멘탈 터질 만하더라구요. 수험 2년째라 모아둔 돈은 다 떨어져 가고, 거기다 회계사 2차 시험 부분 합격만 남겨둔 상태에서 떨어지고."
"아? 그래서 도와주셨구나?"
"제가요? 저도 말단 공무원인데 어떻게 도와줘요? 가끔 밥이

나 사주고 힘들다 힘들다 그러는 거 들어주고, 돈 궁해 보이길래 구청에 있는 청년 인턴 자리 같은 거 알아봐 주고 했죠."
"그게 도와준 거 아니에요?"
"에이, 전 알려만 준 거지, 인턴 지원서 쓴 것도 지고, 합격한 것도 자긴데요. 밥도 국밥이랑 구청 구내식당이 다일 걸요."
"아린 회계사님이 왜 좋아했는지, 왠지 알 것 같아요."
남자가 멋쩍게 웃었는데, 그다지 동의하지 않는 것 같았다.
"우리 이제 월지 돌아볼까요?"
남자가 벤치에서 일어나며 말했다.
"월지라 그랬죠. 여기는 아닐 거 같아요."
나도 그를 따라 일어났다.
"그래요? 그럼 딴 데로 가볼까요?"
"왜냐고 안 물어보세요?"
"유진씨가 아니라면 아니겠죠."
"난 색줄멸이 아닌데. 아 색줄멸이 뭐냐면요?"
색줄멸에 대해 설명하려고 할 때였다. 남자가 주먹으로 손바닥을 쳤다.
"아, 색줄멸 그거 맞지요? 롱비치에 다시 돌아오는 물고기 맞죠?"
"뉴포트비치에요."
"아 그래요? 제가 예전에 들어서 착각했나 봐요. 어디서 들었더라… 라디오였던가, 다큐멘터리였던가. 얼핏 들었던 거라."
"괜찮아요. 안다는 게 중요한 거죠."
"월지는 아닌 것 같으시다니까. 다른 데로 가보죠. 보문단지로 가봐야 하나."
남자가 앞장서서 걸어갔다.
"우리 다 관두고 게임센터나 갈래요?"

"게임센터요?"
"네, 스트레스가 너무 쌓여서 좀 풀어야 할 것 같아요."
남자는 내 말에 동의하는지 씨익 웃었다.

게임센터에 귀를 막고 들어갔다. 처음 게임센터를 갈 때도 그랬다. 게임 BGM도 따로따로 들으면 흥미롭고 재미있다. 하지만 서로 자기들을 봐달라고 목청껏 소리 지르면 아무 특색 없이 고함치는 소음에 불과했다.

천천히 귀를 적응시키며 게임센터를 돌아보았다. 10년 후의 게임센터에는 VR 게임기도 있었다. 코인 노래방이 2개 정도 합친 크기에 원형의 구로 된 게임머신이었다. 그 안에는 VR헤드셋과 플라스틱 같은 걸로 만든 총이 걸려있었다.

우리는 VR헤드셋을 나눠 쓰고 총을 들었다.

게임의 시작은 변한 게 없었다.

인간의 실수로 인해 바이러스가 유출되고 좀비 떼에게 도시가 습격받았다.

꾸에엑 거리는 소리와 총탄 소리, 피가 흐르고 내장이 튀는 좀비들, 갑자기 화면 밑에서 튀어나온 좀비 머리에 총을 쐈을 때는 어질어질했다.

5분을 넘기지 못하고 VR을 벗어버렸다.

"아 뭐랄까?"

남자도 VR을 벗으며 말했다.

"좀 역겹죠."

내가 웃으며 말했다.

"그러게요."

"레트로한 게 좋네요."

이렇게 말하며 VR 게임기가 아닌 옛날 방식의 총쏘기 게임기가 있는 곳으로 갔다.
이거다 싶었다.
좀비들을 신나게 잡고 나자, 인형 뽑기에 눈이 갔다.
인형 뽑기에 돈을 넣고 게임을 시작했다. 집게가 흔들거리면서, 인형에게로 다가갔다. 집게가 인형의 머리를 쥐었지만 인형을 들어 올리자 스르륵 하고 쉽게 빠져버렸다. 두 번째와 세 번째는 살짝 들었다 내리고, 네 번째와 다섯 번째는 인형이 질질 끌리다가 놓쳐버렸다.
계속 실패하자, 남자가 나섰다.
"이거 오랜만에 해보는데 잘 모르겠네요."
그러더니 2번 만에 인형을 뽑았다.
"와 대단한데요."
"요령을 가르쳐드릴게요. 우선 인형을 째려보는 게 중요해요."
"꼭 째려봐야 해요?"
"그럼요. 째려봐야 인형의 무게중심을 잘 파악할 수 있거든요."
그가 말한 대로 고개를 돌리고, 눈을 힘을 주었다. 한 10초만 힘주어 보았는데도 눈이 아프면서 물체가 흔들거렸다.
"무게중심이 잘 안 보이는데요. 아직 초보라 그런가 봐요."
눈을 꾹 감으며 말했다.
"사실 농담이에요."
"네에?"
눈을 크게 뜨며 그를 바라보았다.
남자는 환하게 웃으며 "완전한 농담은 아니고, 일종의 수련이에요." 라고 말했다. 그리고 조용한 목소리로 톤을 바꿔서는 "인형을 자세히 봐야 어디가 중심인지 알 수 있어요. 보통은 무게중심은 머리나 몸통인데 무거운 쪽을 잡는 게 중요해요.

자, 같이 해봐요." 라고 말하며 기계에 돈을 넣었다.

내가 조이스틱을 잡자 옆에서 노하우들을 하나둘씩 말해 주었다. 남자의 말대로 하자, 인형 한 개가 탁하고 몸통을 잡는 느낌이 났다. 천천히 끌어올려졌다. 주먹을 꽉 쥐었다. 이제 한고비가 남았다. 집게가 돌아올 때 코너에서 크게 덜커덕거리는데 이때 대부분 인형을 떨어뜨렸다.

버텨라. 버텨라. 버텼다.

'와' 하고 소리를 치며 두 손을 쭉 뻗었다. 그리고 남자를 바라보고는 양 손바닥을 마주쳤다.

주위의 게임 소리들이 아무것도 들리지 않았다. 게임기에서 뻗어 나오는 사이키 조명이 폭죽처럼 쏘아지고 축하해주는 남자의 미소와 손을 마주쳤을 때의 부드러우면서도 단단한 촉감이 설레게 했다. 하지만 이내 누구와 있다는 걸 깨닫고, 애써 올라왔던 감정을 눌렀다.

인형을 안고 게임센터를 나오자, 오른쪽에 노래방이 보였다.

"우리 노래 한 곡 부르고 갈래요?"

"네?"

"노래방 안 좋아해요?"

"어, 별로 좋아하지는 않아요."

"괜찮아요. 저도 안 좋아해요."

우리는 이렇게 말하고는 노래방으로 들어갔다.

"저 음치죠?"

노래방을 나오면서 남자가 말했다.

"아니에요. 아니, 사실인데 그래도 자신감 있게 부르니까 보기 좋던데요."

"이게 회식 때 하도 가다 보니 음치인 것도 어느새 신경 안

쓰게 되더라고요."

"저도 마찬가지예요. 저는 노래를 잘 부르는 편이 아니었는데, 작곡가 하면서 가이드를 해야 하니까 계속 노래 부르게 되고, 그러다 보니 조금씩 늘더라구요."

거리를 걷는데, 바람이 불었다.

땀에 젖은 셔츠 사이로 밤바람이 훑고 지나갔다.

어느새 누구를 찾아야겠다는 생각도 날아가 있었다

"목마르지 않아요?"

고개를 끄덕이자 남자는 가까운 카페로 가 아메리카노 두 잔을 사 왔다.

"이거 투샷이네요. 어떻게 알았어요?"

목으로 아메리카노를 넘기며 말했다.

"느낌이죠. 사나이의 감."

남자는 이렇게 말했다가 내가 눈을 깜빡거리자,

"농담이에요. 저번에 결제하고 영수증 봤는데 투샷이더라구요."

라고 말을 이었다.

"아아."

난 고개를 끄덕이다, "왠지 익숙한 느낌이에요. 처음, 아니 몇 번 안 봤는데, 굉장히 자주 만난 것 같은 느낌이네요."라고 말했다.

"저도 그래요. 혹시 모르죠. 전생에 인연이 있었는지."

"제가 어디서 기사를 읽었는데요. 첫눈에 반하는 사랑은 사실 자신은 의식하지 못하지만, 마음 깊은 곳에서는 자신의 기억 속에서 사랑했거나 사랑했던 사람의 공통점을 찾아낸다고 하네요. 결과적으로 첫눈에 반하는 사랑도 익숙함……."

여기까지 신나게 말하다, 말하는 것을 멈추고 나의 입을 때려주고 싶었다. 완전히 결혼한 남자에게 고백해 버린 꼴이 돼버렸잖아.

다행히 때마침 남자의 스마트폰 진동이 울렸다.

남자가 한숨을 쉬고는 전화를 받았다.

"아직 출발 안 했어."

남자는 다시 자리를 이동하여 통화했다.

얼마 뒤 남자는 땀을 닦으려는 듯 그의 바지에 손바닥을 문지르며 다가왔다.

"혹시 저 때문에?"

"아니에요. 그럴 리가요. 경주는 핑계고 요즘 결혼을 앞두고 있어서인지 생각이 많이 다르다는 게 부쩍 느껴지네요."

"자연스러운 현상일수도 있어요. 기사에서 보니까 결혼하기 전에 깨지는 사람들이 늘어나고 있대요. 다른 사람들도 비슷한 고민을 한다는 거죠. 그러니까 너무 그렇게 생각하지 마세요. 안 좋은 쪽으로 생각하면 정말 안 좋은 쪽으로 흘러가게 되니까요."

"개와 늑대의 시간이라고 아세요? 황혼의 어스름이 내가 기르던 개인지, 나를 해치러 오는 늑대인지 분간할 수 없는 시간이라고 하잖아요. 마찬가지인 것 같아요. 이 시간을 어떻게 보내는지에 따라 결혼할 사람인지 아닌지가 결정이 되는 거 같아요"

"결혼으로 바꾸면 둘과 하나의 시간이 될까요? 아니면 님과 남의 시간?"

분위기를 바꾸기 위해 농담을 했다. 남자는 웃었지만 억지로 분위기에 맞춘 것이 틀림없었다.

"선배들은요. 니 주제에 회계사 색시가 가당키나 하냐고 말해요. 그런데 말이죠. 소중한 무언가를 놓친 것처럼 불안한 이유는 뭘까요?"

"서로의 반쪽을 찾는 거잖아요. 그러니 의심하는 거죠. 하지만 그것에 대한 답은 결혼하기 전에는 알 수 없다고 생각해요. 서로 다르지만 결국 바라보는 곳은 같다는 걸 믿어야 할 것 같아요."

"그러게요. 그래도 믿어봐야겠죠." 남자는 여기까지 말하고, 잠시 숨을 고른 뒤에 "사랑을." 이라고 속삭이듯 말했다.

남자의 대답에 이상하게 가슴이 쨍하고 부서지는 느낌이 들었다.

나는 혼란스러운 감정을 따지고 들었다. 이런 감정이 드는 게 맞아? 그리고 결혼을 앞둔 남자의 연락처를 물어보고 싶은데. 이게 옳은 걸까? 아니, 생각만 하는 것도 잘못이야? 행정적인 서비스를 물어보거나 할 때 도움을 받을 수 있잖아?

발걸음 한 걸음마다 온갖 번뇌가 피어났다, 사라졌다.

"저기……." 내가 입을 뗐을 때, "작곡가님은 오늘 서울 올라가시나요?"라고 남자가 말했다. "음, 아니에요. 저는 하루 정도 더 머물며 좀 더 찾아보려구요."

"그럼 숙소까지 데려다 드릴게요."

"아니에요, 그러실 필요 없어요. 지금까지 같이 찾아봐 주신 것도 감사한대요."

마음과 달리 머리는 너무 단호박이었다.

"알겠습니다. 그럼 저 먼저 가보겠습니다."

남자는 고개를 숙이고는 뒤로 돌아섰다.

나도 "조심히 올라가세요." 라고 머리를 숙여 인사를 하고, 그의 뒷모습을 바라보았다.

고민에 고민을 하다 고민하지 않기로 결정했다.

돌아가는 그의 옷자락을 잡으려고 했다.

하지만 옷자락이 손가락 사이를 스칠 따름이었다.

갑자기 눈물이 오른쪽 볼을 타고 주르륵 흘렀다.

**

 아침에 일어났을 때 베개가 흥건히 젖어있었다. 엄마 말로는 이틀 동안 기절한 것처럼 잤다고했다. 자리에서 일어나 거울을 보았다. 눈은 충혈되어있었고 눈두덩이는 퉁퉁 부어있었다. 거실로 나가 아이스 팩을 꺼내어 눈 마사지를 했다.
 "배고프지? 아침 차려줄게."
 엄마가 냉장고를 열며 말했다.
 "엄마, 나 꿈꾼 것 같아. 그런데 그게 너무 실제 같아서 기분이 이상해."
 "무슨 꿈인데?"
 "미래로 가는 꿈. 그런데 미래에 가서 말이야……."
 엄마는 한참을 재잘거리는 걸 들었다.
 "그래서 못 잡아서 슬펐어?"
 "글쎄, 사실은 그런가 봐. 자고 일어나니 베개가 엄청 축축했어."
 "꿈에서 말해 주려고 했나 보다. 우리 딸 착한 거 알고. 다음에 사랑을 잡을 일 있으면 꽉 움켜잡으라고."
 "엄마."
 힘주어 말한 강한 어조에, 엄마가 동그란 눈으로 바라보았다.
 "난 그런 상황을 안 만들지."
 "그래. 그래. 잘난 우리 딸."
 엄마와 난 웃었다.

 집 앞에 공원을 산책하러 나왔다. 하늘이 흐린데도 일요일 오전이라 사람들이 많았다. 비가 한 걸음 걸을 때마다 한 줄기씩 맞는 것처럼 천천히 가늘게 내리고 있었다.

피부에 스며드는 빗방울의 시원한 느낌이 좋았다.
갑자기 쏴아아 하고 비가 쏟아지기 시작했다.
앞에 있는 정자로 뛰어들었다.
앞에 있는 정자로 뛰어들었다.
빗줄기가 붉은색과 푸른색의 조팝나무 사이로 연녹색의 호수를 때리기 시작했다. 후두둑거리며 나무들이 비를 튕겨내는 소리와 함께 꽃과 풀들이 비에 호응하여 내뿜는 숲의 냄새가 퍼졌다. 비가 쏟아지는 교향곡 소리에 풀과 나무들이 박수를 치며 호응하는 것 같았다.
누군가 내 옆으로 다가왔다. 고개를 돌렸다.
"루아야."
"쓸데없는 건 잘 기억하네."
루아가 웃으며 말했다.
"그건 꿈이 아니었던 거구나."
"맞아. 이야기 좀 할까?"
루아는 이렇게 말하며 정자에 있는 의자에 앉으라고 권했다.
"여기 왜 왔어? 미래를 훔쳐보고 말한 죄로 나 데리러 온 거야?"
루아 옆에 앉으며 물었다.
"히히히. 생각보다 재밌네. 그런 거였으면 내가 널 미래로 데려갔을까?"
"그럼 혹시 이 돌 때문이야?"
목에 있는 페어리스톤을 쥐며 말했다.
"맞아, 너에게 페어리스톤을 받으러 온 거야."
"이 돌이 뭔데?"
"사실 너에게 그 질문이 맞지는 않는 것 같아. 왜냐하면 난 너를 미래로 보내고 싶지 않았어. 이렇게 누군가의 소원을 들어주는 것도 일종의 계약이기 때문에 의식이 따로 있거든. 난 마음에 드는 사람의 심성을 시험하고 그에게 페어리스톤을 주지. 반대로 소원이 끝나면 다시 페어리스톤을 받으면서 계약을 완성하지. 이것은 단순히 돌이 오가는 게 아니라 영혼의 새겨지는 의식이야. 그런데 말이야… 모든 게 꼬여버린 건 그 꼬마 중 때문이야."

루아는 이렇게 말하고 다시 생각해도 화가 나는 듯 주먹을 꽉 쥐었다.

"그 녀석이 너와 그 남자의 영혼을 묶는 바람에 내가 남자한테 페어리스톤을 회수할 때 문제가 생겼어. 둘이 묶여있는 줄 모르고 남자애 것만을 흡수해버렸지. 결과적으로 페어리스톤을 잘못 흡수하게 된 나는, 다시 너와의 계약을 맺어야 하게 된 거야. 그런데 연주회장에서 널 보니까 페어리스톤이 필요 없겠더라구. 그래서 계약의 순서가 뒤바뀌었지만 미래로 너를 보내고, 너의 심성을 시험했지."

"아니, 난 원하지도 않는 선물을 받았는데 왜 페어리스톤을 줘야 하는 거지?"

"그건 네 말이 맞아. 그래서 고민이야. 너에게는 무엇을 줘야 할까?"

"내가 선택할 수 있는 거야?"

"아니, 그것도 내가 정하는 거야. 독일 속담에 '사람은 자기가 준 것에 대해서는 하나의 눈을 갖고 있지만, 받을 것에 대해서는 일곱 개의 눈을 가지고 있다.' 라는 말이 있어. 인간들에게 그걸 해주면 내 뱃가죽까지 벗겨 먹을 걸."

아무 말도 하지 못하고 입술을 삐죽거렸다.

"너무 억울해하지 마, 생각보다 내 저울은 정확하니까."

"다른 사람들한테는 무엇을 받았어?"

"사람들마다 다르지만 대체로 추억이 있는 시간을 받지. 너희들도 마찬가지고."

"추억을? 왜?"
"우선 그게 나한테 좋기도 하고, 너희에게도 좋은 거니까."
"우리한테도?"
"응. 생각을 해봐. 자신의 인생을 걸어서 상대방을 구해줬는데, 상대방이 배신한다면? 너 돌겠어? 안 돌겠어?"
"그런 일이 많아?"
"많다고도 볼 수는 없지만 적다고도 볼 수 없지. 그래서 아예 기억을 없애버리면 서로 부담이 없잖아. 누가 뭘 잘했네. 잘못했네. 이런 것들."
"그건 너무 편의적이지 않아? 자신들이 선택한 삶을 왜 요정님이 관여하는지 모르겠어."
"글쎄, 너희처럼 짧게 사는 것도 아니고 쉽게 잊을 수도 있는 게 아니라서 그렇게 마음 편히 있을 수가 없어."
루아의 말에 아무 말도 할 수 없었다.
빗소리가 좀 더 거세어졌다.
"그래, 너하고는 어떻게 정리해야 할까 결정했다."
루아는 이렇게 말하며 자리에서 일어났다.
"너에게는 네가 잃어버렸던 추억의 시간을 기억할 수 있도록 해줄게. 남자의 추억도 다 돌려줘도 되지만, 그렇게 하지 않을래. 왜냐하면 꼬마 중 때문에 고생한 것 때문에 심술이 나서 말이지. 그리고 그게 그 녀석이 말하는 인연인지 업인지 뭔가에도 특별히 위배되는 것 같지도 않고."
루아는 이렇게 말하면 나의 머리에 손을 갖다 대었다.
"마지막으로 충고이자 조언을 하나 하자면 기억에 얽매이지 마. 그것에 얽매이는 순간 추억이 아니라 감옥이 되는 거야. 당당하게 선택해."
하얀빛이 눈을 뒤덮었다.

"엄마, 나 눈 마시지만 끝내고 경주 갈 거야."
집으로 들어와 냉장고로 걸어가며 말했다.
"경주? 갑자기 왜? 그리고 눈은 그새 또 부었어?"
"경주에 놓고 온 게 있어서."
 부은 눈을 가라앉히기 위해, 아이스팩을 눈에 붙이고 대답했다.
"엄마랑 같이 가자. 엄마도 오랜만에 경주 가보고 싶네."
"엄마. 미안. 이번에는 혼자 갔다 올게."
 아이스 팩을 냉장고에 넣으며 말했다. 엄마가 섭섭해했지만 어쩔 수 없었다. 트렁크에서 옷을 꺼내 입을 옷을 찾기 시작했다. 맘에 드는 것은 구겨진 것도 있었고 막상 입어 봐도 이거다 싶은 느낌이 없었다. 한참 이 옷 저 옷을 입었다 벗었다 반복했다. 고르고 골라 옷을 입고는 집을 나섰다.
 버스터미널은 기억 속의 모습과 거의 차이가 없었다. 그때의 모습들이 하나하나 떠올랐다. 때로는 너무나 선명해서 옆에 그가 있는 것처럼 생생하게 느껴졌다. 하지만 옆을 돌아보면 아무도 없었다.
 바람이 가슴속을 훑고 지나가는 것 같았다. 만약 마음이 동굴이었다면, 바람 소리로 윙윙거리며 온기를 그리워하는 적막한 소리를 냈을 것이었다. 한편으로 설레기도 하고 막막하기도 했다. 막연하게 그를 만나고 싶다는 열망 하나로, 운명이라며 만날 수 있지 않을까 하는 긍정적인 생각이 들기도 했다가도, 못 만나면 운명이 아니라고 인정할까 봐 고개를 가로저었다.
 터미널에서 내리자 꿈에서 본 그대로 움직이기 시작했다. 편의점에 들러서 라면과 삼각 김밥을 먹어 보았다. 버스 정류장으로 이동하면서는 굴불사로 가면 만날 수 있지 않을까 하는 생각도 들었다. 그리고 만나게 된다면 어떻게 해야 할까. 나를 기억하지 못할 텐데. 꿈에서 나왔다고 해야 하나.

 버스에서 내려와 산을 오르기 시작했다. 다리가 아파 생각해 보니 당시에는 운동화였고 지금은 구두를 신고 있었다. 산에 내려가면 운동화부터 사야겠다고 생각했다.

 석불 앞에 도착했다. 동자승만 보이지 않았다. 혹시 다른 데로 치웠나 싶어 주위를 살펴보았지만 없었다. 어쩔 수 없이 동자승이 있던 자리에 편의점에서 산 보성녹차와 과자들을 올려놓았다. 그리고 그저 감사하다고 기도를 했다.

 산에서 내려오자마자 운동화를 하나 사 신었다. 운동화를 사 신었더니 운동화에 맞게 다시 옷을 사고 싶었지만 그럴 기운까지는 없었다.

 대능원에 있는 공원을 걷다가 맥주 한 캔과 구두를 담은 종이가방을 내려놓고는 벤치에 앉았다. 사람들이 정말 많았다. 주위에는 가족들 또는 연인들끼리 산책하고 있었다. 동산과 하늘이 맞닿아 있는 곳을 바라보았다. 바람까지 불어오자 뒷머리를 한쪽으로 넘겼다. 바람과 맥주가 더위를 식혀 주었다.

 가만히 생각해 보면 경주로 올 이유는 없었다. 그를 만난다는 보장이 없었으니까. 단지 내가 가진 설렘과 마음이 이곳으로 향하게 했다. 막연한 기대가 있었다. 버스터미널에서 내렸을 때 그가 짠 하고 나타나서 나를 안아주고 함께 로맨틱하게 여행하기를 바랐다.

 그래. 그건 영화에서나 일어날 법한 일이지.

 벤치에서 일어났다. 내가 그라면 어디를 갈까? 그에게 주파수를 맞춰보려고 했다. 그래 내가 그라면 이미 봤던 곳에 가기보다는 가지 못했던 곳에 갈 것이다.

 동궁원이 멀리서 보았다. 막상 이곳에 와보니 두렵고, 그가 그리워졌다. 이곳을 같이 오고 싶었는데……. 왠지 그를 배신하는 것 같아 잠시 동안 동궁원 앞에서 서성였다. 그러다 이렇게

서성이고만 있는 내가 너무 바보 같고 다음에 같이 또 오면 되지 하는 생각으로 동궁원으로 들어갔다.

 동궁원에 들어서자 콘서트홀에 온 것 같았다. 어디선가 들리는 폭포소리와 식물마다 가지고 있는 색깔과 매력들, 싱그러운 향기들이 마음을 하늘색으로 만들었다. 식물들 하나마다 눈을 마주치며 돌아다니고 있는데 그가 보였다.

 손거울을 열어보고는 옷매무새를 만지고 화장을 고쳤다. 얼굴은 발그레해지고 손은 급해서인지 마음처럼 잘되지 않았다. 신발도 구두로 갈아 신었다. 하지만 막상 가려고 하니 발이 떨어지지 않았다. 숨을 깊게 들이마시고 차분히 그의 앞으로 다가갔다.

 그와 눈이 마주쳤다.
 어쩔 수 없었다. 아무 생각도 떠오르지 않았다.
 그저 파도처럼 밀려오는 감정에 몸을 맡겨,
 햇살이 후광처럼 비추는,
 햇볕처럼 따뜻한 그에게 달려가 그를 안았다.

Epilogue

 그녀와 만난 후 1년 만에 경주로 왔다. 그녀가 굴불사로 이끌었다. 언덕을 얼마 올라가지 않아 석불상이 보였다. 그녀가 석불상 앞에서 기대에 찬 눈빛으로 바라보았다. 그 이유를 알고 있기에 그저 미소를 지어주는 것으로 대신했다. 그녀는 석불 앞이 아니라 동떨어진 곳, 아무것도 없는 곳에 과자와 보성녹차를 놓았다. 그리고는 합장을 했다.
 그녀 옆으로 가 합장을 했다. 그녀는 합장을 끝내고 "무언가 기억났어?" 라고 물었다. "아니, 그냥 니 옆에 있고 싶어서." 라고 대답했다.
 "여기는 동자승이 있는 곳이야."
 "동자승?"
 "응, 아주 귀엽고 똑똑하고 훌륭한 분이야. 넌 무릎 꿇고 가르침까지 청했다니까."
 "정말 존경할 만한 분이었나 보다."

언젠가 연주회가 끝나고 그녀는 동료들과 회식을 했다. 그런 적이 없었는데 전화가 왔다. 그녀를 데리러 갔다. 그녀는 약간 들떠 있었고 2차를 가자고 했다. 약간 걱정되긴 했지만, 그녀가 취한 적은 없었기 때문에 그렇게 했다. 그녀의 주량은 나보다 셌다.

연주회로 피곤했기 때문인지 이미 술을 많이 마셨기 때문인지 그녀는 흐트러져 있었다.

"오늘 무슨 일 있었어? 왜 이렇게 술을 마셔?"

그녀는 대답하지 않고, 나를 흘겨보았다.

"왜 기억을 하나도 못 하는 거야?"

그녀가 볼을 잡아당기며 물었다.

"미안해."라고 답할 수밖에 없었다.

그녀는 이내 "아니야. 내가 미안해. 내가 다 말해 줄게."라고 말하며 머리를 쓰다듬었다.

어색한 미소를 짓자 "괜찮아. 우리는 축복 받은 거야. 다른 연인들은 아마 자신들이 만남이 얼마나 소중한지 잊어버렸지만 우린 달라. 내가 기억할 테니까. 우리는 헤어지지 않을 거야."라고 말했다.

그녀를 데려다주고 집으로 돌아오며 바람이 가슴을 통과한다는 것을 알았다. 그녀는 과거에 만났던 사람이 나라고 믿고 있지만, 어쩌면 그녀는 착각하고 있는지도 모른다는 것이 나를 불안하게 만들었다.

그녀를 못 믿는가? 그렇지 않다. 내가 확신할 수 없는 것이다. 이것은 지식의 문제가 아니라 깨달음의 문제이다. 아는 것의 문제가 아니라 경험하고 느낀 것의 차이이다.

내가 아니라면 어쩌지? 그럼 그녀가 나를 떠날까? 아니, 그녀가 말한 사람이 나였다고 해도 지금의 나와 동일한 사람이라고 말할 수가 있을까? 결론적으로 그녀가 원했던 사람은 과거에도 없고, 현재에도 없으며 미래에도 없는 것이 아닐까?

 혼란과 의심은 커지고 열등감과 불안감, 질투가 마음에 내려앉으면 스스로가 상처를 만들고 조그맣던 구멍이 부식되어 점점 커진다.

 그녀 때문에 생긴 문제가 아닌 걸 알고 있다. 나의 열등감과 그녀를 만족시키지 못하는 마음이 문제인 것이다.

 결국에는 내가 문제다.

 그렇기에 내가 할 수 있는 것에 최고의 것을 주고 싶은지 모르겠다. 그녀에게 내 마음을, 시간과 공간에 상관없이, 그리고 그녀의 일생 동안에 가장 아름답고 의미 있는, 그런 사랑을 주고 싶다.

 "색줄멸에 대해 알아봤는데 말이야······."
 앞서가던 그녀가 뒤돌아봤다.
 "색줄멸?"
 "응. 색줄멸. 과학자들이 연구해봤는데, 색줄멸이 뉴포트비치로 올 수 있는 건 보름달 때문이래."
 "신기하다. 보름달 때문이라니."
 그녀가 돌아서 앞으로 가려고 했다.
 "그래서 말인데, 유진아."
 돌아서는 그녀를 붙잡았다.
 그녀와 눈을 맞추었다.
 눈동자가 데이지꽃같이 아름다웠다. 이대로 시간이 멈추어 이것만 볼 수밖에 없어도 지루하지 않을 것 같았다.
 상큼하고 달콤한 향기도 났다.
 "달이 지구 옆에 있는 한, 너만의 색줄멸이 될게."
 유진이가 고개를 숙이고 빨개진 귀로, "나도 너만의 뉴포트비치가 될게." 라고 말했다.
 산새에게 들킬까, 조심스러운 나비의 속삭임이었다.
 이곳은 조용한 산사이고 스님들이 수행하는 곳이었지만, 그런 그녀가 몹시 사랑스러워 입을 맞추지 않고는 견딜 수가 없었다.

페어리스톤

1판 1쇄 인쇄 | 2022.11.11
1판 1쇄 발행 | 2022.11.21

글 김빛누리
펴낸곳 마인드레인
출판등록번호 제2020-000286호
주소 서울시 강남구 도산대로 92길 44, 3층 (우 06070)
전화 070-5222-9897 | **FAX** 0504-425-1129
편집 김이현

값은 표지에 있습니다.
ISBN 979-11-972769-3-4 03810

전자우편 mindrain@mindrain.co.kr | **홈페이지** www.rebornbook.co.kr

이 책은 저작권법에 따라 보호받는 저작물이므로 무단 전재와 무단 복제를 금지하며,
이 책 내용을 이용하려면 반드시 저작권자와 마인드레인의 서면동의를 받아야 합니다.
잘못된 책은 구입처나 본사에서 바꾸어 드립니다.